KB272371

이름 붙일 수 없는

이름 붙일 수 없는

정작

이름　　붙일

수

없

는

소설은 세상의 도처에 다양한 방식으로 존재하며 스스로의 형식을 구성해내는 길 찾기의 양식이다. 즉 소설 스스로 몸담기 위한 형식 찾기이고 문제적 개인이 몸담을 형식을 찾아가는 것이 소설이다. 또한 한 편의 소설은 인간에 대한 탐구이고 삶을 탐구하는 과정이며 세상에 질문을 던지는 예술형식이다. 그렇다면 모든 소설은 성장소설의 징후를 갖는 셈이다.

성장소설은 소설이 지닌 형식이나 구도, 소재 등의 전부를 포함하는 복합체로서 다양한 변주가 가능한 열린 구조이면서 주인공이 어른이 된다는 혹은 될 수 있다는 점이다. 그러나 현대 사회의 인간관계와 잔혹한 우연, 재해 등은 주인공에게 닥치는 위기를 명쾌하게 해결하지 못하게 한다. 게다가 자신이 처한 존재의 위기보다 먼저 생존하는 것 자체만으로 벅차다. 때문에 분명한 이유 없이 때로 피로하고 성공이나 방어, 자아도취, 죽음에의 욕망에 시달린다, 현대성장소설의 주인공이 처한 아이러니가 여기에 있다.

이러한 현대성장소설이 처한 상황에도 작품집『이름 붙일 수 없는』은 성장과 반성장의 경계쯤에서 쓴 게 아닌가 싶다. 여기에 실린 소설 대부분이 그러하다.

예컨대 '나의 기원'에 대한 기억을 가지고 있다면 그 사람의 인생은 어떻게 펼쳐질까. 최초의 기억을 가진 'Kid A'는 인간의 근원적인 의문이 해결된 상태이다. 때문에 그에게 성장의 문제는 중요하지 않다. 삶의 조건이나 가족, 관계의 갈등 같은 것도 문제되지 않는다. 그에겐 취향, 기호, 어떤 상황에서의 조건 같은 것이 더 중요하다. 관습이나 도덕으로부터 자유롭고 죽음이라는 문제에서조차 비교적 자유롭다. 하지만 생물학적으로 불완전한 그가 진술하는 것은 불안감이나 방황이다. 소설이 끝나도 그의 방황은 계속된다.

「길, 사로잡힌」은 '나는 누구인가'라는 질문을 가지고 입산하여 청허선사, 무연, 영원을 통해 자기정체성 탐색을 하는 '나'의 시점으로 전개된다. 암자라는 특수한 공간에서 존재론적 의문에 휩싸인 소녀의 자아탐색의 여정을 다룬다는 점에서 일반적인 의미의 성장소설이라고 할 수 있지만 수행보다는 죽음으로 스스로를 몰아가는 영원이라는 인물에 초점을 맞춘다면 반성장소설적 요소도 내재하고 있다. 청허선사는 이미 완전한 존재이고 '나'는 그를 닮고자 하면서도 닮고 싶지 않다는 생각 사이에서 방황한다. 그림 그릴 때나 수행자의 모습에서 영원이나 '나'보다 여러 면에서 성숙한 무연은 내면의 흔들림을 좀체 드러내지 않는다. 반면에 시인기질을 떨쳐내지 못한 선천적으로 약한 몸을 가진 영원은 죽음을 통해 이 생의 방황을 끝내고 선사의 말처럼 그녀의 삶을 완성한다. '나'는 작은 변화를 이루지만 여전히 의문에 휩싸여 있고 소설이 끝나도 질문은 계속된다.

「그림자지우기」에서 기형의 여성기를 타고난 H는 어른 되기, 즉 여성으로서의 삶을 거부하고 식물적인 삶을 선택한다. 소설은 H의 부음을 듣고 그녀에게 가는 K, Y, N, 그리고 B인 나의 시점으로 그려지는데 H는 어른세계의 위선과 환멸을 이미 느끼고 어른 되기의 삶을 포기한 채 하나의 자연물처럼 살다가 생을 마감한다. 물론 그녀의 선택 혹은 삶의 아픔이 직접적으로 드러나지는 않지만 'B'의 관찰을 통해 그녀의 일상에서 소리 없이 드러난다. 「그림자지우기」는 H의 여성으로서의 삶의 포기, 자발적 죽음의 선택이라는 점에서 보면 반성장소설에 가까우며 소년기를 함께 보내고 생물학적으로 성인이 된 K, Y, N, 그리고 B의 변화에 관심을 가진다면 성장소설에 가깝다고 볼 수 있을 것이다.

이렇듯 나는 '나는 누구인가', '나는 무엇으로 존재 하는가' 하는 질문을 전제로 소설을 착안한다. 이는 내가 썼거나 쓰고자 하는 인물의 형이상학적인 문제의식이며 실존적 문제이고 형이상학적 임무이기도 하다.

하지만 나는 아직 이러한 질문에 대한 최종의 답변에 이르지 못하고 있다. 게다가 나 자신이 이미 생물학적인 노화가 한창 진행되는 시간대에서 성장을 논의한다는 것 또한 아이러니한 상황이 아닐 수 없다. 삶이 소설보다 훨씬 앞질러간다는 점도 내가 처한 상황이다. 다만 인간은 완성된 존재라기보다는 그 끝이 어떤 모습이라 할지라도 자신을 만들어가는 과정 속에 있으며 소설 속 인물들 또한 그러한 과정에 있다고 할 수 있을 것이다.

그런 의미에서 이 작품집에 실린 소설들은 대체로 현재진행형의 소설이고 미완의 소설이라고 할 수 있겠다. 또한 소설이 끝나도 미해결의 서사로 남은 듯한 인상이 짙다. 이는 어떤 문제의식을 가지고 소설을 쓰는 내가 아직 경계에 머물러 있다고도 할 수 있을 것이며 성장이란 해결이나 완성보다는 현재진행 중이며 죽음에 의해 완성된다는 나의 관점을 드러내고 있다고 할 수 있을 것이다.

작품집『이름 붙일 수 없는』에 실린 여덟 편의 소설 속 인물들의 이야기를 다소 편안하게 바라보기를 바라며 나는 이제 또 다른 인물의 서사를 찾아 나설 요량이다.

Kid A

하늘을 난다는 건 고급스런 취향이다. 그러나 날기 위해서 새들은 비싼 대가를 치른다. 아마 식탐과 짧은 장은 새들만의 고급 취향에 대한 대가일 것이다. 제아무리 식탐이 강한 새라도 새들의 탐욕에는 한계가 있다. 때문에 취향이 독특한 새들은 기왕이면 입맛에 맞는 먹이를 찾아야 한다. 그들에겐 사랑도 마찬가지이다. 새들에게 사랑과 먹이는 동의어인 것이다.

벌새라는 새가 있다. 벌새는 시속 사십 킬로미터의 속도로 일초에 육십여 회의 날갯짓을 하며 남아메리카에서 남미로의 목숨을 건 여행을 떠난다. 속도를 무너트리지 않는다면 열여덟 시간의 비행. 비행하는 동안 지상에 한 발을 살짝 내려도 날갯짓을 잠시 멈춰도 안 된다. 그럴 경우 죽음만이 그들을 기다린다.

굶주림과 수면부족, 아사직전에야 허겁지겁 먹이를 찾는 벌새.

최초의 기억

나의 최초의 기억은 동그라미와 화살표로 시작된다. 그리고 동그라미와 화살표 옆에 기형적인 형태의 어둠과 점액성분의 끈적이는 촉감이 있다. 내 생명의 기원이다. 인간은 다만 기억해낼 수 없을 뿐이지 인류 역사만큼의 기억을 가지고 태어난다는 글귀를 어디선가 읽은 적이 있다. 사실이라면 나의 이런 기억들은 작은 조각에 불과하리라. 어쨌든 동그라미와 화살표, 그리고 어둠과 점액질이 내 기억의 첫 번째 코드이고 나는 지금 이런 조각에 불과한 기억들을 기호화하려고 한다. 그러니까 내 기억은 인류의 역사랄지 선사의 기억 같은 것이 아니라 한 개인의 미미한 기호이고, 그것들을 기호화한다는 것은 어떤 조형물을 만들어보는 작업이 될 것이다. 그렇다고 대단한 의미부여를 하겠다는 건 아니다. 그냥 재미 삼아서이다. 내 최초의 기억뿐만 아니라 내가 기억하는 대부분의 기호들은 무의미한 것이고, 나는 무의미한 일련의 일들이 좋다. 그건 내 취향이다. 어쩌면 내 인생도 무의미하기를 기대하며, 애초에 나는 그럴 기반을 모반했을지도 모른다. 아마 초가을이었을 것이다. 일천구백팔십구 년 시월 어느 날, 그때 나는 사람이 아니었다. 단지 떠도는 미숙한 입자, 무형의 입자였다. 그러나 무엇으로도 될 수 있는 무한한 생명체 조각이었다. 편의상 나는 이 생명조각을 'A'라 부른다. 생각하면 A는 '희망'이라 부를 수도 있는 다분히 긍정적인 결정체였다. A인 나는 그 무렵 뭔지 모를 불안한 심경으로 초조하게 시간을 보내고 있었는데, 그 불안의 정체가 무엇인지는 아직도 분명치가 않다. 불안감을 제외한다면 A는 그때 모든 게 괜찮았다.

나는 그때의 불안과 초조함을 지금도 생생히 기억한다. 그리고 이상하게도 나는 지금 그 불안과 초초함을 반복하고 있는 듯하다. 그러고 보면 동그라미나 화살표보다 정체 모를 불안감이 내 첫 번째 기호일지 모르겠다. 그것은 살아가는 동안 내내 나의 내부에 숨어사는 식물 같다. 숨 쉬고 목말라하며 자라고 욕망 하는 식물. 마치 곰팡이나 박테리아처럼 내 몸 어딘가에 기생하면서 때로 나를 살게 하고 때로 나를 아프게 하는. 놈의 정체는 식상한 표현이지만 껍질을 깨고 나올 무렵의 알 상태에서 느껴지는 어둠 같은 거다. 사실 알이 껍질을 깨고 나와야 비로소 탄생한다는 신화는 현상을 보고 삶과 결부해서 한 말이다. 그 말에 현혹되지 말기를! 그냥 알로 있을 때가 자유롭고 편하다면 날 비웃겠는가. 내 기억으로는 그렇다. 많은 생명들이 더 이상 그 이전의 존재로는 버틸 수 없기 때문에 껍질을 부수고 나오는 것일 뿐이다. 물론 더 이상 버틸 수 없든, 스스로의 선택이든, 껍질을 부순다는 것은 일탈임에는 틀림없다. 하지만 그것은 단지 선택의 문제이다. 알로 계속 버티고 싶으면 그러면 되는 것이고 부수고 나오고 싶으면 그렇게 하면 되는 것이다. 그러니까 모든 생명체가 자신의 선택에 의해 세상으로 걸어 나왔다는 얘기다. 눈치 빠른 독자라면 이쯤 해서 이해하리라. 인간은 내던져진 존재라든가, 어떤 순간 단지 난자나 정자의 결합이었다든가, 내 의지와는 상관없이 태어났다 든가 하는 논의는 중요하지 않다는 말이다. 이미 내 생물학적 연대가 나왔기 때문에 누군가는 참 시건방진 자식이군, 하고 내 기억체계들을 폐기처분할지도 모르겠다. 뭐, 그래도 상관없다. 이미 검증된 위대한 지성들의 논의이고, 난 추호도 그 지성들에게 도전할 생각이 없다. 애초에 나는 재미 삼아서 조형물을 만들어 간다고 하지 않았는가. 당신은 그 과정을 엿보는 기회가 생긴 것이다. 엿보기 싫으면 책을 덮어라.

어쨌든 모종의 불안감은 뭔지는 몰라도 내게 달라져야 한다는 강한 압박감으로 작용했다. 그렇게 며칠인가를 불안하게 떠돌다 나는 그녀를 발견했다. 동그라미. 35.5℃ 정도의 다소 차가운 체온에 날카롭기 이를 데 없는, 그럼에도 어딘지 따스함이 배어있는 그녀. 그녀의 바늘귀만큼의 틈에 밴 따스함만으로도 당시의 내 시선을 잡아끌기에 충분했다. 나는 광대한 우주의 시간 속을 떠돌다 지쳤고 잠시라도 쉬고 싶었다. 우선 그녀가 단정한 느낌이 들었고 그녀에게서 나는 향기가 좋았다. 순간 나는 바로 이 여자야, 라고 결정했고 은밀히 그녀 속으로 잠입했다.

나의 여행은 그렇게 시작되었다. 내게 인간이 되고 싶은 열망 같은 건 애초부터 없었다. 동그라미의 향기와 차가움, 인색할 정도의 따스함, 단정함, 뭐 그런 것들에 대한 내 취향 때문이었다. 그래도 여지는 있었다. 서둘러 동그라미를 빠져 나오면 되는 것이었다. 그러나 피곤기와 취향은 환각을 초래한다. 선택을 그르칠 수도 있다는 얘기다. 어쩌면 인류라는 종이 가장 선호하는 '사랑'이라는 것도 크게 다르지 않을 것이다.

동그라미의 향기는 풋풋했다. 짝짓기 할 때 그녀에게서 발산되는 화학물질의 향기는 단번에 나를 사로잡았다. 그녀의 짝짓기 방식은 좀 남다른 데가 있었는데, 그녀는 정상체위는 거부했다. 대체로 상위체위를 즐겼고 피임하는 것도 잊지 않았다. 때문에 나는 그녀 안에서 한가롭게 휴식을 취할 수 있었다.

그것도 잠시 나는 화살표와 만나게 된다. 화살표. 그와의 만남은 비교적 관대하게 이뤄졌다. 내가 동그라미를 선택한 이상 화살표를 거부하기는 곤란했지만, 그렇다고 틈이 없는 건 아니었다. 찰나이긴 하지만 동그라미를 박차고 나온다면 불가능한 일도 아니었으니까. 나는 왜 그때 동그라미를 떠나지 않았을까. 그녀에게 사로잡혀 어찌되든 끝까지 가보자는 심사였을까. 생각해보니 화살표의 인상도 한 몫 한 게 아닌가 싶다. 그는 바람기가 다분해 보였지만 비교적 깔끔한 인상이었고 설령 그녀와 사랑이 끝나도 뒷정리를 불편하게 할 것 같지는 않다는 예감이 들었다. 그 점이 내가 그를 허용한 이유였고 나 자신이 화살표가 될 거라는 막연한 느낌도 동시에 갖게 되었다. 게다가 그와 경쟁한다 해도 위기감을 느낄 정도는 아니라는 얄팍한 계산도 작용했다. 만만해 보였다는 얘기다. 어쨌든 당시만 해도 동그라미와 화살표, 그리고 나는 서로 무관한 관계였고 무심한 사이였다. 그들이 내 존재를 의식하였을지도 의문이다.

그날 밤, 난 오랜만에 그녀향기에 취해 있었다. 동그라미는 화살표 위에서 한껏 절정의 순간을 기다렸고, 나 또한 그녀향기의 심연 속으로의 잠적을 기다리던 참이었다. 화살표가 동그라미 아래에서 거친 숨을 몰아쉬었다. 숨소리가 고조되는가 싶더니 어느 순간 그는 숨을 멈췄고 미안해, 라고 말했다. 약간 아쉬운 표정을 짓던 동그라미는 이내 그 표정을 거두면서 괜찮아, 라고 답했다. 속도가 미안한 건지 아니면 다른 이유가 있는 건지 당시 나는 그 말을 이해하지 못했고 그것을 따져볼 경황이 없었다. 그녀향기의 심연 속으로의 잠적을 고대하던 나는 화살표가 쏟아낸 비릿한 물질에 의해 난데없이 어둠 속으로 밀려가고 있었으니까. 나는 변기의 물이 내려지는 속도보다 더 빠르게 어둠 속으로 추락하고 있었다. 어둠, 가파른 물살, 그리고 그 속도보다 빠르게 나를 감싸버리는 공포. 난 아직도 그 공포에 대한 느낌을 잊을 수 없다.

얼마의 시간이 흘렀을까. 공포감 속에서 실신할 지경에 이르러서야 나는 정신을 가다듬고 있었다. 여기는 어디인가. 나는 이곳이 어디이든 좀 쉬어야겠다는 생각을 했다. 바로 그 순간, 나는 아주 미묘한 기분에 휩싸였다. 난 나도 모르게 까르르 웃었다. 동시에 동그라미가 고개를 갸웃하면서 자신의 아랫배를 만졌고, 화살표의 배 위에서 내려왔다. 그녀 손길에 난 잠시 숨을 멈췄고 아주 잠깐 이상한 두려움을 느꼈다. 두려움도 잠시 이상하게도 나는 편안해졌고 이내 안정감을 찾아갔다. 아마 왼손이었을 것이다. 그때 그녀의 손길, 그녀의 어루만짐. 생경했지만 그녀와의 접촉은 아랫배가 은근히 데워지면서 가슴이 화끈거리고 손바닥에 기분 좋게 땀이 배는 듯한 느낌이었다. 이대로 추락해도 상관없어! 물론 그녀에게는 그 만남이 그렇게 황홀하지만은 않았다는 사실을 나중에야 알았지만 말이다. 그녀의 생리주기가 변한 거였다. 그런 때에도 대비해야했는데, 그녀는 자신의 주기를 너무 신뢰했고, 나 또한 화살표가 쏟아내는 물질에 대한 방어기제를 만들지 못했던 것이다.

어쨌거나 나는 극도로 피로한데다 감미로움에 취해 감각이 둔해졌다. 그대로 잠들고 싶었다. 잠이 들었는지도 몰랐다. 어느 순간 나는 숨이 막혔고, 몽롱한 의식 속에서 이곳을 빨리 빠져나가야겠다고 생각했다. 그러나 생각뿐, 나는 다시 숨이 막혔고 그러기를 몇 차례 반복했다. 내가 정신을 차렸을 때 그녀의 손길은 거둬진 뒤였다. 그녀는 한 모금의 담배 연기를 뿜고 있었다. 이건 또 뭔가. 나는 가능한 빨리 그 상황에서 벗어나고 싶었다. 동그라미와 화살표를 만나기 전의 자유롭던 시간, 광대무변의 우주 속으로 돌아가고 싶었다. A로 돌아가고 싶었다. 비록 다소 쓸쓸하고 불안해도, 이건 아니라는 생각이 들었던 것이다.

그러나 나는 되돌아가는 길을 찾을 수 없었다. 이미 늦은 것이다.

나의 출생은 그렇게 시작되었다. 뭔지 모를 불안감에 떨며 떠돌다 방심한 사이, 아주 잠깐 감미로웠던 손길, 손바닥이 땀에 젖는 화학물질, 그리고 몇 차례의 숨막힘. 물론 그 출발이 잘못됐다거나 후회한다는 얘기는 아니다. 그건 순전히 나의 순간의 선택이었음을 밝힌다. 시작은 그랬고, 나는 돌이킬 수 없는 길로 들어섰던 것이다.

나의 최초의 기억이다. 이 기억은 지금도 생생하고 나의 성장과 함께 한다.

어른들은 흔히 자신이 살고 있는 시간대를 광기의 세월이라고 말한다. 그러고 보면 미친 세상이 아닌 적이 없는 듯도 하다. 물론 나의 여정과는 무관하지만 어딘지 그 무게에 눌리는 분위기를 넘어서기까지는 얼마간의 긴장이 필요하다.

그 시절 그 도시에는 광기에 어떤 장막 같은 게 덧씌워져 있었다. 나는 그 장막의 정체가 궁금했다. 그렇다고 곧바로 그것을 풀어볼 정도로 강렬한 것은 아니었다. 그것이 원죄의식 같은 게 아닐까 하는 생각이 든 건 초등학교 오학년 겨울방학 때였다. 의례적인 숙제였다. 주제탐구. '무등산의 생태환경조사'나 '광주천을 살리는 방법', '우리 동네 지도 만들기', '무궁화열차 간이역탐방' 따위에 싫증이 난 나는 그때 망월동 묘지를 선택하였다. 우연한 발상이었다. 이참에 유희의 산책로에 대해서도 밝혀보고 싶었을 것이다. 그녀는 밤늦게 그곳으로 드라이브를 나가 새벽이 되어 돌아오곤 했었으니까. 어쨌든 표면적으로는 '518에 대한 탐구'였지만 아주 사소한 발단도 단순한 조건만으로 일어나는 것은 아닐 터이다. 이를테면 우연과 필연이란 실로 짠, 그 재료가 무엇인지 분간하기 어려운 옷을 입은 복잡한 조건이란 얘기다. 내 가방엔 일회용카메라와 작은 스케치북, 그리고 필기도구 등이 들어 있었다.

묘지로 가는 일일구 번 버스는 삼사십 분 간격으로 운행되었다. 삼십여 분을 기다리자 버스는 제 몸 안으로 나를 받아들이고는 삼십여 여분을 질주했다. 농산물시장을 지나 담양 쪽으로 달리는 버스에서 나는 집을 나오면 십여 분도 채 안 되는 거리에 산이 있고 들이 있고 밭이 있다는 사실에 약간 놀랐다. 성질 급한 목련이 가느다란 목을 빼고 흰 얼굴을 쳐들고 있었다. 봄이 꿈틀대고 있었다. 어쩌다 내가 여기에 있을까. 문득 A가 그리웠다. 그것도 잠시, 묘지표지판이 나오자 버스는 급하게 숲 사이 길로 좌회전했고 버스안의 사람들은 심하게 흔들렸다. 맨 뒷좌석 끝자리에 앉은 나는 앞좌석의 의자손잡이를 잡은 손에 힘을 주었다. 육십 초도 지나지 않아 버스가 멈췄다. 버스는 내 몸을 그곳에 떨궈 놓고 지체 없이 갈 길을 갔다. 순간, 나는 그곳에 홀로 버려진 느낌이 들어 멍하니 서 있었다. 화살표가 쏟아낸 급류에 휩쓸리는 듯한 착각이 들면서 그때의 공포감이 밀려왔다. 나는 몸을 부르르 떨면서 공포감을 떨쳐버리기라도 하듯 도망치는 버스뒷모습을 자동카메라로 찍어댔다. 버스가 시야에서 사라지자 나는 눈을 들어 능선을 보았다. 순간 나는 숨이 멎는 줄 알았다. 그곳엔 무덤들 천지였다. 무덤으로도 산을 만들 수 있구나. 하마터면 나는 카메라를 놓칠 뻔했다. 내 손을 이탈한 카메라를 허공에서 낚아채는 순간 동그라미의 얼굴이 허공중에 클로즈업됐다. 나는 그녀 얼굴을 만지려 손을 뻗는다. 그녀는 허공 뒤 하늘로 숨어버린다. 나는 추수가 끝난 들녘의 허수아비처럼 한참동안 그 자리에 서 있었다. 어디선가 묘한 향기가 내 후각을 자극했다. 무덤들이 향기를 토해내기라도 하는 것인가. 그것은 어느새 그녀향기로 변해간다.

나는 다리를 휘청대며 공원주차장 가장자리에 있는 낡은 나무의자에게로 가 엉덩이를 포갰다. 나무의자 사이로 소나무 몇 그루가 어깨를 맞대고 서있었다. 소나무 때문이었을까. 화살표의 비릿한 냄새가 후각을 자극했다. 또다시 가파르고 짧은 공포감이 밀려왔다. 나는 머리를 흔들면서 눈을 동그랗게 뜨고 앞을 보았다. 십여 미터 떨어진, 산허리부터 산머리까지 무덤들이 질서정연하게 줄 맞춰 누워있었다. 마치 서로가 다정하게 손잡고 무슨 얘기인가를 소곤대고 있는 듯했다. 이름 모를 영혼들이 속삭이는 소리가 들리는 듯했다. 오래 전부터 이 자리에 있었을 이 나무의자는 저 수많은 죽음을 기억할 테지. 나는 너무도 태연한 나무의자의 몸통쯤을 손바닥으로 만지면서 의자에게 말을 걸었다. 한마디 대꾸도 없었다. 지금여기에서의 죽음이란 그런 것인지도 모른다. 내일도 살아있으리는 착각을 하게 하는, 가까이 있는데도 멀게만 느껴지는 나와는 무관한 것, 지금처럼 거대한 산을 만든 공동묘지 앞에서나 어느 날 누군가 떠났다는 거짓말 같은 부음소식을 들은 후에야 자신을 드러내는, 어딘지 투명인간의 좀 비겁한 속성을 지니고 있는지도 모른다. 죽음이란. 나는 그때 투명인간의 실체를 보고 말았다는 느낌이 들었다. 그 순간 도피하듯 A로 돌아가려는 시도를 멈춰야한다는 생각이 들었다.

처음 만나는 의외의 장소나 장면은 할 일을 잊어버리게 하는 속성이 있다. 내가 지금 뭘 하고 있지? 왜 이곳에 있는 거지? 나는 겨우 그곳에 온 목적을 기억해냈다. 518묘지는 또 어디에 있담. 짜증과 함께 갈증이 났다. 나는 마주보이는 자판기를 향해 내 몸을 밀었다. 동전을 넣고 블랙커피를 눌렀다. 자판기는 까만 커피를 내밀었다. 나는 설탕과 프리마가 섞이지 않은 커피라는 걸 생각지도 못하고 그것을 목으로 넘겼다. 한입을 삼키다 뱉고 말았다. 쓴맛이라니. 아마 그때 내게 담배가 있었다면 망설이지 않고 불을 댕겼을 것이다. 당시 내겐 커피나 담배는 뭔가 고통스런 어른들이 대용하는 아스피린쯤으로 여겨졌으니까. 나는 동그라미 입술 틈에 모로 누운 담배를 훔쳐 피우듯 쓴 커피를 오래도록 빨아들였다.

공동묘지 앞 쪽, 일일구 번 버스가 나를 버리고 지나간 길 오른쪽 능선에 목적하는 장소가 있었다. 내가 동그라미 몸 밖으로 나오기 십여 년 전 이토록 많은 사람들이 이곳을 떠났는가. 그들은 마치 나와 배턴터치라도 한 듯, 그때까지 내가 한 번도 느껴보지 못한 죄책감 같은 감정이 들게 했다. 나는 황량한 사막처럼 서걱댔다. 나는 어둠이 내릴 때까지 사막으로 있었다. 그리고는 묘지의 구석구석을 카메라에 입력시켰다.

언제쯤 집으로 왔을까. 늦은 밤, 나는 유희의 젖을 탐하며 겨우 잠들 수 있었다. 그녀에게서는 여전히 풀냄새가 났고, 내 몸에 밴 불온한 냄새를 녹여냈다. 나는 다시 편안해졌다. 주제탐구를 끝내면서 나는 죽음에 대한 해독불능을 인정했다. 주제만 있고 해답은 없는 주제탐구.

나는 얼마 전 수능시험을 치렀고, 곧 논술시험과 면접시험을 치를 것이다. 예정대로 나는 독립을 한다. 고등학교를 졸업하고 대학에 들어가든 그렇지 않든 나는 혼자 살게 된다. 유희의 생각이고, 그녀가 원하는 일이므로 나도 동의한 일이다. 그녀는 사십 대 후반이 되었고 몸의 선도 둥그러졌다. 그녀에게선 젊은 여자에게서 나는 풀 향기 보다는 그것을 포함한 초원의 향기 같은, 제법 중후한 향기가 난다. 이십 년, 한 사람이 한 사람에게 헌신한 세월. 세월뿐이겠는가. 나는 그녀의 적잖은 고뇌와 힘거움을 안다. 하지만 나를 위한 배려였다면 그녀는 그러하지 않아도 되었다. 나의 탄생은 그녀 책임이 아니라는 사실을 나는 애초부터 알고 있었고, 설령 그녀가 자신만을 위한 삶을 살았다고 해도 나는 그다지 상처받지 않았을 것이니까. 그러나 나는 그녀를 설득하지 못했다. 오랜 전통이나 편견을 쉽게 바꾸지 못하듯.그녀에게 내가 할 수 있는 일이란 그저 좋은 아들로 있어주는 일, 그 정도밖에 다른 방법이 없었다. 어쨌거나 그 시간들을 그녀의 희생이라고까지는 생각하고 싶지 않다. 그녀의 선택이고 나는 그녀의 선택을 존중한다. 내겐 아무래도 상관없는 일이다.

말이 나와서 하는 얘기지만 나의 최초의 여자는 동그라미, 유희다. 영리한 당신이라면 이미 눈치 챘을 테지만. 늘 기쁨으로 가득하라는 뜻으로 그녀의 아버지 유진규 씨가 지어주었다는 이름, 유희. 그러나 내가 기억하는 그녀는 기쁨도 슬픔도 그렇다고 심각한 고뇌도 하지 않는 삶에 있어서는 좀 어중간한 여자다. 그렇지만 무척 아름답다. 내가 그녀를 처음 발견한 순간 매혹돼버린, 그녀의 아들로나마 태어나고 싶던 내 첫사랑. 나는 늘 그녀를 꿈꾼다. 세상의 모든 아들이 제 어미를 좋아한다는 신화적 감정을 넘어 나는 그녀를 남자로서 꿈꾼다. 행여 한번만이라도 그녀가 나를 남자로 생각해주기를 바란다. 불온한 상상, 내 첫사랑, 지금도 진행 중인 내 사랑 유희.

방

나는 이 방이 좋다. 태어나 여섯 번 이사하여 여섯 번째 나의 방, 아니 유희자궁을 더하면 일곱 번째 방. 최초의 방에 대한 기억은 다음으로 미루자. 이방에서 나는 일천서른세 번의 잠을 잦고, 일천서른네 번의 아침을 맞았으며, 삼백스물두 번의 자위를 했다. 최초의 자위도 이방에서였다. 그날 밤, 나는 상상 속에서 동그라미의 깊은 곳으로 걸어 들어갔다. 그녀향기 속으로 잠입한 것이다. 그녀에겐 고통까지 마취시키는 향기가 있다. 원죄의식까지도 마취해버리는 향기, 나의 두 번째 코드.

그리고 세 번째 코드 나의 연적, 이민.

그리하여 아이가 생겼고 아이를 양육해야 한다는 이유로 결혼을 한다는 건 참혹한 일이다. 유희와 이민이 그랬다. 결혼, 인류의 가장 오래된 습관. 누가 뭐라 하랴. 다른 대안이 있는 것도 아니고 어차피 인생이란 그런 게 아닌가. 유희자궁 속에서 내가 자라고 있는 어느 날 그들은 결혼식을 치렀다. 내겐 좀 긴 하루였다. 비좁은 공간, 유희자궁 안에서 나는 내 몸을 자유로이 움직일 공간을 확보하지 못한 채 뒤척임의 나날들을 보내고 있었다. 그녀 자궁은 대체로의 여성들 자궁형태인 타원형공간이 아닌 심장모양이었다. 쌍각자궁. 둥근 두 개의 봉우리로 인해 나는 어떤 자세를 취해도 편하지가 않았다. 포기해버리고 싶었다. 시공의 개념이 없던 이전에 비한다면 어찌 그 답답함을 말로 표현할 수 있으랴. 게다가 나는 아직 생명이라고 하기에도 미흡한, 작은 몸 하나 의지대로 움직이지 못하였던 것을.

내가 첫 방에서 불편하게 자리를 잡는 동안 그녀는 극심한 입덧을 했다. 하지만 어쩌랴. 나는 당시만 해도 약하고 불안정한 존재였고 그녀에게 전적으로 내 생명을 걸고 있었으므로 내 이기심은 극에 달할 수밖에 없었다. 그녀가 끊임없이 구토를 하는 걸 알면서도 그렇게 하지 않으면 난 그 방에서의 삶을 연명할 수가 없었으니까.

그리고 그해겨울 어느 날, 눈이 내렸다. 유희에게 전보가 왔다. '첫눈사랑!'이라는 짧은 문구의 전보를 읽던 유희의 미소가 지금도 만져질 듯 다가온다. 짧은 평화. 그 해 첫눈 내리는 오후 네 시에서 다섯 시, 유희의 짧은 평화가 머물던 순간, 나는 그녀자궁의 왼쪽 둥근 모양을 향해 머리를 세운 채 겨우 내 작은 몸의 균형을 잡을 수 있었다. 그러니까 나는 하트를 반으로 나눌 때 생기는 한쪽 봉우리에 머리를 들고 쪼그려 앉을 수 있었던 것이다. 최초의 방에서 내가 살던 기억이다. 말하자면 쌍각자궁이라는 유희자궁의 특성 때문에 나는 일반적인 태아의 반대 자세로 이백칠십삼일을 살아야 했다.

그 무렵 유희와 민은 삼십분의 행사를 치렀다. 이벤트성 행사라는 게 대개 그렇다. 삼십 분을 위해 앞뒤로 세 시간 또는 서른 시간을 공들인다. 미용실에서 꼬박 두 시간을 앉아 머리를 하고 마사지를 하고 화장을 하던 유희는 미용실원장과 실랑이를 벌였다. 그녀는 생머리를 고집했다. '그럴 거면 당신이 해. 나 이 결혼식 하기 싫어!' '아니 전 그저 신부님을 아름답게 만들기 위해서…' 유희의 극단적인 말이 던져지자 원장은 한발 물러섰고, 머리를 올려 핀으로 고정하고 장식이 화려한 면사포로 커버한다는 조건으로 그날의 실랑이는 일단락을 맺었다.

유희는 결혼식을 준비하는 동안 그게 얼마나 쓸데없는 짓인지에 대해 너무도 뼈저리게 느끼고 있었다. 원장과 실랑이를 하는 순간에는 그만두고 싶다는 생각이 극에 달했다. 그러나 만사가 그렇듯 진행 중인 일을 그만둔다는 게 그리 간단한 일인가. 여러 이유를 들어 자신을 설득하면서 식이 끝나기만을 기다리던 그녀였다. 그녀가 기다린 그 이유의 첫 번째에 내가 있었다. 결혼생활에 대한 환상을 가지지 않더라도 아이를 키우는데 미혼보다는 기혼이 더 낫지 않겠는가 하는 인류의 오래된 계산. 그것으로 인해 기혼이라는 울타리 하나를 세웠을지는 몰라도 그녀는 또 얼마의 대가를 치러야 했는가. 어쨌거나 생명은 본능적으로 이기적이 아닌가 말이다. 살아가면서 도덕이나 학습이나 체면 따위에 덧칠되어 본래의 색깔을 잃어버리는 게 아닌가 말이다. 색이라는 게 그렇다. 당신도 그림을 그려보았다면 알 수 있을 것이다. 가령 하얀색 캔버스에 파란색을 칠하고 그 위에 빨강을 덧칠하면 보라색이 된다. 하지만 덧칠한 색을 한 꺼풀씩 걷어낸다면 원래의 흰색이 될 것이다. 흰색이 어디로 가는 것은 아니라는 얘기다. 취향이라는 것도 사실 이기적이라는 얘기다. 그러니까 요지는 유희처럼 과거로부터 내려왔든 자신의 원칙 때문이든 굳이 색깔을 덧칠하여 살 필요는 없지 않는가 하는 것이다. 하지만 나는 그녀의 삶에 또는 취향에 개입할 수 없음을 너무도 잘 안다. 사랑한다는 이유로 누가 누구의 삶에 개입하고 관여하는 것은 분명 다른 차원의 문제이다. 어떤 이유이든 서로 관계되어 살아가야 한다면 그저 자신의 삶을 자신의 빛깔대로 묵묵히 사는 것, 그러다 보면 때로 화학작용도 일어나지 않겠는가. 시쳇말로 좀 행복해지지 않겠는가. 유희도 그렇고 세상 사람들도 그렇고 참으로 쓸데없이 어렵게 산다는 얘기다.

당신도 그러한가. 그렇다면 이제라도 좀 가벼워져라.

라디오헤드와 앤디워홀, 그리고 바스키아

"난 그러고 싶었어. 누군가 내 그림 앞에 서면 아주 잠깐이라도 아무 생각하지 않고 꼼짝 않기를!" 유희는 누군가의 전시를 끝내면 입버릇처럼 그랬다. 늦은 오후 국어시간, 왜 그녀의 말이 들려왔을까. 사방이 고층건물들로 둘러싸인, 손바닥만 한 하늘마저 건물에 기습당해 조각난 얼굴을 드러내고 있는 교실 창가의 삐걱대는 의자에 엉거주춤 앉은 나는 머릿속이 웅웅거렸고 숨이 가빠왔다. 동시에 마징가제트가 떠올랐다. 슈~웅! 하고 변신해서 건물들을 산산조각 내버렸으면! 마징가는 맨 앞의 건물부터 차례로 건물을 부셔나간다. 내 시야의 건물이 하나씩 부서지고 마침내 펑 뚫린 하늘과 내가 앉은 낡은 의자만 남는다. 학교를 다니는 일은 부질없는 짓이야. 그래, 의자 너도 힘이 부치지. 좀 쉬렴. 나는 의자에서 몸을 빼고는 씨익 웃으면서 교실을 걸어 나왔다. 이결! 어디 가니? 등 뒤에서 담임선생의 쉿소리가 들려왔다. 무시했다. 그러자 유희의 얼굴이 떠올랐다. 나는 눈을 찔끔 감으며 걸음을 재촉했다.

어디로 가나. 유쾌히 학교를 나왔지만 갈 곳이 없었다. 그냥 걷지 뭐. 나는 도시의 뒷골목을 무작정 걸었다. 얼마를 걸었을까. 더 이상 걷기 힘들다는 생각과 함께 몹시 배가 고팠고 그녀가 보고 싶었다. 혹시 학교에서 전화를 했다면? 유희에겐 뭐라고 변명하나? 나는 제법 그 나이다운 고민에 휩싸이면서 현실감이 들었다. 주위를 살폈다. 집 근처였다. 나는 습관처럼 집 근처에 닿아있었던 거였다. 제길. 나는 휴대전화를 켰다. 새벽 세 시. 불빛이 너무 밝아 새벽이라고는 짐작할 수 없는 길 위에 엉성한 자세로 서있는 내가 보였다. 내게 말을 걸었다. 넌 누구니? 왜 여기 있는 거야? 어디로 갈 거니?

거듭 내게 묻고 있는데, 그 길 끝에 거짓말처럼 유희가 서있었다. 난 그녀에게 조용히 다가갔다. 그녀는 빙긋 웃으면서 자신이 듣고 있던 이어폰 한 쪽을 내게 건네주었다. 이어폰을 꽂아보라는 시늉을 하면서.

나는 이어폰을 받아 내 왼쪽 귀에 꽂았다. 하마터면 나는 이어폰을 떨어트릴 뻔했다. 동그라미향기가 나를 덮쳐왔던 것이다.

아직도 그녀에게 그 향기가 남아있는 건가. 그럴지도 모르지. 내가 잊어버린 것이다. 나는 초등학교 육학년이라는 틀에 갇혀버린 거였다. 그때 찰각하는 소리가 나더니 왼쪽 귀에 꽂은 이어폰을 통해 흐릿한 음성이 소곤대기 시작했다. 라디오헤드의 〈Exit Music〉. 그녀를 흘겨보았다. 피로해보였다. 다른 사람 그림을 기획하고 전시하면서 그녀는 지친 걸까. 아니 그녀는 자신의 그림을 걸고 싶었으리라. 자신이 기획했거나 의뢰 받은 전시를 끝내고 입버릇처럼 중얼거렸던, 자신의 그림을 보고 있는 순간에는 녹음기의 일시정지 버튼이 눌려진 것처럼 잠깐, 아주 잠깐만이라도 모든 걸 멈추게 하고 싶다는, 그녀의 조금은 추상적인 소망이 라디오헤드의 음악이 되어 내게 펼쳐졌다. 나는 그녀를 다시 보았다. 그녀는 '난 지금 잠시 멈추어있겠으니 가만히 있어.' 라고 말하는 듯했다. 나는 그때, 손가락으로 살짝 건드려도 넘어질 것만 같던 그녀를 가슴으로 받아들이고 있었다.

그날 이후, 그녀에게 새로운 감정 하나가 생겼다. 널 태어나게 해서 미안해, 하는 그녀의 눈빛에서 느껴지던 애틋함이 아닌, 또한 그녀에게 줄곧 느끼는 짝사랑의 감정이 아닌 다른 무엇. 설명하면 구차해질 것 같은, 그럼에도 지금까지 느껴왔던 감정보다 더 큰, 거부할 수 없는 '어떤' 감정이 생겨나고 만 것이다. 연민인가. 나는 도리질을 했다. 부정하고 싶었다. 한때 텔레비전 예능프로그램에서 유행한 것처럼 〈자, 지금까지 몰래카메라였습니다!〉라고 하듯. 그래 지금까지는 모두 만들어진 거였어. 이제 다시 시작해도 아무런 상관이 없겠군.

나는 태초로 돌아가고 싶었다. 태초의 동그라미를 만나고 싶었다.

나는 한동안 나의 시작에 대해 생각해 보기로 했다. 어디일까? 어디를 시작점으로 잡아야 하는가. 나는 태초의 기억을 몽땅 지워버리거나 동그라미향기에 취해 쉬던 때로 돌아가고 싶었다. 그도 아니면 내 짝이나 내 앞자리 친구처럼 그 나이에 맞게 살고 싶었다. 혼란스러웠다. 그런 혼란으로부터 내게 안식을 준 존재가 라디오헤드다. 나의 네 번째 코드.

그렇다. 나의 생은 유희와 라디오헤드와 앤디 워홀과 바스키아로 얘기할 수도 있겠다. 내 여행의 즐거운 코드. 어쨌거나 이런 즐거움으로도 나를 방심하게 한 취향, 그 선택이 기특한 것이었음을 새삼 확인한다.

라디오헤드의 음악은 나를 자유롭게 한다. 일단 보컬의 음울하고 처연한 목소리는 나를 단숨에 압도한다. 그들의 음악은 프로그레시브록이니 아트록이니 하는 범주에 넣을 수 없는, 그저 라디오헤드만의 세계이다. 창작이라는 것이 자기만의 세계를 만들어나가는 것이라면 이런 게 아닐까 싶다. 리더인 탐 요크의 어렸을 때부터 잘 보이지 않는, 언뜻 보면 사시 같은 눈이 그런 세계를 만들게 했을까. 무언가 많이 결여된 듯한 인상과 불협화음인 것 같으면서도 완전한 느낌이 들게 하는 레디오헤드의 세계. 탐 요크나 그들의 음악이 다른 곳에 존재하는 나 같다는 생각이 드는 건 비약일까. 그들의 음악은 나를 열광시킨다. 동그라미를 발견했을 때와 버금가는 전율. 그러고 보면 이토록 즉각적이며 강한 끌림은 내 삶에서 몇 번이나 될는지.

앤디 워홀과 바스키아와의 만남은 라디오헤드와는 다르다. 라디오헤드는 본능에 가까운 선택이었다면 앤디 워홀과 바스키아는 이성적인 선택이었다. 내가 그림에 대해 말한다면 유희를 제외하고 말할 수는 없을 터이다. 한때 재능 있는 미술학도였던 그녀는 내가 태어난 이후 생계 때문에 창작을 보류하고 상업미술관 관장 일을 하고 있다. 나는 그녀의 풀어내지 못한 응어리를 어느 정도 안다. 그렇지만 그녀가 붓을 들지 못하는 이유가 단지 생계 때문일까. 그녀의 예술관이 너무 심오하기 때문은 아닐까. 나는 그녀가 고행처럼 생각하는 작업이, 그 견딜 수 없는 무거움이 싫다. 바라보는 것만으로도 힘이 다 팔려버린다. 그렇게 무거울 바에는 차라리 견딜 수 있는 가벼움이 낫다. 그러나 어쩌랴. 그녀의 인생인 걸. 나는 고전이니 본격예술이니 순수예술이니 하는 것들에 그다지 호감을 갖지 않는다. 물론 그동안의 피와 땀과 눈물에 대해서는 충분히 공감한다. 또한 본격예술은 도저한 강줄기로 흘러야하고 대중예술은 가볍고 재미있어야 한다는 것에도 동의하지 않는다. 불필요한 논의 아닌가. 예술도 직업이고 취향의 문제 아닌가. 그런 이유 때문인지 나는 앤디와 바스키아가 동지처럼 혹은 스승처럼 느껴지는 것이다. 어쩌면 그녀의 무거움에 대한 반감일지도 모르겠다.

어쩌면 당신도 그런 사진 하나쯤 찍은 경험이 있거나 가지고 있을 것이다. 새로 산 옷을 입은 듯 어딘지 부자연스럽고 조금은 어색한 표정으로 사진관에서 찍은 가족사진. 내겐 그런 가족사진이 없다. 그리고 지금 그런 사진 한 장쯤 갖고 싶다.

나는 초등학교 입학할 때까지 대부분의 친구들이 나와 유희처럼 산다고 알고 있었다. 학교에서 만난 친구들 집을 방문하면서 그것은 여지없이 무너졌다. 친구 집 현관에 들어서면 어김없이 놓인 대형 텔레비전과 그 위 혹은 그 오른쪽으로 걸린 가족사진. 꽃무늬드레스를 입은 친구어머니와 어딘지 권위적인 느낌의 친구아버지와 안방의 밝은 색감의 벽지와 줄무늬 커튼과 벽 한쪽을 차지한 장롱, 그들 아버지어머니의 결혼사진을 마주보거나 뒤로 한 더블침대. 친구 방에 걸린 알몸에 가까운 백일사진이나 색동한복이나 서양식정장을 입은 웃고 있는 친구 돌 사진. 그런 것들이 나와 유희가 사는 집에는 하나도 없다. 하다못해 냉장고에 붙여둔 치킨 집 병따개라든가 수화기에 놓인 수예품덮개 같은 것도 없다. 처음엔 그 친구 집만이 그럴 것이라는 생각이 들었지만, 차츰 다른 친구 집 방문의 횟수가 늘어나고 나와 유희가 사는 집에만 유독 그런 것들을 찾을 수 없다는 사실을 알게 되면서 나는 또 얼마나 생경스러웠는지. 물론 이백구십오 리터 용량의 냉장고와 가로세로 사십 센티미터의 박스가구 스무 개와 거실한쪽 벽에 쌓아둔 수십 점의 그림과 나와 유희의 1인용 매트리스와 다른 친구들 집의 텔레비전 위치에 놓인 진공관앰프와 수백 장의 레코드판과 CD, 방 하나를 채울 것 같은 잡다한 책들이 있긴 하다. 그런데도 내게는 보통 아이들처럼 사진관에서 찍은 백일사진이라든가 돌 사진이라든가 가족사진 한 장이 없다는 사실에 대해 이상한 충동을 느낀다. 가족사진 한 장 쯤 갖고 싶다는.

 물론 친구들 집을 방문했을 때 어딘지 틀에 박힌 듯한 분위기의 공간에서 몇 시간을 지낼 때의 답답함을 나는 기억한다. 그 같은 분위기에서 살고 싶은 생각도 없다. 다만, 일반적인 것 하나 정도는 가져도 되지 않을까 하는 바람. 돌 사진이나 가족사진 같은. 물론 내가 백일이나 돌쯤에 찍은 사진이 없는 것은 아니다. 형식을 싫어하는 유희의 취향이나 생활스타일, 그리고 나에 대한 그녀의 태도가 싫다는 얘기도 아니다. 다만 일반적인 취향 하나쯤 누려도 괜찮지 않을까 하는 생각이 든다는 얘기다. 추측하건대 결혼식 이후 유희는 형식적인 많은 것들로부터 스스로를 소외시켰을지도 모르겠다. 더 정확히 말한다면 이민이 집을 나간 뒤부터이리라.

사실 가족사진이라 할 수 있는 것이 한 장 있긴 하다. 누군가의 야외결혼식이 끝나고 그곳 잔디밭에서 유희와 이민과 내가 다정하게 포즈를 취한, 이민의 친구가 찍어 현상한 손바닥 크기의 필름도 없는 딱 한 장의 사진. 그날 그 직사각형의 인화지에 세 사람이 자신들의 모습을 허락하지 않았다면 한 장의 사진으로도 증명할 수 없는 가족사라니. 가족사진 한 장으로 무엇을 증명한다는 발상 자체가 우습지만 말이다.

아무튼 내 고교졸업식장에서나 그 언저리에 가족사진 하나 셀프 셔터로 맞추어 찍고 싶다는 것을 유희에게 말하려는데 그녀가 동의할지 의문이다. 이민과 잠깐이라도 만나야 가능한 일이니까. 그녀에게 가족사진이라고 할 만한 게 없지는 않다. 그녀방의 책장인지 옷장인지 음반장인지 구분되지 않는 장 한곳에 할아버지 유진규와 할머니 박순의 흑백사진과 그녀와 내가 어깨동무를 한 사진이 손바닥 하나보다 큰 사진틀 안에 서로 어긋나게 포개져 들어있다. 그녀는 그것을 자신의 가족사진모음으로 생각하는 모양이다. 그녀는 사진 찍히는 걸 좋아하지 않는다. 내가 사진에 집착하는 것도 그녀의 흔적을 남기려하지 않는 취향을 거스르고 싶어서인지도 모른다. 나는 왜 사랑하는 그녀에게 반하는 것들을 원하는 것인가.

어쨌든 나는 카메라 셔터 누르는 걸 좋아한다. 일 초 혹은 이 초간 피사체를 향해 새끼손톱보다 작은 셔터를 누를 때의 감촉, 그 감미로움. 숨을 멈추고 집게손가락을 탁, 누르는 그 순간 세상이 잠시 정지되고 나는 마치 태초의 내가 된 듯한, 다리를 지상에서 올리고 우주의 공간에 떠 있는 듯한 착각에 빠진다. 그 순간에는 피사체의 이미지를 렌즈에 포착하는 행위는 내게 중요하지 않다. 피사체에 몰두하며 어떻게 하면 더 괜찮은 사진을 건질 것인가 골몰하던 삼 초 전의 나와는 너무 다른 나다.

나의 다섯 번째 코드, 카메라 얘기를 해야겠다. 내게 온 카메라는 카메라 기종의 역사만큼 다양하다. 화살표는 명품이라고 회자되는 니콘 FM2와 슬라이드 카메라와 소니 캠코더와 폴라로이드, 자동차와 기타 잡다한 것들을 들고 수천의 빚과 경매 들어 간 아파트를 남기고 떠났다. 생각해보면 이민의 빈자리를 메우는 일은 유희에겐 조금은 가혹한 일이었으리라. 그러나 어쩌랴. 인류의 가장 오래된 행위를 치렀다 해도 만나면 언젠가는 헤어지게 마련인 것을. 그것은 다만 시간의 문제일 뿐이다. 이민이 그녀와 내 곁에 머물렀다 해도 특별히 달라질 것은 없었을 것이다. 다만 유희의 아르바이트 시간이 더 늘었고 스물다섯 평 아파트가 지하셋방으로 옥탑 방으로 열네 평 상가주택으로 바뀐 것을 제외한다면. 그녀 숨이 가빠지고, 걸음걸이가 빨라지고, 늦은 밤 음악을 틀어놓고 혼자 추던 춤이 멈추고, 가끔 목청을 높이거나 아무 말도 하지 않는 시간이 늘어나고, 그녀와 함께 밥을 먹거나 음악을 듣거나 얘기를 하는 시간이 줄어든 것을 제외한다면. 그녀는 구차해지는 걸 지독히 싫어하는 성격이다. 이민이 생계를 책임져야한다거나 아들인 나를 보살펴야한다거나 하는 것을 주장하지도 않았다. 다만 이제 때가 되었으니 자신의 삶에서 그가 사라져만 준다면, 내가 고등학교를 마칠 때까지 서류정리를 하지 않는다면, 그런 사소한 것들을 위해 그녀는 많은 대가를 지불한 것이다. 나 또한 그의 가출에 별다른 이의를 제기하지 않았다. 함께 살다 헤어지는 걸 인연이니 의무니 하는 색깔의 옷을 입히고 싶지도 않다, 모든 건 제 갈 길로 가게 되어있지 않은가. 게다가 그는 나의 연적이 아니던가.

내가 여덟 번째 방으로 떠나게 되면 제일 먼저 유희가 하게 될 일에 대해 나는 안다. 아마도 서류정리를 할 것이다. 이민이 나와 유희를 떠났든 나와 유희가 이민을 떠났든 종이 한 장에 다른 표기를 한다는 사실이 뭐 그리 대수로운 일인가. 어색한 사족사진

한 장 정도의, 해도 그만이고 안 해도 그만일 수 있는, 어쩌면 삶의 진실하고는 별개의 문제 아닌가.

민이 떠난 빈틈을 실감한 건 이제 내겐 흔한 자동카메라 하나가 없다는 사실이었다. 때문에 나는 일곱 살에서 열한 살까지의 사진이 없다. 사진이 뭐 중요하겠는가. 앞에서도 밝혔듯이 나는 그냥 재미로 하는 일을 즐긴다. 뭐 어쨌든 나는 지금 내 카메라에 대해 얘기하려는 중이다. 맨 처음 내게 온 카메라, 로모. 녀석을 만나기 위해 나는 학교성적이 부진한 친구들에게 과외를 해주고, 옆자리 친구의 독후감을 써주고, 유희의 미술관 포스터를 붙였다. 로모를 내 손에 넣을 쉬운 방법이 없었던 것은 아니었다. 유희에게 도움을 청하면 되었을 테니까. 하지만 그녀는 내게 얼마나 많은 것들을 주었는가. 난 사진을 찍고 싶다는 욕망을 내 손으로 해결해보고 싶었다. 인터넷에서 주문을 하고 삼 주를 기다릴 때의 빨라진 심장박동과 입가에 저절로 번지던 미소, 한 번도 가보지 못한 이국땅 러시아에서 내 손에 닿은 로모를 만지는 느낌이라니. 손에 기분 좋게 땀이 배고, 은근히 가슴이 데워지는, 동그라미의 손길을 접했을 때와 비슷한 화학작용. 지금도 녀석을 만지는 내 손엔 기분 좋게 땀이 밴다. 담배 한 갑 크기의 내 한 손에 착 감기는 가벼운 몸피로 그런 화학반응을 일으키게 하다니. 녀석에게 잡힌 피사체 주변으로 빛을 모이게 하는 터널효과는 그 어떤 뮤직비디오보다 관능적이어서 나를 싱겁게 흥분시킨다.

그리고 중학교 졸업선물로 유희가 사준 칠백만 화소 올림포스 디지털 카메라와 컴팩 아마다 노트북. 나의 여섯 번째 일곱 번째 코드이다. 내가 찍은 내 사진과 한사코 싫다는 유희사진과 얼굴 한쪽이 잘리거나 귀가 잘리거나 운 좋으면 두 사람 모두 그럴듯하게 찍힌 사진들과 내가 빠져든 내 주변의 잡다한 풍경과 사물 사진들과 짧은 글들을 모은 제법 두툼한 포토폴리오 세 권이 나의 여덟 번째 코드이다. 나는 이 포토폴리오 세 번째에 다소 어색한 분위기의 가족사진 한 장을 끼우고 싶은 것이다. 물론 가족사진 한 장쯤 만드는 건 어려운 일이 아니다. 이민과 유희와 내 사진을 스캔하여 포토샵에서 약간의 손질을 한 후 다시 디지털카메라로 찍어 현상하면 감쪽같이 행동이 일어나지 않는 사진이 내 손에 들어오게 된다. 사진 한 장 조작하는 것은 일도 아니라는 얘기이다. 하지만 그렇게 절실하지도 않는데 행위도 없는 가족사진 한 장이 어떤 욕망을 만족시킬 것인가.

허기

그렇게 열심히 학교공부를 했던 것도 아닌데 행운이 따랐다. 마치 내가 동그라미를 만난 것처럼 어렵지 않게 원하는 대학의 입학이 허락되었다. 그런데, 그녀를 발견하기 전의 불안감 같은 게 찾아드는 것은 왜일까. 이 방을 떠나야 한다는 것, 그녀를 떠나야 한다는 것, 그리고 어른이 되어야 한다는 것…; 나는 이런저런 이유를 들어 따져본다. 그 어떤 것도 내 불안을 걷어내지는 못한다. 다만, 지금의 불안이 그때의 허기와 연결되어 있지 않겠는가 하는 혐의를 가질 뿐이다.

그때 나는 더 이상 그녀자궁 속에서 머무를 수 없다는 걸 깨닫고 몇 번인가 그곳을 떠나려고 시도했다. 거듭 실패했다. 나는 수없이 발길질을 하며 몸부림을 쳤다. 이천팔백 그램의 내 몸이 지칠 때까지. 그녀 또한 몹시 고통스러워했다. 그녀가 의식을 잃은 사이, 아마 새벽 네 시쯤이었을 것이다. 나는 녹색 가운의 수술용 장갑을 낀 의사 손에 의해 세상으로 꺼내졌다. 그녀 배를 가르고 세상으로 나왔다는 말이다. 세상에 나온 첫 순간 내 심정이 어땠을지 당신은 상상이 가는가. 사방이 흰 벽인 사각의 공간에 전등불빛은 왜 그리 밝은지, 눈을 뜰 수조차 없었고, 그토록 보고 싶던 동그라미는 정신을 잃고 누워있었으며, 녹색 두건과 마스크에 가운을 걸친 이상한 생물들이 일시에 나를 쏘아보고 있었다. 그 상황에서 벌거벗은 내가 무엇을 느꼈을 것 같은가. 아무런 느낌이 없었다. 다만, 나는 그때 몹시 배가 고팠다. 그녀와 나를 이어주던 탯줄이 산부인과의사의 손에 가차 없이 잘려지는 순간에도 나는 그녀에게서 떨어져나간다는 아픔을 느끼기보다는 배가 고프다는 생각밖에 다른 생각을 할 수 없었다. 아니 다시 그녀자궁 속으로 돌아가고 싶었다. 새로운 세계로 나왔다는, 때문에 긴장을 늦추지 않고 새로운 환경을 탐색하려는 결의에 차있어야 했음에도 나는 몽롱한 의식 속에서 허기 때문에 실신 직전이었다. 나는 그때 무엇보다 삶과 죽음을 가를 수 있다는 첫 호흡을 해야 했다. 그러나 첫 숨을 쉬는 것보다 더 배가 고팠으므로 나는 입술을 들썩거리기만 했다. 당신도 그런 극한의 허기에 대한 기억이 있는가. 내내 눈을 찡그린 채 입만 달싹거리는 내가 위험하다고 판단했는지 간호사가 나를 뒤집은 채 엉덩이를 몇 번인가 토닥거렸다. 나는 나의 첫 번째 방으로 돌아가고 싶은 마음에 몸을 웅크렸다. 간호사의 손길이 거세졌고 나는 입을 앙당물었다. 손길은 악의를 담은 듯 신경질적으로 변했다. 마침내 나는 참을 수 없는 지경이 되어 악을 질렀다. 배고파, 배고프단 말야!

이백칠십삼 일을 함께 했는데, 나는 신생아실로 그녀는 응급실로 격리되었다. 나의 홀로서기가 시작된 것이었다. 그녀아버지가 강조하는 한자문화에 식상한 것인지, 내겐 A라는 이름 대신 '결'이라는 이름이 붙여졌다. 나뭇결, 돌결 할 때의 굳고 무른 조직의 부분이 모여 이룬 바탕 모양 혹은 숨결, 물결 할 때의 들처럼 높 낮은 층이 섞여 이룬 모양을 뜻하는 결. 그리 나쁘지 않은 어감이다.

어쨌든 내가 세상으로 걸어 나와 혹은 꺼내져 느낀 최초의 혹독한 격랑, 배고픔! 그때의 허기는 나의 일상에서 중요한 기억으로 자리한다. 때문에 나는 늘 유희와 내가 사는 집의 냉장고 안에 관심을 기울인다. 유희도 그런 내 관심을 이해하는 모양이다. 입맛이 짧은 편이라 한 번에 많은 음식을 먹는 건 아니지만 냉장고가 비워있으면 안절부절 못하게 되니까 냉장고 안을 가급적 채워놓으려고 하는 것이리라. 대체로 유희가 채워놓지만 그녀에게 일이 있거나 늦어지는 경우는 내가 직접 시장을 봐 냉장고 안을 채운다.

교차로

잠이 들었나. 나는 이상한 느낌에서 깨어난다. 내게 무슨 일이 일어난 건가. 내가 너무 가볍다. 나는 잠시 어안이 벙벙해진다. 잠들기 전에의 불안감은 사라졌는가. 편안하다. 불안이란 그런 건가. 자식, 갈 거면 인사나 하고 가지. 어찌됐건 기분 괜찮은 걸. 나는 눈을 지그시 감고 잠시 여유를 부린다. 어느 순간 동그라미향기가 내 코로 접속해온다. 뭐가 잘못되었지. 나는 가장 최근의 기억을 되살리기 위해 숨을 들이마신다.

교차로 앞에 내가 서있다. 녹색 배낭을 메고 한손은 검정색 여행가방 손잡이를 잡고 검정 재킷 아래 청바지 주머니에 한손을 찌른 나는 어딘지 불안하다. 여덟 번째 방으로 가는 길이다. 지난 밤, 앞으로 다닐 학교 앞에 위치한 여섯 평 원룸의 열쇠를 내게 건네주면서 그녀는 한숨 비슷한 숨을 쉬며 나를 바라봤다. 나는 십여 분을, 아니 그 밤이 다 지나도록, 내 눈에 그녀를 담았다.

그리고 그녀 집을 떠나왔을 것이다. 학교는 서울이고 그녀와 나는 무려 사백 킬로미터가 떨어진 공간에서 지내야 할 것이었다. 뭐 거리가 중요한가. 세 번째 포토폴리오 한 컷에 가족사진 한 장 끼우고 싶은 소망은 이루어지지 않았다. 뭐 그게 대수인가. 그러고 싶다는 거였지 그래야만 한다는 건 아니었으니까. 단지 그녀향기를 꿈속에서나 맡을 수 있다는 것, 그녀의 시린 뒷모습을 번번이 내 눈에 담을 수 없다는 것, 밤 깊도록 킥킥대며 노닥거릴 수 없다는 사실을 안타까워했을 것이다.

여행가방 하나에 내 삶의 흔적을 압축할 수 있다니, 무겁지 않아서 좋군.

그런데 내가 왜 그곳에서 내렸지. 여덟 번째 방으로 가는 택시 안에서 나는 강렬한 불안과 해후하고 차를 세웠었다. 방까지 걸어가 보자는 생각이었을 것이다. 멀지 않은 곳에 여덟 번째 내 방이 나를 기다리고 있다. 어느 쪽으로 가야하나. 나는 이정표를 바라보면서 방향을 가늠해본다. 질주하는 차들과 도시가 품어내는 소음들 속에서 나는 언뜻 지난 몇 달간 지속한 불안의 정체와 마주한 느낌이다. 차들이 속도를 내면서 내 곁을 지나 각기 다른 길로 접어든다. 나는 눈을 감는다. 그리고 잠깐 무엇을 보았을까. 태초의 어둠과 어둠 뒤의 흐린 빛과 점액질 공간. 트럭 한 대가 나를 향해 달려오는 소리가 들린다. 그대로 있으면 녀석이 나를 통과할 것이다. 나는 눈을 뜨고 어떤 행동을 취해야 한다. 가파른 공포가 밀려온다. 순간, 나는 급류에 밀려보기로 한다. 녀석이 나를 지나간다. 아마 나는 인사를 했을 것이다. 안녕, 동그라미! 이쯤해서 영리한 당신이라면 내 작업이 끝나가지 않을까 생각할지도 모르겠다. 책장을 덮을 순간이 오고 있다는 것인데, 사실 나도 그러고 싶다. 좀 장난스럽게 시작하였으나 어쩌다보니 간추린 개인사가 되었다. 그러나 나는 나의 연애사라고 주장하고 싶다.

그리고 뼛속 깊이 피곤기가 몰려왔고 난 잠시 쉬고 싶다는 생각을 했다.

....

분명한 사실 하나는 내 여행이 다른 길로 접어들었다는 것이다.

나는 지금 느긋하게 여유를 부리며 동그라미향기 속으로 잠입 중이다.

길, 사로잡힌

나는 암자를 나와 천황봉을 향해 달린다.

안개가 내려앉고 있다. 풀섶에 내린 이슬이 바짓가랑이를 적신다. 나는 발을 내디딜 때마다 안개 속으로 빠져드는 착각이 들어 발작을 하듯 발을 뗀다. 안개 속이라도, 내 발짓에는 망설임이 없다. 숨이 차오른다. 달리면서 더러 나무 가시가 바지를 뚫고 박힌 듯 따끔거린다. 나는 아픔을 느낄 겨를이 없이 계속 달린다. 영원은 아직 잠들어 있을 터이다. 삶과 죽음의 경계에서 위태로운 곡예를 하고 있는 듯한 그녀를 생각하면 다리 생채기쯤이야 아무것도 아니다. 다리가 점점 무거워진다.

천황봉은 안개천지다. 어디가 봉우리인지 어디가 능선인지 분간하기 어렵다. 하늘과 산의 경계도 모호하다. 나는 가슴을 움켜쥐며 숨을 몰아쉰다. 바닥에 벌렁 눕는다. 등과 엉덩이가 축축해진다. 안개에 몸을 바짝 밀착시킨다. 나는 몽롱한 의식 속에서 온몸이 마비된 사람처럼 꼼짝하지 못한다.

잠이 든 모양이다. 새소리에 잠이 깬 나는 안개에서 몸을 뗀다. 머릿속이 지끈거린다. 나는 머리를 두 손바닥으로 가볍게 두드리고는 흐트러진 머리칼을 손가락으로 빗질해 고무줄로 질끈 묶는다. 산에 오를 때보다 한 뼘이나 더 자랐다.

나는 천황봉을 내려와 견성암을 향해 걷는다. 안개가 조금씩 걷히고 있다.

암자에 도착하자 영원이 쪽마루에 앉아 있다. 백오십오 센티미터 정도의 다소 작은 키에 창백한 낯빛, 살점이라곤 찾아볼 수 없는 마른 몸피에 유독 아랫배만 도드라져 기침을 할 때마다 기묘하면서도 우스꽝스런 느낌을 주는, 스물여덟임에도 서른은 훌쩍 넘게 보이는 그녀. 그녀는 늘 고요하다. 그녀를 처음 만난 순간부터 나는 종종 그녀에 대해 의문이 들었다. 그녀에게도 감정의 기복이 있을까.

내가 부모의 집을 나와 도갑사에 든 첫날이었다.

저도 왜 여기까지 왔는지 분명하게 말할 수는 없는데요. 제가 살던 곳에서 아침이면 멀리 보이는 이 산으로 해가 솟아 바다로 내려앉았어요.

나는 해탈문 마당 안쪽을 비질하던 초면의 김 처사에게 월출산 쪽을 손으로 가리키면서 말했다. 그는 내 말에 비질을 멈췄고 멀뚱히 나를 쳐다보았다.

나는 누구죠? 어떻게 살아야 하죠? 어디로 가야 하죠? 이런 문제를 해결하지 못하면 저는 숨도 쉬지 못할 것 같거든요?

신라시대에 지어졌다는 해탈문 앞에서 나는 앞으로도 뒤로도 발을 움직이지 못한 채, 그 절의 대소사를 돌보는 김 처사에게 묻지도 않은 질문을 해댔다. 가만히 내 말을 듣던 그는 마침 잘됐다며 나를 영원에게 인도했다. 그녀는 그때 건강이 나빠져 사가로

요양하러 가기 위해 큰절에 들린 참이었다. 김 처사에게 무슨 말을 들었는지, 그녀는 나를 조용히 바라볼 뿐 별다른 질문을 하지 않았다.

왜 여기까지 왔어요?

한 시간을 침묵하다 던진 그녀의 질문에 나는 아무런 대답을 못하고 그녀를 바라보기만 했다. 왜 여기까지 왔을까? 아주 잠깐 미소를 머금은 채 정지된 아버지의 입술선이 떠올랐다. 그것도 잠시 나는 마치 기억상실증에라도 걸린 사람처럼 내 이름이 무엇인지, 왜 여기에 왔는지, 아무 것도 생각나지 않았다. 한참 후에야 나는 웅얼거리는 투로 말했다.

나… 나를 차…, 찾고 싶어서…….

영원은 말간 눈으로 내 눈을 들여다보더니 다독이듯 말했다.

잘 왔어요!

그녀는 걸망에서 엽서 크기로 자른 한지를 꺼내 오늘밤은 이곳에서 자고 내일 아침 견성암으로 가 무연스님을 만나보라면서 암자로 가는 약도를 그려주었다. 그러면서 천황봉과 향로봉 중간쯤의 능선에 위치한 암자는 도갑사에서 빠른 걸음으로 한 시간쯤 오르면 닿을 수 있을 거라는 말을 덧붙였다.

그 후로 그녀는 아무 말도 하지 않았다. 간간이 잔기침을 할 뿐이었다. 그녀의 가느다란 숨소리와 끊어질 듯 이어지는 기침 소리를 듣지 못했다면 나는 그 밤, 그녀의 존재를 잊었을지도 몰랐다.
마치 낮은 데로 고요히 흐르는 물 같은 존재, 그녀가 내 안으로
흘러들었다. 그 후 그녀는 내 안에서 오래도록 격렬히 출렁였다.
이상한 일이었다.

산책 갔다 왔어?

나는 고개를 끄덕이며 그녀의 안색을 살핀다. 밝다. 어제의 피
로한 기색은 찾을 수 없다.

괜찮아요?

내 말에 그녀는 미소로 답한다.

예정대로 이따가 상원암에 가자.

나는 바로 대답을 못하고 그녀를 본다. 어제 아침, 차를 마시던
그녀는 다소 신경질적인 음성으로 말했다. '다 부질없는 짓이야.
난 정말이지 부질없는 것에 내 존재를 다 걸었어. 소아도 잘 생각
해서 결정해!' 무연이 내일은 소아 수계식을 위해 상원암에 가자
는 말을 한 뒤끝이었다. 순간 놀라는 기색이 역력한 무연은, 그러
나 어떤 반응을 보이지는 않았다. 계란형 얼굴에 날카롭지만 부
드러운 콧날, 육감적이면서도 다부진 느낌의 또렷한 입술선과 갸
름한 턱선, 파르라니 면도한 둥근 머리, 백육십칠 센티미터 정도
의 다소 큰 키에 학 같은 형상의 몸. 어느 한 부분 흠잡을 데 없
는 외피를 가진 무연은 수행에 있어 나와 십 년 차로 영원과 동갑

내기이며 나보다 아홉 살이 많다. 무연에게선 수련이나 장미 같은 꽃 내가 난다.

한 시간쯤 오르면 닿을 수 있다던 암자는 세 시간이 훨씬 지나도 그 윤곽조차 드러나지 않았다. 영원이 그려준 약도는 비교적 자세했지만, 나는 풀들이 자라 덮인 샛길에서 여러 번 길을 잃었고 오르고 올라도 기괴한 형상의 바위와 봉우리만 눈앞에 펼쳐질 뿐이었다. 도갑사로 내려갈 수도 견성암으로 오를 수도 없다는 절망감이 몰려왔다. 나는 될 대로 되라는 심정으로 바닥에 아무렇게나 주저앉았다. 그러자 거짓말처럼 암자가 실루엣을 드러냈다.

노을빛을 받아서였을까, 창호지를 바른 격자무늬 문을 밀고 나온 무연은 눈이 부셨다. 그때까지 내가 어디에서도 보지 못한 완벽한 형상을 갖춘 그녀는 무심히 나를 봤고 얼핏 그녀 등 뒤로 오로라 같은 빛을 발산하는 것 같아 나는 눈을 가늘게 모아 뜨고 숨을 멈췄다. 네 시간을 넘게 길을 찾지 못하고 헤맨 것도, 이곳까지 왜 왔는지도 잊은 채 나는 홀린 듯 그녀에게 빨려들어 갔다. 이상한 일이었다. 그 누구와도 쉽게 소통하지 못하던 내가 아닌가. 나는 그런 나 자신이 낯설어 그녀 앞에서 한참 동안을 머뭇거렸다.

자고 있는지 무연은 기척이 없다. 그녀는 지난겨울부터 빠르게 깊어지던 영원의 병 치유를 위해 본가로 내려가 요양할 것을 몇 차례 권유했다.

아직 견딜 만해.

그때마다 영원은 거절했다. 그녀는 먹는 것도 잠자는 것도 잊고 독서와 글쓰기와 참선에 매진했다.

무연스님 일어나면 의논해보죠.

내 말에 대답이라도 하는 듯 승복을 단아하게 갖춰 입은 무연이 방문을 열고 나온다. 두 사람이 할 말이 있을 것 같아 나는 물통과 수건을 들고 우물로 향한다. 부엌을 나와 다소 가파른 돌계단을 이십 여 미터 내려가면 우물에 닿는다. 골짜기 골짜기를 흘러 모인 물은 바닥의 풀 모양과 이끼까지 선명하게 비춘다. 물을 보자 나는 심한 갈증을 느낀다. 나는 조롱박으로 물을 뜨려다 흠칫 놀란다. 우물 속에 비친 얼굴 때문이다. 열아홉이라기엔 생기 없는 창백한 살빛에 검은 눈동자, 볼 살의 흔적이 거의 사라져 윤곽이 더 도드라져 보이는, 어딘지 자라다 만 듯한 인상의 여자아이가 놀란 표정으로 나를 보고 있다. 물속의 저 얼굴은 누구인가. 나는 조롱박을 우물에 넣어 물속의 얼굴을 지운다. 나는 느리게 세수를 하고 머리를 감는다. 내가 미처 마르지 않은 머리를 늘어뜨리고 물 한 통을 길어왔을 때 무연이 더운물을 차 주발에 담으며 말했다.

차들게 마루로 와.

무연과 영원과 나는 쪽마루에 마주 앉는다. 차향이 쪽마루를 뒤덮을 즈음 나는 두 눈을 오므려 무연을 본다. 그녀는 수행방편으로 그림을 그린다. 그녀 방의 한 벽에는 진품보다 더 진짜 같은 그림들이 겹겹이 세워져 있다. 그녀가 그린 그림들이다. 피카소의 '슬픔', 김명국의 '달마상', 고흐의 '귀에 붕대를 감은 자화상', 그리고 자신의 자화상이 줄맞춰 세워진 그림 맨 앞줄에 놓여 있다. '슬픔'이란 그림 속의 여자는 돌아앉아 살포시 고개를 숙이고 있다. 이제야 삶의 기미를 알아챈 듯한 서른 즈음의 여자는 벗은 등으로 무슨 말인가를 건넨다. 슬픔, 회한, 쓸쓸함 같은. 그 옆에 '김명국의 달마상'을 변주한 그림은 먼 곳을 응시하는 듯한 선승의 초연함과는 거리가 멀다. 도대체 나는 진실을 모르겠어, 아니 진실 같은 건 관심도 없어, 하는 어린아이의 눈. 눈 표정 하나에 인물의 분위기가 이렇게 달라질 수 있다니. 그것에 비하면 화면에서 금방이라도 튀어나올 것 같은 '고흐의 귀 자른 자화상'은 색이 없는데도 원화보다 더 강렬하고 섬뜩하다. 그 옆에 고개를 약간 왼쪽으로 틀어 십오도 정도 숙인 '무연의 자화상'이 있다. 그림 속의 그녀는 호기심 가득한 눈빛으로 한곳을 보고 있는데, 그 느낌이 좀 복잡하다. 그림을 그리는 거울 속의 자신을 보고 있을 터인데, 자화상을 많이 그리는 화가가 흔히 그렇듯 끊임없이 분열하면서도 자신에게만 집중해 있는 느낌이랄까.

서로 어울리지 않을 것 같은 그녀의 그림들은, 그러나 이상하게 어울리면서 묘한 울림을 준다. 그녀 그림에는 색이 없다. 흑색이거나 먹빛이다. 간결한 선과 점으로만 표현되어 있다. 그런데도 화려하고 강렬하다. 고요한 듯하지만 타오르는 불길보다 맹렬한 것이 선(禪)이라 했던가. 그렇다면 먹빛과 선과 점은 모든 존재의 소멸인 동시에 온갖 존재의 출발점인 셈인가. 그래서인가.

슬쩍 열린 그녀 방 문틈, 반라로 반쯤 혼이 나간 듯 먹을 갈고 선을 긋고 붓질을 하는 그녀를, 역시 반쯤 홀려 훔쳐보던 나의 내부에선 섞이면 안 될 성질의 물질이 섞이는 듯 서걱거렸다. 무연은 내가 닿을 수 없는 몰입의 경계에서 거의 무의지로 움직이는 듯했다. 왠지 모르게 두려웠다. 무연과 영원 사이에도 그런 기류가 흐르는 걸까. 하나인 듯하다가도 어느 순간 날이 서는, 둘 사이엔 어쩌면 내가 알 수 없는 무언가가 흐르는 지도 모른다.

무연과 영원과 나는 견성암에서 각자 수행하면서 알게 모르게 서로 친밀하게 지내고 있다. 나이로나 수행 연차로나 내가 제일 막내이며 초보자라 그녀들은 나를 동생처럼 때론 친구처럼 살펴주고 배려해준다. 나는 주로 밥이나 청소, 텃밭을 가꾸는, 말하자면 견습승으로서의 역할을 하면서 쉬엄쉬엄 책을 읽거나 몽상하는 일로 소일하고 있다. 수행방편으로 무엇을 할 지 생각해보라는 그녀들의 권유에 나는 그림을 그릴까, 시를 쓸까, 그도 아니면 춤을 출까, 망설이며 이쪽저쪽을 기웃거리고 있는 형편이다.

이곳에 머문 지 일 년하고도 넉 달이 지나고 있다.

내 잔에 차를 따르면서 무연이 묻는다.

영원도 괜찮다니까 오늘 상원암으로 가지? 준비는 됐어?

…….

나는 선뜻 대답하지 못하고 손으로 머리를 쓸어내린다. 내 삭발식을 이른 말일 터이다. 나는 마룻바닥으로 시선을 내린다. 마루의 결을 따라가다가 뚝 멈춘다. 머리카락 한 올이 떨어져 있다. 그것은 유독 검게 빛난다. 내 대답을 기다리던 무연의 시선이 그것에 닿는다. 나는 얼른 머리카락을 주워 돌돌 말아 저고리 주머니에 넣는다.

나는 뭘 망설이는 걸까. 내가 얻고자 하는 것은 무엇일까. 자기완성? 절대 자유? 자기완성이란 어림없는 소리일 테고 아마 지금 나를 사로잡고 있는 화두는 자유일 터이다. 그러나, 나는 네 계절을 보내고 또다시 봄을 맞고 있는데도 붓다에게 온전히 절을 하지 못하고 있다. 무연이나 영원처럼 오체투지 할 수가 없다. 흉내 낼 수는 있겠지만 불교식 절은 아직 내게는 뭐라 말할 수 없는 고역이다. 비굴할 정도로 자신을 낮추는 것 같고 어딘지 자신의 죄를 면책하려는 혐의가 짙어 보인다. 나를 찾으러 왔는데 나를 남김없이 버리라니. 나는 여전히 당황하고 있는 것이다.

나는 무엇인가요?

내 질문에 청허는 그랬다.

무엇이 어떻게 이렇게 왔겠는가.

…….

그대는 대체 어디서 왔는가?

…….

이 뭐꼬? 이것, '이 무엇'이란 문제에 모든 게 들어있네. 이 무엇을 잘 보는가 못 보는가에 깨닫는가 깨닫지 못하는가의 차이가 있는 게지, 물 자체는 아무런 차이가 없다고 할 수 있지. 따라서 나는 대체 무엇인가에 대한 해답을 찾으면 모든 문제가 풀려버리네. 자네식으로 말하자면 절대자유를 얻는 게 되겠군.

그는 대답이라기보다는 질문을 했고 나는 그의 질문을 받는다고 느끼는 순간 더 깊은 혼란에 빠졌다. 나는 누구인가. 나는 무엇인가. 또 너는 무엇인가. 무연은 무엇이며, 영원은 무엇이며, 이렇게 묻는 나는 무엇인가. 무엇이지만 아무 것도 아닌, 나는 대체 무엇인가. 알 수가 없다. 갈 길은 먼 데 나는 아직 첫 발도 떼지 못하고 있는 셈이다. 그런 내가 준비되었다고 답할 수 있을까. 게다가 나는 중이 되려고 산에 오른 것이 아니다. 다만, 내가 누구인지 알 수 있다면 중이 되는 것쯤 대수로운 일이 아니라는 생각이었고 만일, 알게 된다면 산을 내려가는 것도 쉬운 일이라는 생각이었다. 나는 느리게 숨을 내쉬며 주머니에 손을 넣어 말린 머리카락을 만지작거린다.

오늘 꼭 상원암에 갈 필요는 없지, 뭐.

내가 망설이는 느낌이 들었는지 무연이 무심히 말한다.

아니, 가죠. 큰스님 뵌 지도 오래됐는데…….

나는 삭발을 망설이고 있었지만, 영원을 보며 서둘러 대답한다. 우리 중 누구보다 더 청허를 그리워하던 그녀 아닌가.

그러면 차 들고 슬슬 일어날까?

우리 셋은 각기 방으로 들어가 행장을 꾸린다. 나는 텃밭에 기른 여린 상추며 나물이며 풋고추를 따 걸망에 담는 것도 잊지 않는다. 걸망 속에는 처음 무연을 대면했을 때 그녀가 준 '은장도'와 '요가교본'과 '정신력의 기적'이란 책이 들어 있다.

이제부터는 모든 것을 혼자서 해결해야 해. 이것들이 당분간은 필요할 거야.

요가교본과 정신력의 기적은 그렇다 해도 조선시대도 아닌데 은장도는 또 뭔가, 나는 뜨아해 하며 그녀를 올려다봤다. 그녀는 이유를 설명해주지는 않고 다만 빙긋 미소 지었다. 지내보면 차차 알게 될 거야, 하는 눈빛으로. 나는 지금까지도 이 물건들의 의미를 다 알지 못한다. 혼자 산다는 것, 모든 것을 혼자 해야 한다는 것은 많은 준비와 체험을 통해 이루어가겠지만, 나는 그 말의 의미를 타인의 시선을 의식하지 않고 독립된 한사람으로 설 수 있다는 막연한 기대나 환상쯤으로 해석하고 있는지도 모른다.

영암버스정류장에서 해남행 버스를 기다리는 동안 무연과 영원과 나는 꽃가게에 들려 채송화와 봉숭아 씨앗을 구입한다. 길은 비포장이고 좁은 2차선이다. 산 능선을 돌아가는 버스는 출렁거리며 흙먼지를 날린다. 먼지는 나비처럼 나풀나풀 내 뒤를 따라붙는다. 삭발에의 망설임 따위는 까맣게 잊은 채 나는 난생 처음 버스를 탄 어린아이처럼 들떠 차창으로 지나가는 풍경을 구경한다. 지천으로 피어난 진달래 때문에 산들이 붉다. 길 아래 산을 타고 길게 이어진 호수도 붉다.

대흥사에서 상원암까지는 빠른 걸음으로 한 시간 정도 산을 올라야 닿을 수 있다. 큰절에 들러 가볍게 목을 적시고 우리 셋은 내처 산을 오른다. 산을 오를수록 영원의 숨소리는 가빠지고 걸음도 느려진다. 나는 그녀에게 보조를 맞춘다. 상원암에 이르자 큰스님은 쥐에게 줄 음식을 접시에 담아 호수 옆의 돌 위에 놓고 있다. 산짐승과 들짐승, 이름 모를 야생초 모두가 그의 식솔이다. 그는 우리를 보자 고요한 눈빛으로 미소 지으며 합장한다. 영원과 무연과 나도 합장한다. 청허. 그는 오랜 동안 수행한 사람에게서 볼 수 있는, 군살 하나 없는 가벼운 몸과 깊은 눈을 가졌다. 그에게서는 영혼 깊숙한 곳에서 배어나오는 듯한 바람 같은 체취가 난다. 그의 체취는 나를 늘 곤혹스럽게 한다. 아마 나는 조금 겁을 먹고 있는지도 모른다. 그처럼 되고 싶다는 욕망과 그렇게 되고 싶지 않다는 욕망 사이에서.

나는 견성암에서 솎아 온 야채를 씻어 식사준비를 한다. 영원은 기침을 참는 듯 가슴을 들썩이며 식사를 거의 하지 못한다. 차를 마시면서 청허가 영원에게 방으로 들어가 쉬라는 손짓을 한다. 영원이 방으로 들자 무연이 그에게 말한다.

소아에게 법명을 지어 주셔야죠.

청허가 미소 띤 얼굴로 고개를 끄덕인다.

나는 이런 그가 못마땅하다. 그에게서 사람냄새를 맡을 수 없기 때문이다. 무연에게서도 마찬가지다. 영원의 선택이라지만, 그래도 그녀를 강제로라도 병원으로 데리고 가야 하지 않을까.

오늘은 소아 수계식 하고 내일 아침 영원과 함께 병원으로 가지.

무연이 내 마음을 읽은 듯 내게 말한다.

내가 생년월일을 적자, 옥편을 넘기면서 한참을 골똘하던 청허가 이름 세 개를 종이에 적어 내게 내민다. 무경, 해인, 묘성. 아마 이 중 하나를 고르라는 얘기일 터이다. 나는 종이를 들고 잠시 고민하다 세 번째 이름에 손가락을 짚는다.

묘성이라…, 좋은데요.

무연이 말한다. 아마 나는 삭발식을 치르는, 몇 시간 후나 내일쯤에는 소아라는 이름을 버리고 묘성이란 법명으로 불리게 될 것이다. 이상한 느낌이 든다. 내가 주저하고 있다는 느낌이 들었는지, 청허가 나를 깊숙이 본다. 그의 시선은 깊다. 마치 시선이 살아있는 몸이 되어 내 가슴을 열고 들어와 자유자재로 휘젓는 듯한 착각이 들게 한다. 나는 그의 그런 시선을 받을 때마다 손가락 하나 까닥할 수 없을 정도로 온 몸에 힘이 다 빠져나가 나도 모르게 맥을 놓고 한숨을 뱉는다. 안 그래야지 하면서도 매번 이렇다. 그가 종이에 뭔가를 적는다. 그는 묵언정진 중이라 보통은 몸짓으로 얘기를 하는데, 꼭 해야 할 말이 있으면 글을 써서 대신한다.

마음이 편안한가?

나는 고개를 흔든다.

무엇이 두려운가. 불안해하지 말고 편안하라.

그가 쓴 글을 보고 나는 또 맥없이 한숨짓는다.

무엇이 두려울까. 왜 편안해지지 못할까. 알 수 없다. 무엇인지는 분명치 않지만 두렵고 불안하고 슬프다. 그는 어떤 결정도 못하고 그저 두렵고 불안하고 슬프기만 한, 그리하여 이곳의 분위기, 그의 눈빛, 영원의 다가갈 수 없음, 무연의 아름다움 같은 것에 도취해있는 내게 붓다의 말을 인용해 화두를 던진 것이다.

차상을 물린 무연과 나는 호수 주변의, 다 마치지 못한 돌담 쌓는 일을 마저 한다. 청허는 암자 마당 한 켠에 연못 들이는 일을 즐겨한다. 입춘이 지나고 땅이 녹자 손수 땅을 파고 물길을 내 작은 호수를 만들었다. 돌 틈 사이에 수선화며 수국이며 하는 꽃들을 심어 놓았다. 성미 급한 몇몇 수선화가 노란 꽃대를 내밀고 있다. 수면 위에 연꽃이며 수련이 이파리를 펼치고 더러 꽃망울을 머금고 떠있다. 땅에 뿌리내리지 못하고 물위에 떠 있는 수련이 마치 내 모습 같아 나는 몇 번인가 허방을 짚는다. 허방을 짚으면서 얼핏 아버지의 마지막 모습을 떠올린다. 아버지는 그 순간 왜 그런 미소를 지었을까. 나는 도리질을 하고는 돌담 쌓는 일에 속도를 낸다. 언뜻언뜻 수면에 내 얼굴이 비친다. 자못 심각하다.

무연과 나는 마저 쌓은 돌담 사이사이에 채송화와 봉숭아 씨앗을 심고 손으로 꾹꾹 누른다. 말이 호수지 다섯 평 남짓한 작은 연못. 청허는 호수에 이름을 붙이지 않는다. 산수연, 운림산호, 동경……, 제자들이 이름을 지으면 그는 손사래를 치며 거둬버리곤 했다. 그는 제주도에서 수행정진하다 작년 봄, 전쟁 때 불타 사라진 이곳에 상원암을 지었다. 무연과 영원과 나는 두 달을 대흥사에 머물면서 암자 짓는 일을 도왔다. 지리산 토굴에서 수행 중이던 그의 제자인 덕현과 효봉도 산을 내려와 그 일에 동참했다. 일이 서툰 나에 비해 무연과 영원은 이미 견성암을 지었던 경험이 있어 웬만한 목수보다 일을 잘 해냈다. 암자를 짓는 재료인 흙이며 나무들은 산에서 구해 해결했으나 기와나 한지, 문틀 같은 재료를 구입해 산으로 져 나르는 일은 생각보다 힘들고 시간이 걸렸다. 견성암도 애초에는 그가 지낼 요량으로 지었는데, 무연과 영원, 그리고 뒤늦게 합류한 나에게 넘기고 겨울이 되자 제주도의 토굴로 떠났던 것이다. 떠나기 전에 그는 견성암에 호수를 만들자고 제안했다.

이곳에서 조금만 내려가면 동굴이 두 개나 있고 동굴 속에 천연연못도 있는데 뭐 하러 호수를 만들어요?

무연은 그 제안을 거절했다.

그도 그렇군.

산 속 깊은 곳에 호수를 만드는 그의 의도는 무엇일까. 단지 그 일이 좋아서일까. 산과 호수가 함께 있어야 조화를 이룬다고 생각하는 걸까.

깨달아버렸으니까, 위대한 순간을 맞았으니까, 다시 닦을 것이 없다는 생각은 지극히 위험한 생각이네. 깨달았다 하더라도 습기까지 넘어서는 완벽한 깨달음이 아직은 못되기 때문에 깨달은 다음에도 닦음은 계속되어야 하는 것이네.

나는 그의 말을 알 것 같으면서도 모르겠고 아는가 싶은 순간 여지없이 혼란에 빠진다.

언젠가 효봉은 그랬다.

나는 아버지한테 용돈 한 번 받아보는 게 소원이에요. 덕현에

게는 저잣거리로 나가 여자도 만나고 고기에 술도 사먹으라며 용
돈을 주시는데 내겐 한 번도 그런 적이 없다니까, 아무리 졸라도
끄덕도 안 하셔.

그야 덕현은 그렇지 않으리라는 걸 알기 때문이고 효봉이야 어
디 그래?

무연이 눈을 흘기며 말했다. 수다에 흥이 돋우면 우리들은 스
승인 그를 거리낌 없이 아버지라 불렀다.

무연과 내가 손에 묻은 흙을 터는 사이 그는 십여 센티미터 둘
레의 소나무 가지와 나무판 몇 개를 안고 한 손에 망치와 못 등
속이 든 연장함을 가져와 호수 옆에 부린다. 내게 종이를 내민다.
나무의자가 그려져 있다. 의자를 만들 요량인 것이다. 그가 나무
를 엉기성기 대는 동안 나는 연장함을 열어 이것저것 살피면서
그 옆에서 기다린다. 그는 나무토막 네 개를 같은 길이로 잘라 내
게 내밀면서 대패질하는 시늉을 한다. 나는 서툰 솜씨로 대패질
을 한다. 이마와 등에 땀이 맺힌다. 그는 내가 다듬은 나무토막의
귀를 맞춰 다리를 건 다음 못을 박는다. 사다리 모양의 등받이도
댄다.

한 시간쯤 흐르자 오래 전 초등학교에서 쓰던 모양의 나무의
자 하나가 우리 앞에 몸을 드러낸다. 내게 앉으세요, 당신이 앉으
면 무척이나 흐뭇할 거예요, 하는 표정이다. 새 의자는 호수를 돌

아 암자 끝자락에 오래 전부터 자리 잡고 있던 낡은 나무의자 옆에 놓인다. 청허는 오래된 의자에 나는 새 의자에 하늘을 마주하고 앉는다. 그는 왜 내 머리를 자르지 않고 의자를 만들어 자리를 내주는 걸까. 또 '의자'라는 화두를 내게 던진 것인가. 아니면 답을 준 것인가. 의자에 관해서라면 나는 다른 물건보다 더 집착하는 경향이 있다. 의자는 내가 앉아 쉴 수 있고, 생각에 잠길 수 있는 아주 작은 공간이며, 사람의 관계를 이어주는 다리 같다. 그래서일까, 나는 의자를 보기만 해도 마음 한구석이 서늘해진다. 그 누구와도, 심지어 부모형제와도 관계를 잘 맺지 못하는 나는 의자에게 열등감을 느끼는 것인지도 모른다. 누군가를 위해 의자 하나는 비워두세요. 누군가는 지나치고 누군가는 앉아서 쉬게. 나는 지금 의자를 지나치고 있는가. 머리가 지끈거린다. 그때였다.

저 산에 지는 해를 보아라.

나는 놀란 표정을 감추지 못하고 그를 본다. 그는 입을 꾹 다물고 지는 해를 바라보고 있다. 환청인가. 나는 당혹감에 사로잡혀 청각을 날카롭게 세운다. 숲을 지나는 바람소리에 섞여 그 소리는 한 번 더 들려온다. 지는 해를 보아라. 분명 묵언정진 전 듣던, 뱃속 깊은 곳에서 울려나오는 듯한 그의 음성이다. 나를 이곳에 붙든, 내 영혼을 단번에 무장해제 시킨 그 목소리보다 울림이 조금 넓고 낮은 소리. 나는 불안해져 그의 옆모습을 살핀다. 그는 언뜻 빛과 하나가 된 듯도 하고 내 곁에 있으나 없는 듯도 하다. 현실감이 들지 않는다. 순간 마음속에서 분노 같은 게 끓어오른다. 나는 마지못해 그의 시선을 따라간다. 하늘에 석양이 타고 있다. 순간, 나는 붉게 타는 하늘이나 노을빛을 받은 산등성이로 투신하고 싶은 충동을 강하게 느낀다. 그래서였을까, 나는 분명 움직이지 않았는데 의자가 기우뚱댄다. 내가 의자의 움직임을 알아채자, 의자가 중심을 잡는다. 나는 다시 의문에 쌓인다.

해가 산허리를 넘자 청허와 무연이 각기 방에 들고, 나는 영원이 있는 방으로 든다. 상원암은 세 칸의 작은 방이 일렬로 이어져 있고 방들 앞으로 작은 마루가 있다. 청허는 매일 한 끼를 먹고, 앉는 자세로 수행하는 방식을 삼십 년 넘게 지켜오고 있으므로 좌선한 채 삼매에 들 터이고, 무연은 요가를 한 뒤 화두참선에 들 터이다. 둘 다 참 지독하다는 생각을 하면서 나는 이생각저생각으로 방안에 우두커니 앉아 있다가 손 팔짱을 껴 머리 뒤로 해 영원 곁에 눕는다. 잠이 들었는지 영원은 미동이 없다. 그녀 숨소리에 잔기침이 가늘게 묻혀 나온다.

늦잠을 잔 모양이다. 나는 두 손바닥을 비벼 얼굴을 문지른 뒤 방문을 열고 나온다. 햇살이 마당으로 내려앉고 있다. 나는 텃밭으로 간다. 바짓가랑이를 적시는 이슬의 촉감이 감미롭다. 나는 숨을 깊게 내쉬며 기지개를 켠다. 능선으로 이슬이 내려앉아 뿌옇게 띠를 두른 두륜산이 단아한 자태를 자랑하면서 무언가 내밀한 말을 속살댄다. 나는 아주 잠깐 행복하다는 생각을 하며 뜻하지 않은 감흥에 겨워 팔을 내두르며 춤을 춘다. 한바탕 흐드러지게 추다 사위를 멈춘다. 누군가 나를 보고 있다는 느낌이 들어서이다. 텃밭의 울타리 역할을 하는 싸리나무 사이, 꿈에서나 볼 수 있을 법한 짐승이 눈을 동그랗게 뜨고 나를 보고 있다. 사슴보다는 작고 노루보다는 큰, 그 몸 어디서나 향기가 날 것 같은 산짐승. 고라니다. 나는 멈칫한다. 녀석도 놀란 것일까, 몸을 가볍게 떤다. 녀석은 뒤로 한 발 물러서더니 한참 동안 나를 살핀다. 나는 계면쩍게 웃는다. 적의가 없다는 걸 알아차렸는지 녀석이 눈을 끔벅이면서 내게로 다가온다. 나는 녀석의 몸에 멈칫멈칫 손을 얹는다. 녀석에게 닿은 손바닥이 간지럽다. 가벼운 현기증이 인다. 나는 녀석의 허리를 조심스레 안는다. 아늑하다. 이런 느낌인가, 누군가와 교감한다는 것은. 나는 녀석의 등에 볼을 비비면서 하늘을 본다. 아침 햇살이 팔을 벌려 산을 감싸면서 나와 녀석에게 길고 찬란한 손가락을 뻗는다. 나는 나도 모르게 녀석을 안은 팔에 힘을 준다. 녀석의 심장 떨림이 등을 진동하면서 내 심장 떨림과 겹친다. 이대로 멈춰버렸으면!

영원은 한사코 병원행을 미루고 사가로 가겠다고 고집한다. 그녀는 대흥사로 마중 나온 동생의 승용차에 몸을 싣는다. 무슨 일이 있으면 곧바로 큰절에 연락 주라며, 그녀의 남동생에게 부탁하고 우리는 헤어진다. 영원이 탄 차가 사라질 때까지 나는 그 자리에 서 있는다. 어찌 하오리까. 영원의 공책 한 권을 빼곡히 메운 문장이 마치 살아있는 생명체라도 된 듯 걸어 나와 나를 뒤흔든다. 어찌 하오리까. 점점이 사라지는 그녀의 모습이 마지막이 될지도 모른다는 예감이 들자 울컥 목이 멘다. 나는 목구멍으로 올라온 뜨거운 기운을 삼키면서 고개를 들어 산을 본다. 지천으로 핀 진달래가 원망스럽다. 왜 꽃은 이리 붉게 피어 마음을 어지럽히는가. 혼자 살려면 우선 이것들이 필요할 거야. 무연이 한 말이 메아리처럼 들려온다. 육체를 가지고 있는 한 육체의 건강은 정신의 건강만큼 중요할 터이다. 그러나 어찌 육체의 건강을 돌보면서 정신의 자유를 얻을 수 있을까.

삼 일이 지나자, 일주일을 단식한 사람처럼 가벼워진 몸으로 영원이 암자로 왔다. 무연과 나는 놀란 표정으로 그녀를 봤다. 그녀가 밝은 음성으로 말하며 씨익 웃었다.

집에선 마음이 산란해서 말이야.

아침부터 영원의 기색이 편치 않아 보인다. 책장 넘기는 소리가 거칠고 글을 쓰다가는 종이를 구겨 방바닥에 아무렇게나 내동댕이친다. 참선을 하면서도 몸을 심하게 뒤척인다. 오후가 되자 영원은 격하게 기침을 한다. 밤이 이슥토록 그녀의 기침은 멈추지 않는다. 그녀는 잿빛 저고리에 피를 토하면서 실신한다. 나는 피로 물든 그녀의 입 주변과 손을 물수건으로 닦아낸다. 피비린내가 그녀방안에 가득 찬다. 나는 쪽마루와 부엌을 오가며 부산하게 움직인다. 한밤중에 깨어난 영원은 다른 사람처럼 돌변한다. 마치 사냥꾼의 덫에 걸린 산짐승 같다. 그녀는 두 벽의 천장까지 가득한 책들을 적의에 찬 눈빛으로 쏘아본다.

이것들 때문이야!

그녀가 울부짖는다. 그녀의 어디에 그런 민첩함이 숨겨져 있던 것일까, 쌓인 책들을 단숨에 무너뜨린다. 염주와 필기도구가 놓인 소반을 내동댕이친다. 책들 옆에 그녀 키 높이 정도로 쌓인 습작공책을 찢는다. 나는 말릴 틈도 없이, 아니 말릴 생각도 못하고 그녀를 바라보기만 한다. 그때까지 아무런 기척이 없이 옆방에서 참선 중이던 무연이 뛰어나온다.

영원, 왜 그래!

무연은 한눈에 사태를 짐작한 듯 침착하게 영원에게 다가가 그녀를 뒤에서 껴안으며 부드럽게 말한다. 무연의 어조에 화가 더 치민 것일까. 영원은 무연의 팔을 뿌리치며 돌아선다. 무연을 쏘아보더니 밀쳐버린다. 쏟아진 책 더미 위로 무연이 꼬꾸라진다. 무연이 젖은 눈으로 영원을 올려다본다. 작고 가느다란 영원의 몸에 살기가 번뜩인다.

너 때문이기도 해. 난 이렇게 죽고 싶지 않아!

영원, 조금만 참아. 그리고 받아들여. 우리가 공부하는 것도 따지고 보면 어떻게 죽을 것인가에 대한 거잖아!

무연이 침착하게 말한다. 냉정하기까지 하다.

가슴에서 비릿하고 미지근한 기운이 올라온다. 그러면서 나는 영원을 대할 때마다 어딘지 답답하던 마음 한 구석이 물파스를 바른 것처럼 시원한 느낌을 받는다.

그만해 영원!

무연이 나직이, 그러나 완강하게 말한다.

무연의 말을 듣지 못했는지 영원은 대꾸가 없다. 시간이 가파르게 흘러간다. 공책을 다 찢은 영원이 짧지만 무거운 한숨을 뱉는다. 한숨 뒤로 간간이 내장을 쥐어짜 역류시키는 듯한 기침을 한다. 이어 그녀는 책을 찢기 시작한다. 그녀이마에 땀이 맺힌다. 숨소리가 거칠어진다. 기침은 더 긴급하게 비틀어지면서 솟아 나온다. 그녀가 기침을 할 때마다 날카로운 무언가가 내부를 찌르는 것 같아 나는 한 손으로 이마를 짚고 한 손으로 가슴을 누른다. 그녀가 눈을 반짝 빛내며 동작을 멈춘다. 방안에 긴장감이 돈다. 영원은 바닥에 뒤엉킨 책을 잡히는 대로 안아 마당으로 내던진다. 반복한다. 그녀의 동작이 조금씩 느려진다. 나는 조급해진다. 그녀를 도와줄까. 무연을 본다. 무연은 영원의 등 뒤에서 다소 침통한 표정으로 그녀를 보고 있다. 그런데도 어딘지 여유가 느껴진다. 가슴에서 뜨거운 기운이 느리게 올라온다.

어떡하죠?

나는 그녀에게 눈으로 질문을 던진다. 무연의 눈동자가 아주 잠깐 가늘게 떨린다.

하는 대로 놔두자.

제풀에 지쳐 멈출 때까지 무연과 나는 그녀를 지켜본다. 영원은 출가사문 육년 차로 수행방편으로 시를 짓는데, 이 년 전에 문예지를 통해 등단한 시인이기도 하다. 어쩌면 그녀는 문학과 수행의 경계에서 균형을 잡지 못하고 한쪽으로 치우치고 만 것인지도 모른다. 그녀의 절망을 이해할 것도 같다. 마당에 책들이 쌓여간다. 영원이 촛대 옆에 놓인 성냥을 집어 든다. 무연이 성냥을 켜려는 영원의 오른 손목을 잡으며 말한다.

영원 스님! 이러면 마음이 풀려요? 이제 그만 해. 아끼는 것들이잖아!

영원이 무연을 노려본다. 무연을 향한 것인지 그녀 자신을 향한 것인지 알 수 없는 적의와 분노가 이글거린다. 짧은 순간, 나로서는 짐작조차 할 수 없는 애증과 살의가 둘 사이에 흐른다.

홍, 아끼는 거라고! 니가 뭘 안다고 그래? 이거 놔!

영원은 무연에게 잡힌 손을 뿌리치면서 소리를 내지른다. 버린 그녀의 음성은 쇠라도 벨 듯 날카롭다. 영원이 성냥을 긋는다. 찢어진 공책에 불을 붙인다. 책 더미로 불길이 옮겨 붙는다. 불길은 삽시간에 마당을 밝히고 암자를 밝히고 산을 밝히면서 한밤의 적막을 깬다. 고요하던 산이 술렁댄다. 꽃잎이 눈을 뜨고 나뭇가지가 이파리를 떤다. 어느 순간 영원이 바닥에 주저앉는다. 울음을 터트린다. 울음은 길게 이어진다. 무연이 자신의 방에서 담요를 가져와 영원의 등에 둘러준다. 나는 그녀가 저항할지도 모른다는 생각에 마음을 졸인다. 그녀는 저항하지 않는다. 무연이 영원을 등 뒤에서 부드럽게 감싸 안는다. 영원이 몸을 돌려 무연에게 쓰러지듯 안긴다. 무연 품에서 흐느끼던 그녀가 갑자기 조용해진다.

영원!

무연이 그녀를 흔든다. 움직임이 없다.

소아, 부축해 줘.

무연과 나는 그녀를 부축해 무연의 방으로 옮긴다. 나는 영원에게 이불을 덮어준다. 무연은 영원의 손가락과 발가락 끝을 바늘로 딴다. 검은 핏방울이 솟아 나온다. 숨을 멈춘 것일까, 영원은 미동이 없다. 무연이 영원의 가슴에 얼굴을 묻는다. 영원의 입술을 벌여 자신의 입술을 대고 숨을 뱉었다 빨아들이기를 반복한다. 무연은 영원의 고개를 옆으로 돌리고 두 손으로 그녀의 가슴을 누른다. 주먹으로 내리친다. 시체 같던 그녀가 가쁜 숨을 뱉는다.

소란하던 산이 다시 고요해졌다. 견성암은 평소의 밤처럼 침묵에 잠겨든다. 나는 영원의 방을 정리한다. 두 벽을 가득 메운 책들과 공책들과 소반이 사라진 그녀 방은 텅 비었다. 오랜 동안 병상에 누워있는 사람에게서 나는 마른 풀 향기가 빈방의 적막을 메운다. 나는 코를 큼큼거린다. 마른 풀 향에 쉰 듯한 피 냄새가 간간이 묻어난다. 눈알이 시큰거린다. 나는 주먹으로 눈을 문지르며 걸레질을 한다.

영원이 위독하다는 연락을 받은 무연과 나는 서둘러 산을 내려온다. 병실에 들어서자 그녀는 헤어질 때보다 더 초췌해진 모습으로 침대에 파묻히듯 누워 있다. 떨고 있는 한 마리 새 같다. 새는 몹시 불안해 보인다. 우리를 보자 어렵게 미소를 새기며 몸을 일으키려고 날개를 파닥거린다. 청허가 손을 위 아래로 흔들며 그대로 누워 있으라는 신호를 보낸다. 영원의 주위에 둘러 서 있던 그녀의 부모와 남동생이 비켜서면서 자리를 만들어 준다. 그가 그녀의 손을 잡는다. 불안한 새는 이내 편안한 낯빛이 된다.

상원암으로 돌아가고 싶어요.

청허가 고개를 끄덕인다.

영원은 따라나서는 그녀의 부모와 동생에게 집으로 돌아가라고 손짓한다. 그녀의 손끝에서 서늘함이 묻어난다. 무어라 표현할 수 없는 상흔과 배신감 같은 게 그들 몸에 어리면서 얼굴빛이 어두워진다. 영원은 무심한 척 어디에도 감정을 싣지 않는다. 문득 어머니 모습이 떠오른다. 이곳에 올 때 어머니는 밥을 한다거나 청소를 한다거나 하는 일상적인 일을 멈췄다. 아니 그런 것을 까맣게 잊어버린 사람처럼 반쯤 넋이 나가 하루 종일 앉거나 눕거나 서성거리기만 했다. 산을 오르는 나를 말릴 생각마저 못하는 듯했다. 그리고 내게는 더없이 자상하던 아버지. 어머니와 내가 사고 소식을 듣고 달려갔을 때, 차체는 형편없이 찌그러져 있었고 아버지는 숨을 멈춘 뒤였다. 그는 차안에서 낯선 여자와 어깨를 기댄 채 온 몸이 짓뭉개져 피를 흘리고 있었다. 아버지와 여자의 몸에서는 차마 눈뜨고 보기 어려운 고통이 묻어났다. 나는 눈을 질끈 감았다. 가까스로 눈을 뜬 나는 아버지얼굴을 봤다. 순간, 머릿속이 하얘졌다. 마지막 순간이라 짐작되는 지점에서 그는 크지도 작지도 않게 맞춤한 입 모양을 만들어 미소를 짓고 있는 것이 아닌가. 미소는 상큼하기까지 했다. 그 때문인지 사고현장의 참혹함이나 사고 순간에 느꼈을 법한 공포 같은 건 감지되지 않았다. 아버지는 왜 그 순간에 그런 미소를 지었을까. 나는 마치 블랙홀에라도 빠진 듯 허둥거렸다.

아버지의 죽음이나 배신감 같은 건 아무 것도 아니었다. 그보다 더 알 수 없는 무엇이, 그 미소를 보는 순간 나를 사로잡아버린 것이었다. 의문투성이였다. 저 사람이 내가 알던 아버지인지, 한 마디 말도 못하고 온 몸을 줄곧 떨기만 하는 저 여자가 내 어머니인지, 공포에 질린 표정으로 아버지에게 어깨를 기대고 있는 저 여자는 누구인지, 그 무엇 하나도 아는 것이 없고 알 수도 없다는 절망감이 밀려왔다. 정신이 혼미했다. 다음 순간 나는 내가 누구인지 미치도록 궁금해졌다. 그 어디에도 나는 없었다. 서 있거나 걷거나 달릴 때조차 나를 느낄 수 없었다. 어머니도 어쩌면 나처럼 봐선 안 될 것을 봐버린 것인지도 몰랐다. 그대로 오래 방치한다면 무슨 일이 날 것임이 자명한 그녀를 방기하고 나는 산을 올랐다. 살점을 도려내는 아픔, 피가 솟는 것 같은 데도 아픔을 느끼지 못하는 이것은 대체 무엇일까. 젊은 신광이 달마선사를 찾아가 선사의 마음을 움직이려고 자신의 왼팔을 가차 없이 자를 때의 느낌이 이랬을까. 섬뜩하다.

택시 뒷자리, 청허 품에 영원이 안겨 있다. 나는 가장 작은 면적을 차지하는 자세를 취해 그들 옆에 앉는다. 영원의 호흡이 가쁘다. 상원암까지 갈 수 있을까. 아니 대흥사까지 닿을 수 있을지도 의문이다. 담당의사는 어이없는 표정으로 말했다. 요즘 이런 병은 대수로운 게 아닌데 병을 너무 키웠어요. 이제 저희로서도 별다른 방법이 없으니 환자 뜻대로 퇴원하시는 게 나을 것 같아요. 영원은 자신의 생명을 유기한 것이었다. 자기파괴? 나는 고개를 세차게 흔든다.

기사님, 갓길에 차 좀 세워주실래요?

대흥사로 접어드는 초입에서 조수석에 앉아있던 무연이 기사에게 말한다. 기사가 택시를 갓길에 세운다. 차에서 내린 무연이 산으로 오른다. 나는 말없이 그녀 뒤를 따른다. 그녀가 거침없이 진달래 가지를 꺾는다.

영원이 진달래를 좋아하잖아.

그녀가 자신의 행동을 변명이라도 하듯 묻지도 않은 말에 답한다. 나도 진달래를 꺾는다. 무연과 나는 가슴 한 가득 진달래를 앉고 차에 오른다. 차안이 매콤한 꽃 향으로 출렁인다. 진달래를 안은 무연을 본 영원이 가늘게 미소 짓는다. 언뜻 그녀의 볼이 붉어지면서 눈에 불그레한 물기가 어린다. 무연이 품에 안은 진달래 꽃대를 한 주먹 따 영원의 손에 쥐어준다.

쉬고 싶어!

영원이 가늘게 말한다.

청허가 그녀를 깊숙이 본다. 아마 그의 시선은 그녀의 가슴을 헤집고 들어가 깊은 곳에 박혔으리라. 그녀가 무슨 말인가를 하려다 힘이 겨운지 그만둔다. 다음 순간, 그가 그녀의 입술에 자신의 입술을 포갠다. 입맞춤은 깊고 오래도록 이어진다. 마치 영원처럼. 예상치 못한 그의 행동에 놀란 나는 숨을 죽인다. 그런데도 그들에게서 눈을 뗄 수가 없다. 가슴속이 뜨거워진다. 이건 또 뭔가. 머릿속은 왜 하얗게 비어 가는가.

그들의 긴 입맞춤이 끝나자 무연이 진달래 꽃잎을 따 영원에게 흩뿌린다. 붉은 꽃잎들이 그녀얼굴에 내려앉는다. 그녀의 손과 가슴, 몸 전체로 꽃비가 내린다. 대흥사로 진입하는 가로수 길로 접어들 즈음 영원은 눈을 감았다. 창백하던 그녀얼굴에 아주 잠깐 꽃 같은 미소가 깃든다. 뱃속 깊은 곳에서 목구멍으로 뜨거운 불길이 솟아오른다. 하악. 나는 입을 벌려 불을 뱉는다. 입안과 입술, 코끝과 턱 주변이 불에 덴 듯 아리고 쓰리다. 눈물이 흘러내린다. 멈춰지지 않는다.

슬퍼하지 말게. 영원은 이제 영원의 경계에 이른 것이네.

그가 내게 쪽지를 내민다. 나는 쪽지를 구겨 주머니에 넣는다. 그녀의 떠남을 예감했음에도 나는 몹시 당황한다. 당황해 산등성이 너머 노을이 타는 하늘만 애꿎게 바라본다.

영원의 다비식.

그녀의 바람대로 영원의 뼛가루는 상원암의 호수에 뿌려질 것이며 지상에서 그녀의 흔적은 남김없이 소각될 터이다. 한 점의 흔적도 자취도 남기지 않을 것, 그녀의 유지이다. 내내 의연하던 무연이 영원의 뼛가루를 한 움큼 움켜쥔다. 그것을 삼킨다. 너무 순식간에 일어난 일이라 그것이 있었던 일인지조차 분명치 않다. 이내 무연은 아무 일도 없었던 듯 두 손을 모은다. 시종 합장을 하고 있던 청허는 바위처럼 미동이 없다. 나는 현기증과 함께 구토감을 느끼며 휘청거린다.

나는 비틀거리며 텃밭으로 가 고개를 숙인다. 신물이 쏟아져 나온다. 마치 내 몸의 장기가 모두 녹아 역류하는 느낌이다. 나는 아예 머리를 땅에 박고 액체가 멈추기를 기다린다. 쉰내가 나를 감싼다. 나는 앉은 채 머리만 물구나무 선 자세로 다리 사이를 응시한다. 팽이처럼 몸이 돈다. 산이 돈다. 숲이 돈다. 하늘이 돈다. 마침내 영원은 무(無)가 되었다. 없음, 없음, 없음. 과연 그런가. 내 안에 있는 그녀는 무엇인가. 그녀의 미소, 그녀의 음성, 그녀의 체취가 선연하다.

청허은 단식삼매에 들었고 무연은 면벽참선에 들었다.

그들이 언제쯤 방문을 나설지 나는 알 수 없다. 나는 열이 오른 채 며칠을 방안에 틀어박혀 있다 방문을 열고 나온다. 긴 꿈을 꾼 것도 같다. 어지럽다. 나는 휘청거리며 호수 옆으로 간다. 호수에 얼굴을 들이민다. 창백한 낯빛과 움푹 들어간 볼, 유독 눈만 까만 여자아이가 물속에 뿌리를 풀고 떠있는 수련처럼 머리를 풀어헤치고 나를 본다. 섬뜩하다. 나는 얼른 호수에서 얼굴을 떼 뒤돌아선다. 햇살이 부시다. 나는 눈을 찡그리며 해를 마주한다. 빛이 사납게 나를 쏜다. 나는 자꾸만 감기려는 눈을 온 힘을 다해 부릅뜬다. 눈동자가 찢어질 듯 쓰리다. 몇 분 동안을 그렇게 서 있자 해는 사나운 낯빛을 거두고 내게 몸을 연다. 붉은 빛이 부드러워지면서 이내 흰빛이 된다. 주변이 온통 하얗다.

어느 순간 나는 투명해진다. 핏줄이 돋고 뼈가 드러나고 내장이 드러난다. 나를 이루는 그것들은 서서히 색을 지우고 마침내 물빛이 된다. 나는 가벼워진다. 두 팔을 퍼덕거리면 날아오를 것 같다. 나는 고개를 들어 가련봉을 본다. 가늘게 구부러진 길이 마치 은하수처럼 하얗게 띠를 두르며 하늘로 이어져 있다.

나는 날갯짓을 하며 은하수를 따라 날아간다.

그림자지우기

온통 붉은빛이다. 여기는 어디인가. 도무지 짐작할 수가 없다. 마치 초현실주의 그림이나 컬트영화에 나옴직한 다분히 몽환적이며 뭔지 모를 열기와 죽음의 그림자가 가득한 곳에 내가 누워 있다. 하늘을 휘둘러본다. 하늘은 하나의 거대한 붉은 휘장처럼 펄럭이고, 휘장 뒤에 숨었는지 태양은 보이지 않는다. 지상마저 붉은 기운에 함락되어 있다. 나는 몸을 일으킨다. 하늘과 지평선의 경계가 모호한, 붉은 사막의 한가운데 내가 서 있다. 사람의 흔적은 없다. 그 어떤 생명체도 구조물도 보이지 않는다.

나는 오른손을 왼쪽 가슴에 대본다. 뼈가 서걱댄다. 약간의 통증이 느껴진다. 무슨 일일까. 내 몸이 이상하다. 나는 몸을 살핀다. 백골. 내 살과 피와 장기, 그 밖의 몸을 이루는 인자들은 어디로 사라진 것일까. 나는 절망적인 기분이 되어 바닥에 주저앉는다. 모래가 바람을 일으킨다. 모래를 만진다. 부드럽다. 나는 모래를 두 손바닥 가득 담아 들어올린다. 그것은 손가락 뼈 사이로 빠르게 빠져나간다. 허탈하다. 나는 지금의 상황을 어떻게든 이해해보려고 골똘히 생각에 잠긴다. 이해할 수 없다.

고요하다. 아아아. 소리를 질러 본다. 아아 아아 아아아. 메아리가 답한다.

다시 적막.

나는 가능하면 이 상황을 잊으려고 애쓰면서 능선 위에 눕는
다. 얼마의 시간이 흘렀을까. 뭔가가 지나가는 소리가 들린다. 바
람소리? 나는 고개를 들어 소리 나는 쪽을 본다. 능선 끝에서 어
떤 것이 움직인다. 사람의 형상이거나 고사목 같은 물체이다. 물
체와의 거리가 좁혀지는 것으로 봐 그것은 나를 향해 오고 있는
게 분명하다. 백골이다. 여자인가. 여자가 내 발치쯤에 선다. 분홍
빛 여자. 분홍은 말없이 나를 내려다보더니 나와 마주본 자세로
모로 눕는다. 낯설지 않다.

누… 누구세요? 저… 저를 아세요?

내가 말한다. 그러나 말은 소리가 되지 못하고 목안에서만 맴
돈다.

그녀가 내 손을 잡는다. 잡힌 손이 삐걱거린다. 그녀는 내 몸을
향해 자신의 몸을 바짝 붙인다. 나는 옆으로 살짝 물러난다. 내
가 물러난 만큼 분홍이 다가온다. 그녀가 내 목을 끌어안는다. 내
게 입 맞춘다. 나는 저항한다. 저항은 미미하다. 그녀의 동작이 너
무 자연스럽기 때문이다. 아무런 제어를 못하고 그녀를 향해 열
리는 내가 느껴진다. 분홍의 입술이 나의 가슴에서 배로 내려간
다. 나는 질끈 눈을 감는다. 분홍의 심장박동소리에 내 심장박동
소리가 겹친다.

당신은 누…구…? 질문은 문장이 되지 못한다. 그녀가 미소 짓

는다. 모든 것을 알고 있다는 듯, 그냥 자신을 맡기라는 듯. 나는 그녀를 받아들이기로 한다. 아니 거부할 수가 없다. 그녀와 나는 뒤엉킨다. 하나가 된다. 등뼈와 갈비뼈가 부서지듯 아파 온다. 그녀도 아픈 모양이다. 눈물이 고인다. 정수리에서 발치까지 전율이 인다.

이어 분홍과 나는 바람인지 중력인지 알 수 없는 힘에 의해 허공으로 오십여 미터쯤 들어올려진다. 어지럽다. 눈물이 흐른다. 눈물은 가슴에서 눈으로 코로 귀로 입으로 연이어 흐르더니 몸 전체로 흘러내린다. 이내 비처럼 사막을 적신다.

그렇게 얼마의 시간이 지났을까. 한 세기가 흐른 것 같기도 하다. 어느 순간, 흰빛 같은 게 번쩍 한다. 곧바로 빛이 사라지면서 어둠만이 남는다. 어둠 속에서 나는 지독한 통증을 느끼며 눈을 뜬다.

꿈에서 깨어난 나는 한참 동안을 비현실감에서 헤어나지 못한다. 뼈마디가 욱신거린다. 근육은 마비된 듯 감각이 없다. 눈동자를 굴려본다. 뻑뻑하다. 주변을 둘러본다. 아직 날이 밝지 않은 모양이다. 새벽 네 시. 몸을 뒤척여본다. 무겁다. 아랫도리가 축축하다. 아랫도리뿐만 아니라 온몸이 젖어 있다. 침대도 젖어있다. 나는 몸을 일으키려다 귀찮은 생각이 들어 이내 누워버린다. 뒤엉킨 백골이 허공에 어른거린다.

뒤척이다 겨우 잠이 들면 또다시 기이한 꿈의 연속이다. 꿈으로 인해 고통스럽다가도 이젠 일상이 돼버렸다. 잠들지 못하는 밤엔 그리워지기까지 한다.

아무래도 나는 악몽에 중독된 모양이다.

그림엽서

나는 집을 드나들면서 우편함을 확인하는 버릇이 있다. 광고 전단지와 각종 공과금고지서와 카드 결제대금 청구서가 우편물의 대부분을 차지하고 전자우편이 편지를 대신하면서 더 이상 손으로 쓴 편지 같은 것은 오지 않는데도 말이다. 게다가 중요한 공과금은 자동이체 시켰으므로 군이 우편함을 뒤질 필요는 없다. 그런데도 집을 나가거나 들어올 때면 내 눈은 어김없이 우편함을 훑고 있다.

오늘도 나는 우편함을 뒤진다. 광고지 사이에 엽서 한 장이 끼어있다. 이색적이 광고겠지, 무심히 버리려다 엽서를 다시 들여다본다. 엽서가 무심한 내 시선을 잡아끌었기 때문이다. 그것은 광고가 아닌, 손수 그린 그림엽서. 4B연필로 기호처럼 그려진 이미지는 한순간에 나의 뇌리에 각인된다. 삼분의 이 지점에 수평선인 듯한 선이 그어져 있고 네 사람이 손을 잡고 춤을 추고 있는 단순한 그림이다. 춤추는 네 사람 왼쪽에 앉아 있는 또 한사람, 오른쪽 끄트머리엔 등대인 듯한 형상, 그리고 하늘에 반쯤 찬 달. 그림은 고도로 절제된 선으로 처리되어 그린 사람의 숙련된 솜씨를 짐작케 한다.

나는 보낸 사람 주소를 확인한다. H라고 적혀 있다. 받는 사람 주소에는 정확히 내 이름과 주소가 적혀 있다. H? 누구지? 나는 무어라 분명하게 설명할 수 없는 불길한 감정에 사로잡힌다. 가슴 한 켠이 서늘해진다. 순간 분홍이 뇌리에 스친다. 나는 고개를 좌우로 저으며 싱겁게 웃는다. 꿈일 뿐이야. 나는 엽서를 책상 위에 던져놓는다. 짧은 순간 그림이 아른거린다.

그리고 잊어버렸다. 그것에 대해, 그 이상한 느낌에 대해.

K로부터 전화를 받은 건 그날 밤이었다. 전화벨이 울리는 시간, 나는 꿈속을 헤매고 있었다. 예의 반복되는 꿈과 다른 점이 있다면 허공에 들린 분홍과 내가 추락하는 마지막 장면이다. 그것은 추락이라기보다는 폭발이라고 해야 하리라. 어떤 경고나 징후 없이 그녀와 나는 한순간에 폭발해버렸다. 똑같은 꿈을 계속해서 꾸다보면 꿈속에서도 다음 장면을 예측하게 되는 법이다. 하나가 된 분홍과 나는 허공에 들려 강물로 흐를 터였다. 환희가 찾아올 터였다. 그러나 추락은 느닷없이 일어났고 그녀와 나는 도리 없이

공중에서 부서졌다. 부서져 흔적 없이 흩어졌다. 주검도 그렇지는 않을 터이다. 최소한 육체의 한 조각은 남지 않은가. 허탈함이라든가 허무감이 찾아들 겨를도 없이 찰나에 사라져버렸다.

암전.

어둠에서 깨어나고 있을 때 전화벨이 아련히 울리고 있었다. 가위눌린 나는 꼼짝할 수가 없었다. 아니 가위눌림하고는 사뭇 달랐다. 내가 없는 텅 빈 상태랄까. 그렇게 한참동안을 아무 고통도 아무 생각도 없이 나는 비어있었다. 벨은 어림잡아 서른 번은 울다 그치더니 오 분쯤 뒤에 다시 울리기 시작했다. 나는 이마에 흥건히 젖은 땀을 손등으로 걷어내며 수화기를 든다.

네-에.

목소리가 갈라진다.

…….

여보세요?

B?

아무 소리가 없던 수화기 저편에서 다소 우울한 목소리가 말한다.

그…런데요.

나, K야.

누…구…?

K.

전화 잘못 거셨어요.

수화기를 내려놓으려는데 우울한 목소리가 다급하게 나를 붙잡는다.

전화 끊지 마. 나 K야. 그러니까… 이십 년 만이지.

순간, 등줄기를 타고 오소소 소름이 돋았고 동시에 바닷가 작은 마을이 떠올랐다. 빨간 양철 지붕과 지붕 위로 떨어지는 빗소리, 흰 고양이, 불타는 교회, 등대, 그리고 그녀. 이십 년이 지났는가. 이십 년이란 말을 듣자 비어 있는 나를 이미지들이 순식간에 채워간다. 나는 이미지가 되어 파도를 치듯 출렁인다.

밤늦게 미안하다. 전화 끊지 말고 내 말 들어.

……:

그가 웬일인가. 거의 소식을 끊고 지냈는데. 아니 소식을 끊었다기보다는 서로의 묵인으로 우리는 전혀 모르는 사람들처럼 살았다고 해야 할 것이다.

갑자기 전화해서 미안하다. 누님이 돌아가셨어!

……?

누님이라니, 내가 알기로 K는 형제가 없다. 그에게 가족은 무녀인 어머니뿐이다.

H누님 말이야. 네가 와야 할 것 같아.

내가 대답을 못하고 머뭇거리자 K가 누님 앞에 H를 붙인다. 그녀의 이름이 H였나. 나는 누님이라는 호칭과 H라는 이름을 쉽사리 한사람으로 연상하지 못한다.

으응.

엉겁결에 대답을 한 나는 수화기를 내려놓는다.

그랬다. 우리는 한번도 H를 누나나 누님이라고 부르지 않았다.

빨간 양철지붕

개척교회 목사의 아들인 Y와 무녀의 아들인 K, 절에서 살고 있는 N, 초등학교 교사의 아들인 나, 부모의 직업으로 따지면 결코 어울리지 않는 우리 패거리가 H를 만난 건 초등학교 사 학년 봄이었다. 새학기가 시작되고 얼마 되지 않았으니까 사월 말이거나 오월. 우리들은 그녀보다는 그녀의 집을 먼저 만났고 그녀에 대한 소문을 먼저 접하게 되었다. 어촌이란 게 그렇듯 이방인이 오게 되면 그에 대한 소문이 끊이지 않는 법이다. 하물며 이십 년 전에는 더 그랬으리라.

엄밀히 따지면 그녀는 마을에서 이방인이라고 할 수는 없었다. 그녀의 생부가 살던 마을이었고 그녀가 초등학교를 졸업할 때까지 살았으므로 그녀에게는 고향인 셈이었다. 그러나 마을 사람들에게 그녀는 이방인이었다. 그녀가 중학교 진학을 위해 도시로 나간 이후 그녀의 행적에 대해 마을 사람들도 모르는 터라 그녀에 대한 괴이한 소문만이 떠돌았던 것이다. 그녀는 정신이 좀 이상한 데, 결혼한 지 한 달이 넘도록 남편과 잠자리를 못해 쫓겨났다고 했다. 미친 여자라도 잠자리하는 건 쉬운 일이고 아이들도 쑥쑥 잘 낳는다고 생각하는 게 통념인지라 자초지종을 알기도 전에 불온한 짐작만이 부풀려져 사실로 굳어버린 셈이었다.

그게 없대. 우리 넷은 우리들이 알 수 있는 약간의 사실을 가지고 킥킥대며 이상한 상상을 했다. 생식기가 없다는 건 상식적으로 있을 수 없는 일이고, 만일 그게 사실이라면 그녀는 그때까지 살아있지도 않았을 것이다. 조금만 생각하면 알 수 있는 일이었다. 그러나 설령 사실과 다르다 해도 이미 고착된 사실은 진실이 되어버리기도 한다. 하물며 유년기에서 청소년기로 넘어가는 과정의 어린이라면 더욱 그럴 것이다. 우리는 그때까지 한 번도 만난 적이 없는 그녀에 대해 이미 그렇게 못 박고 있었다.

그것이 없는 미친 여자.

나와 한 동네에 사는 K, 이 킬로미터쯤 떨어진 옆 마을에 사는 Y와 N, 우리는 늘 함께 어울렸고 학교가 끝나면 누가 먼저랄 것도 없이 바닷가 등대 옆 창고로 모였다. 말하자면 그곳은 우리들의 아지트인 셈이었다. 그곳은 마을과 일 킬로미터쯤 떨어져 한적

하였고 어른들의 눈총도 피할 수 있어서 우리에게는 더할 수 없이 맞춤한 장소였다.

그러나 우리들이 어울려 다니는 건 어른들에게는 달갑지 않은 일이었다. 비교적 내가 제재를 덜 받았고 목사 아들인 Y의 고초는 설명이 필요 없을 정도로 가혹했다. 그 나이에 걸맞게 우리들은 부모보다는 우정을 택했다. 창고는 몇 년째 빈 채로 방치돼 있었고 우리에게는 하늘이 준 축복의 공간이었다. 우리들만의 성(城). 계절이 지나가면서 우리는 그 성과 함께 성장했다. 그곳은 어른들로부터 우리를 보호하는 방패막이이자 우리들이 놀고 꿈꾸는, 각자의 집보다 더 소중하고 신성한 공간이었다. 그런데 우리들의 성 바로 옆에 그녀가 집을 짓는 것이었다. 성이 허물어지는 건 시간 문제였다. 그녀는 우리에겐 도둑인 셈이었다. 때문에 우리는 만나지도 않은 그녀에 대한 증오를 키웠고 벼락이나 홍수 같은 게 나서 그 집이 허물어지기를 간절하게 희망했다.

우리의 희망은 여지없이 무너졌다. 그해 봄은 공사하기 더할 나위 없이 날씨가 좋았다. 비 한번 내리지 않았다. 공사가 중단된 밤이 되면 우리들은 각자의 집을 빠져 나와 그 집을 없앨 음모를 꾸몄다. 아직 마르지 않은 시멘트를 마구 짓밟거나 쌓은 담을 무너트리거나 지붕의 재료인 양철을 사정없이 밟아 짓이겼다. 그러나 우리들의 행동은 그리 오래지 않아 어른들에게 들통이 났다. 우리들은 마을이 떠들썩하게 혼이 났고, 집안에서 금족령이 떨어졌으며, 그 집에 접근금지 명령이 내려졌다. 그렇다고 우리의 발길을 온전히 막을 수는 없었다. 하지만 우리들은 그녀의 집이 완성되어 가는 것을 무력하게 지켜보는 수밖에 없었다. 그때처럼 어른들이 원망스러운 적도, 우리가 힘센 어른이기를 소망해 본 적도 없었으리라.

그녀의 새집에 양철 지붕이 올려졌고 마당에는 텃밭 겸 정원이 꾸며졌다. 은빛 양철 지붕에는 빨간 페인트가 칠해졌다. 당시 지붕의 재료로는 기와나 슬레이트나 석재를 쓰는 게 보통이었으므로 그 집은 마을에서 유일한 양철지붕이 되었다. 빨간 양철지붕과 어깨 높이의 낮은 돌담, 지붕과 같은 색으로 칠해진 사립문, 열린 문틈으로 푸릇푸릇한 텃밭이 보이고, 마루를 지나면 방이 보이는, 그 집 어디에서나 바다가 펼쳐져 있는, 한눈에 봐도 우리들의 볼품없는 창고와는 격이 다른, 그림 같은 집이 의연히 모습을 드러냈다.

H

마침내 그녀가 이사 온다는 그날, 일요일이었다. Y가 빠지고 K와 N, 나는 아침부터 아지트로 모였다. 셋은 우리들에겐 도둑인 그 여자를 골탕 먹이고, 언젠가는 그녀를 쫓아내 우리들의 성을 완벽하게 다시 찾겠다는 결의로 불탔다. 마치 전투에 나가는 병사들처럼 비장했다. 미친 여자 따윈 필요 없었다.

온다, 와. N이 말했다. 하얀색 소형 트럭이 먼지를 일으키면서 그녀의 집을 향해 달려오고 있었다. 우리 셋은 재빠르게 그녀의 집 담 옆으로 달려가 몸을 숨겼다. 트럭이 집 앞에서 멈췄다. 조수석 문이 열리고 그녀가 발을 내딛었다. 그것도 없는 여자가 머리는 산발하여 풀어헤치고 꽃 한 송이를 꽂은 채 히죽히죽 웃는 모습을 상상해서였을까. K와 N과 나는 눈을 둥그렇게 떴다. 대님 바지에 분홍색 터틀 스웨터를 입고 생머리를 뒤로해서 단정하게 묶은 그녀는 한눈에 봐도 전혀 미친 여자의 모양새가 아니었다. 백오십팔 센티미터 정도의 키에 가느다란 체구, 가무잡잡한 피부에 갸름하면서 약간 둥근 얼굴, 쌍꺼풀 진 맑은 눈과 유난히 두툼한 입술, 그녀는 한눈에 봐도 미인이었고 섹시해 보이기까지 했다. 다리에 힘이 쑤욱 빠져나갔다. 사람은 보이는 것과는 다를 수 있고 소문의 진상과는 더 다를 수 있음을 예측하고 있었어야 했다.

그녀가 K와 N과 나를 보았다. 셋은 주춤 뒤로 물러섰다. 중간 크기의 남색 배낭을 메고 빨간 양철지붕의 대문으로 향하던 그녀는 K와 N과 나를 보고 미소 지었다. 살짝 윙크를 한 것 같기도 했다. 언제 내렸는지 살집이 오른 흰 고양이 한 마리가 그녀의 뒤를 따랐다. 녀석은 앙칼진 눈을 빛내며 K와 N과 나를 노려보았다. 셋은 고양이와 그녀의 눈길을 피해 황급히 다른 곳으로 시선을 돌렸다. 미소 지으면서 그녀가 무슨 말을 한 것도 같았다. 안녕!

그녀의 경쾌한 목소리 때문이었을까, 크고 맑은 눈 때문이었을까. 우리 셋은 누가 먼저랄 것 없이 전의를 상실하고 있었다. 그때였다. 예배를 마친 Y가 K와 N과 내 쪽으로 달려왔다. 그사이 그녀는 빨간 사립문을 지나 가벼운 발걸음으로 마당으로 걸어가고 있었다. 저 여자야? Y가 그녀의 뒷모습을 턱짓하며 물었다. 누구도 대답하지 않았다. 니들 왜 그래? 굳은 표정의 K와 N과 나를 보며 Y가 다시 말했다. 왜들 그러냐니까. 그 여자랑 무슨 일 있었냐? Y가 목소리를 한껏 높여 말하자 그때서야 K와 N과 나는 정신을 차리기 시작했다. 아니 정신을 차려야겠다고 생각했을 것이다.

애들아. 트럭기사가 우리들을 불렀다. 우리들은 멀뚱히 기사를 쳐다보았다. 이 녀석들이, 이리 와서 좀 도와주라니까! 전의를 되찾을 사이도 없이 우리들은 기사에게 불려나갔다. 그녀의 짐은 작은 트럭 하나 분량의 소량이었다. 트렁크와 경대, 작은 가구들, 책 박스 네 상자, 여섯 개의 화분, 그리고 앰프와 턴테이블과 레코드판 세 상자.

그녀를 보던 Y의 표정이 지금도 생생하다. 그녀를 보기 전까지만 해도 전의에 불타고 있던 Y, 그러나 그녀가 살짝 돌아보며 고마워! 하는 말 한마디에 적의가 단숨에 호의로 변해버린, 다소 상기되기까지 한 그의 얼굴. 트럭기사의 말에 야, 돕기는 뭘 도와, 저 여자 이삿짐을 우리가 왜 날라? 그냥 가자, 성화를 대던 Y가 그녀를 본 순간 짓던 표정. 일거에 증오가 해제된, 그리하여 그동안 다져왔던 적의를 한순간에 풀어버린 천진한 그의 얼굴.

그날, 그녀가 빨간 양철 지붕의 집으로 이사 오던 일요일 오전, 전의에 불타던 우리들은 그녀에게 단 한 번의 공격도 해보지 못한 채 그녀의 이삿짐을 옮겼다. 모두 허탈한 심정이었을 것이다. 이삿짐을 모두 옮기고 그녀가 손수 끓인 국수까지 먹고 나서 우리들은 그녀의 집을 나왔다. 정말 고마워, 또 보자. 그녀는 오랫동안 우리를 알아온 사람처럼 대문 앞까지 나와서 다정하게 인사했다. 그녀의 집을 나온 우리들은 방파제 옆에 다시 모였다. 노을이 지고 있었다. 우리 패거리 중 누구도 입을 열지 않았다. 노을빛을 받아 잔물결 치는 파도만 애꿎게 바라보았다.

우리들은 새로운 전환점에 서 있었다.

K와 짧은 통화를 마치고 엉거주춤 서 있던 나는 욕실로 간다. 샤워기를 틀고 거울을 본다. 거울 속의 얼굴이 낯설다. 퀭한 눈자위와 풀린 눈동자, 밤사이 자란 수염, 열정이라고는 찾아볼 수 없는 노리끼리한 낯빛. 너는 누구인가. K는 어떻게 내 연락처를 알았을까. 오늘 받은 엽서를 보낸 사람은 그녀, H였단 말인가. 보낸 사람 주소에 H라고 적힌 이니셜을 보고 단박에 알았어야 했다.

나는 어수선한 생각들을 떨쳐버리기라도 하듯 세이빙 폼을 듬뿍 짜 눈만 내놓고 얼굴 가득 바른다. 몸에도 거품 칠을 한다. 거울 속에 흰 가면을 쓰고 온 몸에 거품 칠을 한 사내가 나를 보고 있다. 둘은 한동안 대치한다. 둘 사이에 적의가 깊다. 나는 면도기로 왼쪽 볼을 쓸어내린다. 가면 왼쪽 볼이 지워지면서 붉은 핏방울이 맺힌다. 쓰리다. 나는 핏방울이 번지는 것을 개의치 않고 오른쪽 볼을 쓸어내린다. 오른쪽 볼이 지워진다. 나는 몸 구석구석의 거품을 면도기로 지워나간다. 지우는 동안 오른쪽 턱과 왼쪽 젖꼭지와 사타구니를 베었다. 상처에 물이 닿을 때마다 쓰리다.

욕실에서 나온 나는 커피메이커에 원두커피를 넣는다. 오전 여섯 시. 오전 열 시에 인터뷰가 잡혀있으므로 시간여유는 많다. 나는 커피가 끓는 동안 침대 정리를 하면서 청소한 지가 오래되었다는 생각이 들어 방 전체를 청소하기로 한다. 책상을 정리하다가 엽서를 본다. 등대, 손잡고 춤추는 네 사람, 나와 K, Y와 N, 그리고 우리를 향한 건지 반달을 향한 건지 분명치 않은 자세로 앉은 H, 어제는 잘 보이지 않았지만 등대 옆에 간단한 선으로 처리된 그녀의 집, 우리들의 즐거운 한때를 크로키 한 그림임에 틀림없다.

그녀는 왜 이 그림엽서를 보냈을까. 왼쪽 가슴께가 당기면서 아려온다. 꾸르르륵 꾸르륵, 원두커피가 내려지는 소리가 들린다. 나는 왼쪽 가슴을 문지르면서 커피메이커 쪽으로 향한다. 걸을 때마다 왼쪽 젖꼭지가 씀뻑거린다. 사타구니도 씀뻑거린다. 전화벨이 울린다. 나는 머그잔에 커피를 가득 따른다. 전화벨은 멈추지 않고 계속 울어댄다. 서른여덟, 서른아홉 번째 벨이 울자 나는 오른손에 커피를 들고 왼손으로 수화기를 든다.

여보세요.

… 나야, Y.

목소리가 가라앉아 있다.

으응. 그래.

누군가 연락을 해오리라 짐작하고 있었으므로 나는 침착하게 대답한다.

K한테 전화 받았어.

…오… 오래 만이지?

네 영화는 봤다.

내려가야 하지 않을까?

…….

Y는 십육 미리 저예산 영화로 화제를 일으켜 삼십오 미리로 다시 제작하여 상영관에서 개봉한, 이제는 이름만 되면 웬만한 사람은 다 알아보는 장래가 유망한 신예감독이다. Y의 소식은 종종 텔레비전이나 지면을 통해 접할 수 있었고 나는 마음만 먹었다면 그를 만날 수도 있었을 것이다. 그러나 나는 그에게 연락을 취하지 않았다. 내심 그가 반가웠지만, 그를 만나면 그 시절의 기억도 함께 떠오를 테고, 현실적인 희망 없이 게으르게 살아가는 내 모습을 보이기 싫었는지도 모른다. 또 Y도 나를 만나고 싶지 않을 거라는 생각이 들었다. 하지만 나는 그의 기사가 난 잡지나 신문을 꼼꼼히 스크랩하였고 시간을 내서 그의 영화를 보았다.

모레가 발인이니까 내일은 내려가야 하지 않을까. 어떻게 할래? 만나서 함께 갈까?

글쎄…….

너무 오래만이어서일까, 자신의 의지와는 상관없이 통화를 해서일까. 한동안 수화기를 들고 있었는데도 Y와 나는 할 말을 찾지 못해 입안에서만 말을 웅얼거리다 통화를 마쳤다. 어떻게 지냈느냐, 뭘 하느냐 안부를 물을 수도 있었을 터인데, 우리는 서로에 대해서 묻지도 말하지도 않았다. Y의 목소리를 듣는 순간 엉겁결에 피와 불이 유난히 많던 그의 영화 장면이 떠올라 네 영화를 보았다는 말을 할 때도 그는 내 말을 듣지 못했는지 그녀에게 갈 것인가에 대한 얘기만을 했다. 나 또한 머뭇거리다 그러자면서 수화기를 놓았다. 사실 그녀에게 가야한다는 생각을 얘기했을 뿐이지 우린 서로 H를 어떻게 만나야 할지 당황하고 있었는지도 모른다. 그녀를 만날 준비가 되어있지 않은 것이다.

지상에서 그녀를 떠나보내야 한다. 아니 이미 떠났다.

그러나 그녀를 버려두고 떠나온 그날 이후 우리들은 이생에서는 그녀를 다시 만나지 않으려고 도망 중이었는지도 모른다.

N

나는 여성지를 망라해서 주간지, 월간지, 계간지 등에 잡글을 쓰는 자유기고가이다. 나보다 세 살 어린 성공한 벤처사업가의 인터뷰 도중에 Y에게서 음성 메모가 들어와 있었다. 인사동에 있는 N의 카페에서 만나 함께 가기로 했으니 오늘 밤 일곱 시까지 그곳으로 오라는 거였다. 음성 메모를 듣는 그때까지도 나는 그녀에게 가야할 것인지에 대해 결정을 못하고 있었다. 오후 네 시 사십 분. 나는 집으로 돌아가 그녀에게 갈 것인지 아닌지에 대해 생각하기로 한다. 그러나 망설이는 마음과는 다르게 내 손은 벌써 가방을 꾸리고 있었다. 간단한 세면도구와 소형 카메라, 메모할 공간이 많은 두터운 수첩……. 아무 생각 없이 물건들을 챙기던 나는 문득 내 행위의 의미를 깨닫는다. 머리로는 고민을 하지만 이미 내 마음은 그녀에게 달려가고 있는 것이다. 나는 그녀가 보낸 그림엽서를 집어 든다.

빨간 양철지붕 집에 H가 둥지를 튼 다음날 우리들은 창고에 다시 모였다.

희망이 사라지면 그럴까. 넷은 기운이 빠진 채 서로의 눈을 마주치지 않으면서 슬금슬금 바다로 시선을 주었다. 십여 분이 흐르자 Y가 말했다. 대책을 세우자. 그는 우리들 중 가장 강단이 있었다. K와 N과 나는 일제히 Y를 쳐다보았다. 묘안이라도 있어? K가 답을 내놓으라는 듯 대꾸했다. 계획을 수정해야겠다. 어떻게……? 지금부터 생각해봐야지. 그녀를 잘 알아야하니까 우선 친해지자. 내심 그녀에게 해코지라도 할 대안을 내세울지도 모른다는 생각에 긴장해 있던 N과 K, 나는 안도의 숨을 내쉬었다. 친해지는 거야 뭐…… 안면도 있는데. 그럼 이렇게 하자. 일단 며칠 동안은 학교 끝나고 이곳에 모여 그녀를 관찰하자. 그런 다음엔……? 그 다음엔 여자에게 자연스럽게 접근하는 거지. 어렸을 때 이곳에서 살았다고 하지만 세월이 한참 지났으니 아직 이곳은 그 여자에겐 낯선 곳일 거고, 게다가 동네 사람들도 여자가 이 마을에 들어온 걸 싫어하는 눈치니까 생각보다 쉽지 않겠어? 그래, 그렇겠다.

그때였다. 야옹 야아옹.

셋이 Y의 의견을 내심 반기면서 진지하게 수긍하고 있을 때 가까운 곳에서 고양이 울음소리가 들려왔다. 우리들은 소리 나는 쪽으로 고개를 돌렸다. 주인에게 나쁜 생각을 가졌다는 것을 눈치 챈 것일까. 창고의 창문턱에 살이 적당히 오른 고양이가 살기 가득한 눈빛으로 우리들을 노려보고 있었다. 몸 전체가 하얀 털로 뒤덮이고 유독 눈동자만 까만 놈의 눈빛은 강한 대비를 이루어 사나운 인상을 주었다. 일순, 우리들은 겁먹은 표정이 되었다. 이놈이! K가 고양이를 향해 주먹을 날렸다. 야아옹. 고양이는 K의 주먹을 피해 지붕 위로 사라졌다.

창아, 창아! 어디 있니?

그리 멀지 않은 곳에서 여자의 목소리가 들려왔다. 넷은 창고의 비닐 창문으로 다가갔다. 그녀였다. 머리를 감았는지 젖은 머리칼을 날리면서 창고 쪽으로 다가오고 있었다.

창아!

고양이의 이름이 창인가. Y가 키득키득 웃기 시작했다. K와 N,

나도 따라 웃었다. 고양이 이름은 셀리나 나비라고 하는 게 보통인데, 창이라니. 우리에게 살의를 내리꽂던 놈의 눈빛을 떠올리면서 우리들은 칼이나 활, 그리고 창 같은 무기를 생각했을 것이다. 그때 우리들은 언젠가 저 기분 나쁜 놈을 이름처럼 한방에 날릴 생각을 하고 있었는지도 몰랐다. 야옹. 언제 다시 왔는지 놈이 웃고 있는 우리들이 같잖다는 듯 비웃었다. 웃음소리 역시 불쾌했다. 이 자식이? 이번엔 Y가 대뜸 고양이를 향해 주먹을 날렸다. 끼잉. 우리가 낄낄대는 사이 놈이 방심한 걸까. 고양이는 Y의 주먹을 피하지 못하고 바닥으로 꼬꾸라졌다.

야아옹, 터억.

차…앙!

놈이 바닥으로 굴러 떨어지는 소리와 동시에 그녀의 애절한 목소리가 들렸다. 넷은 숨을 죽이고 그녀의 행동을 훔쳐봤다.

어쩌다 이랬어? 아프겠다.

그녀는 마치 엄마가 아이에게 하듯 고양이를 가슴에 포옥 안고 놈의 몸을 이리저리 살피면서 울먹였다.

씨팔, 고양이 새끼 다친 걸 가지고 호들갑스럽긴.

Y였나 K였나, 누군가 빈정대듯 내뱉었다.

H가 그 소리를 들었는지 우리 쪽을 향해 눈길을 주었다. 우리들은 뒤로 한 발짝 물러서면서 고개를 숙였다. 그러다 그녀의 눈

이 내 눈과 마주쳤다. 누군가 살짝 건드리면 눈물이 주르륵 떨어질 것 같은 눈빛으로 그녀가 보일 듯 말듯 미소 지었다. 나는 약간의 죄의식 같은 것으로 머쓱해져 고개를 돌렸다.

그녀가 고양이를 안고 우리들을 향해 걸어왔다.

아니 어제 이사를 도와주던 녀석들 아니니? 근데 여기서 뭐 하는 거야?

창고 문을 열고 우리들을 본 그녀가 금세 밝아져서 명랑하게 말을 건넸다.

…….

우리들은 그녀의 눈을 피하면서 머뭇댔다.

아하, 알겠다. 이곳이 너희들 아지트구나. 그럼 나하고는 이웃이네.

그녀는 세 평쯤 되는 너절한 창고의 내부를 둘러보면서 말했다.

…….

집 짓는 사람들이 빈 창고가 있는데 쓸어버릴까 물어봐서 그냥 두라고 했는데 그곳이 바로 이곳이구나. 이웃사촌이라는데 우리 앞으로 잘 지내보자.

…….

우리들의 창고도 그녀의 소유란 말인가. 성이 허물어지는 위기를 그녀가 막았단 말인가. 우리들은 가슴이 덜컥 내려앉는 소리를 들으면서 속으로는 잘됐다는 생각을 했다. 고양이가 나타나기 전까지만 해도 우린 그녀에게 접근하기로 했지 않은가. 뾰족한 방안이 나온 것도 아닌데 그녀가 먼저 잘 지내보자니 이거야말로 경사가 아닐 수 없었다. 우리의 운이 다시 풀리기 시작한 거였다.

야아옹, 크룽크룽.

그녀의 질문에 긍정도 부정도 표시하지 못하는 사이 놈이 먼저 끼어들었다. 예의 살의에 찬 눈빛으로. 애완동물은 주인에게 악의를 품은 사람을 대번에 알아본다던가. 놈이 문제였다. 놈하고 친해지거나 놈을 제거해야 한다. 우리 넷은 아마도 그런 생각을 했을 것이다.

너희 여기에 계속 있을 거니? 특별히 할 일이 없으면 우리 집에 가자.

고양이의 번뜩이는 눈빛을 되받아 치는 우리들에게 그녀가 제안했다.

네에.

그 나이엔 그런 게 쉬운 일인지도 모른다. 고양이에 대한 적의를 한순간에 풀고 우린 일제히 착한 아이들처럼 대답했다.

그날 이후 우리들과 그녀와의 관계는 순조롭게 풀려갔다. 창고는 아지트의 역할을 자연스럽게 빨간 양철 지붕의 H네로 내주었다. 분명 더 좋은 것이 생기면 좋은 것은 더 이상 흥미를 끌지 못한다. 약은 것이다. 사실 우리들은 그녀와의 첫 만남에서 이미 그녀에 대한 전의를 해제하였고, 어쩌면 남모르게 그녀를 사모하였는지도 몰랐다. 그녀는 마알간 눈빛으로 우리들의 영혼을 단번에 사로잡아 버린 것이었다.

그러나 K는 우리 셋과는 사뭇 달랐다. 우리 중 가장 말수가 적은 녀석, 근본도 모르는 무당 자식이라며 놀림을 받던 그는 쉽게 그녀에게 손을 내밀지 않았다. 아니 그녀가 내민 손을 잡으려하지 않았다. 그는 Y와 N과 내가 빨간 양철지붕의 집으로 향할 때 창고로 향했고, 창고는 그만의 공간이 되었다. H도 그에게 특별한 반응을 보이지는 않았다.

지금 생각하면 그냥 내버려두는 게 사람들에 대한 그녀의 태도였는지도 모른다. 우리들의 투정을 받아주고, 이야기를 들어주고, 말갛게 웃어주던, 그녀는 그때 우리의 속내를 훤히 들여다보고 있었는지도 모른다.

우리들 중에 가장 조숙한 녀석은 K였다. 그 다음이 자신의 의지를 조용히 펼치는 N, Y는 단호함과 강단으로 일종의 묵계에 의해 우리들의 리더인 셈이었고, 많은 사태를 뒤늦게 알게 되는 쪽은 항상 나였다. 시간이 한참 지나서야 알게 되었지만 H가 이사 오던 날 밤에 그녀를 끌어안고 첫 몽정을 한 녀석도 K였고, 고양이를 살해한 것도 그였다.

은행 알이 익어가면서 퀴퀴한 냄새를 풍기던 그해 가을 오후, 창고 옆에서 독약을 먹고 쓰러진 고양이가 발견되었다. H의 지극한 간호에도 불구하고 고양이는 그날 밤을 넘기지 못했다. H는 모든 걸 알고 있는 눈치였지만 굳이 고양이 살해범을 밝히려 하지는 않았다. 그녀는 우리들이 지켜보는 가운데 그녀 정원의 동백나무 밑에 손수 고양이를 묻었다. 그때까지 그녀의 집밖을 맴돌던 K도 고양이 장례식에 참석했다. 그가 어떻게 H의 정원까지 오게 되었는지는 알 수 없었지만.

그날, 고양이를 묻던 동백나무 아래에서 K는 입을 꾹 다물고 있었다. K와 H의 모습이 지금도 선연하다. K는 시종 컴컴한 얼굴로 고개를 떨구고 있었고 H는 종종 K의 어머니가 굿춤을 춘 뒤 마을 사람들에게 보내던 울음과 웃음이 함께 밴 눈빛을 K에게 보내곤 했다. 둘 사이에 어떤 일이 있었던 걸까.

그녀는 가끔 고양이 무덤 앞에서 우두커니 앉아 있는 것을 제외하고 고양이에 대해서는 한 마디도 하지 않았다. 그렇게 우리들은 만난 시간보다 훨씬 빠른 속도로 가까워졌고 혈육이나 우정의 감정으로는 설명할 수 없는 야릇한 기류 속으로 빠져들어 갔다.

휴대전화가 울린다. 순간, 나는 들고 있던 엽서를 떨어트린다.

네!

......

여보세요?

......

장난 전화군, 휴대전화의 폴더를 접으려 하는데 수화기 저편에서 다소 억눌린 목소리가 내 손을 저지시킨다.

저어… 나야.

누구……?

N이야.

어, 어……!

기다렸는데 안 와서… Y는 와 있다.

가야지.

대답을 하면서 나는 책상 위의 알람시계를 본다. 일곱 시 십 분을 넘어서고 있다.

빨리 와라.

그래.

N과의 짧은 통화보다 더 짧은 것만 같은 세월이 폴더를 접는 사이 지나간다. 나는 조금 막막한 기분이 되어 창밖을 본다.

종로경찰서 앞에서 내린 나는 인사동 골목으로 몸을 꺾는다. 카페나 찻집의 간판을 하나씩 훑으며 느리게 걸음을 옮긴다. 다

경향실, 귀천, 이화, 느리게 사는 곳, 오래된 시계……. 카페 이름이 '사막'이랬나. 생각해보면 N은 늘 사막 같은 분위기를 자아냈다. 마치 오랜 수면부족과 영양실조에 시달린 아이처럼 그는 뭔가 한구석이 비어있는 것처럼 보였다. 그렇다고 그가 불쌍해 보이는 것은 아니었다. 그에겐 그 또래 아이들이 갖지 못하는 기품 같은 게 있었다. 갓난 아이 때부터 절 집에서 자란 녀석 특유의 고요함과 허기가 그를 우수에 젖게 하였는지도 모른다. 녀석은 자신의 허기를 채우기라도 하려는 듯 그녀에게 집중했다. 그는 우리 중 가장 먼저 H를 차지했다.

학교가 끝나면 우리들은 곧장 그녀의 빨간 양철 지붕 집으로 집결했다. 우리들의 놀이는 지천으로 깔려있었다. 노을이 지는 바다에서 낚시를 해 밤이면 매운탕을 끓여 먹었고, 비가 오는 날엔 양철지붕 위로 떨어지는 강한 비트조의 빗소리를 눕거나 배를 깔고서 감상하곤 했다.

너희들 아니?

좀 시끄러울 정도로 큰 양철지붕으로 떨어지는 빗소리를 듣고 있던 우리들에게 그녀가 평소보다 상기된 목소리로 물었다.

뭘……?

우린 모두 의아한 표정으로 그녀를 보았다.

이 소리 때문이었어. 내가 단열도 방음도 잘 안 되는, 양철을

지붕소재로 고집한 게. 난 이 소리가 좋아. 속이 다 시원해지거든. 내 몸과 영혼이 샤워하는 느낌이 들어 정말 시원해!

그녀는 마치 자신이 샤워를 끝내고 가벼운 몸이 된 듯 경쾌하게 말했다.

샤워하는 느낌이라니. 평소에 목욕하는 걸 그다지 즐기지 않던 우리들로서는 그녀의 느낌을 알듯 모를 듯했다. 하지만 더운 여름 하고 후에 등목 할 때의 시원함이나 바다에서 헤엄칠 때의 느낌을 떠올리고는 넷은 슬며시 웃었다. 우리들은 마치 샤워를 하는 사람들처럼 얼굴을 들고 눈을 지그시 감은 채 경쾌한 빗소리를 맞아들이곤 했다.

사람은 망각의 동물임에 틀림이 없다. 애초에 그녀를 해치려던 우리들의 계획은 사라졌고, 누구도 그런 계획 따위를 세웠다는 사실조차 잊어버린 듯했다. 어느새 우리 넷은 H의 사랑을 받으려는 보이지 않은 알력으로 밤마다 몸살을 앓았다. 각자 집으로 돌아와 그녀를 끌어안는 꿈을 꾸었고 아침이면 흥건히 젖은 팬티를 불안하게 바라보았다. 집에 거짓말을 하기 시작한 것도 그 무렵부터였으리라. 학교에서 선생님을 도와준다느니, 공부를 한다느니, 청소를 한다느니, 집으로 돌아가는 시간이 늦어지는 이유를 우리 패거리들은 서로에게 알리바이를 제공하면서 적절하게 꾸며댔다. 동시에 우리들은 가끔 혼자서 하늘을 바라보기도 하였고 수평선 너머를 한없이 지켜보기도 하였다.

　그러다 N이 절로 돌아가지 않고 H네 집에서 밤을 보내고 등교하는 일이 잦아지면서 우리들의 우정은 조금씩 틈이 생기기 시작했다. N의 대부인 혜명스님은 엄격했고 매사에 흐트러짐이 없는 사람이었으나 어딘지 그 정체가 불분명했다. 당시 우리가 알기로 스님은 세 부류가 있었다. 결혼을 해서 스님노릇을 하는 대처승과 암자를 돌아다니며 수행정진 하는 선승, 그리고 대중들과 융화를 잘하는 어쩔 땐 세상 사람들보다 더 세속적인 대중승. 그는 독신이므로 대처승은 아니고, 그렇다고 사람들과 잘 어울리는 대중승도 아닌, 선승과 대중승 중간쯤이라 해야 할 터이다. 찾아오는 사람 받아들이고 불자들이 조금씩 시주하는 것으로 있는 듯 없는 듯 살아가는, 어쨌거나 그는 착한 스님임에는 틀림없었다.

　N을 찾아다니던 스님이 마침내 우리 패거리와 H의 관계를 알게 되었다. 호통을 칠거라 짐작한 우리들의 예상과는 다르게 그는 N을 곧바로 절로 데려 가지 않았다. 그러다 보니 공공연하게 N이 H네서 머무는 날이 많아졌고 그는 우리 셋의 경원의 대상이 되어 갔다.

　취재 때문에 이 거리를 비교적 속속들이 아는 편이었지만 사막이란 카페를 찾기까지는 시간이 한참 지나서였다. 사람 한 명이 겨우 걸을 수 있는 좁은 골목이 끝나는 곳에 아주 작은 나무판에 돋을새김 된 '사막'이란 글자가 눈에 들어왔다. 그 아래 수년은 되었음직한 낡은 나무문이 있었다. 마치 문을 열면 사막이 펼쳐질 듯한 인상이다.

문 앞에서 조금 망설인 나는 사막의 문을 연다. 조용하다. 짧은 순간 나는 사막 안을 훑어본다. 통나무로 만든 테이블 여섯 개와 그 테이블마다 놓인 편안해 보이는 의자들, 벽은 황토색 핸드코트로 덧발라져 있고, 흔히 카페의 벽에 붙은 영화포스터 한 장, 아기자기한 소품 한 점, 그림 한 점이 걸려있지 않다. 구석에 스무 그루쯤 되는 나무군락을 제외한다면 아무런 치장이 되지 않은 곳이다. 장사를 하지 않을 모양인지 손님은 없다. 으흠. 나는 헛기침을 한다. 나무들이 벽인가, 나무들 사이에서 긴 머리를 뒤로 질끈 동여맨 예술가 같은 분위기의 N이 나온다. 짧은 머리의, 단정하고 도도한 느낌마저 풍기는 Y가 뒤따라 나온다.

왔냐?

으응.

우리는 이십 년의 거리만큼이나 어색한 미소를 새기면서 악수를 한다.

셋은 N의 차에 몸을 싣는다. N은 운전석에 Y는 조수석에 나는 뒷자리에 앉는다. 그녀에게 닿으려면 다섯 시간은 족히 걸릴 터이다. 한 평 남짓한 공간에 무거운 침묵이 흐른다. 무거움을 지우려는 듯 N이 음악을 튼다. 마일즈 데이비스의 재즈음악이다. 색소폰 선율이 차안을 잠식한다. 심연을 휘젓는 듯한 우울한 선율에 나는 조금 불편해진다. 몸을 뒤척인다. 음악에 관해서라면 나는 지금까지도 H를 벗어나지 못하고 있는지도 모른다. N과 Y도 그럴까. N은 긴장한 사람처럼 몸을 앞으로 바짝 당겨 두 손으로 핸들을 잡고서 운전에 집중하고 Y는 팔짱을 끼고 고개를 떨군 채 움직임이 없다. 둘의 뒷모습이 어둡다. 문득 나는 그녀의 사인이 궁금해진다. 어디가 아팠거나 사고라면 모를까 자연사는 아닐 터이다.

저… 혹시 어떻게 된 일인지 아니?

나는 딱히 누구에게랄 것 없이 허공에 질문을 던지듯 묻는다.

으음, 그게……

N이 주저한다. 나는 다음 말을 채근하는 표정으로 룸미러를 본다. 그와 눈이 마주친다. N이 내 시선을 피해 눈을 아래로 내리깔면서 말한다.

글쎄…, 나도 정확히는 알 수 없는데 심장마비 같기도 하고 자살 같기도 하고 잘 모르겠어. 가보면 알 수 있겠지.

가보면 알겠지. 나는 다시 창밖으로 시선을 꽂는다. 어느새 사위가 어두워졌다.

그녀의 일상은 단조로웠다. 아침이면 텃밭을 손질했고 청소와 빨래를 마치면 책을 읽거나 음악을 들었다. 때로 수평선 너머를 하염없이 바라보거나 고양이와 얘기하거나 텃밭에 기르는 채소나 정원의 나무들을 보고 중얼거리곤 했다. 그녀는 우리들의 누나나 어머니와는 일상이 다른, 생의 중심을 깨달아버렸거나 포기한 후에 찾아 온 평화를 누린다고 할까. 그 어떤 욕망도 삶의 목표도 없는, 그녀는 마치 피안의 세계를 사는 존재 같았다. 동네 어른들이 재수 없다면서 터부시하는 그녀였지만, 우리들에겐 오히려 환상 같은 존재였다.

지금 생각하면 그녀가 그렇게 가난한 편도 아니었고 맘만 먹었다면 그녀는 완벽한 여자로 살수도 있었을 것이다. 성전환수술도 감쪽같이 하는 시대에 자궁발육부전이란 대단한 질병도 아닐 터였다. 보통 여자, 아니 소녀보다 가느다란 질을 좀 넓이는 게 현대 의학으로 뭐 그리 어려울 것인가. 언젠가 나는 내 부모가 그녀에 대해 얘기하는 것을 들은 적이 있다.

한번 들여다봐야 하는데 잘 안되네요. 동네 사람들이 워낙 불길하게 생각해서 말이에요. 아닌 게 아니라 나두 괜히 좀 께름칙하고.

아마 아버지가 어머니에게 H에게 가보았느냐는 질문에 어머니가 대답하는 모양이었다.

그래도 당신이 같은 여자니까 자주 들여다보고 그래요. 그 애 아버지의 간곡한 부탁도 있고 해서 그래.

아버지는 한때 그녀의 생부가 교장으로 있던 학교에서 근무한 교사였다.

질이 아이들처럼 작기 때문이라지만 생리는 한다니까 자궁이 없는 건 아닐 텐데 수술을 하든가 하지 왜 이혼은 했는지 몰라. 어렸을 때부터 그 아이가 성장이 늦긴 했어요. 그래서 그 애 아버지가 좀 우직해 보이는 제자 녀석과 결혼을 시킨 거고……, 한 달 동안 그 짓을 시도해도 영 성공할 수가 없었다잖아요. 이혼 사유야 분명하지만… 교장선생님도 생각이 없진 않으실 텐데…… 왜 불쌍한 딸아이에게 그리 무심했나 몰라.

나는 자는 척하면서 그들의 얘기에 한껏 귀를 열었다.

생각하면 참 불쌍하지. 그 아이 생모는 그 아이를 낳고 바로 세상을 버렸고, 그 아이에겐 큰어머니뻘인 집에서 이복형제들과 함께 살았으니 당연한 결과인지도 모르지. 게다가 고향을 떠난 후부터는 줄곧 혼자서 하숙을 했다니까……. 그런 경우 생모가 있어야 상태를 알아 수술을 하든가 했을 텐데 결혼해서까지도 그게 비정상인줄은 몰랐다잖소. 성장이 좀 늦는 줄만 알았지. 사실을 알았을 때 수술을 권했지만 그 아이가 말을 듣지 않았대. 이혼도 그 아이가 원했고 이곳에서 살겠다고 고집한 것도 그 아이였다니까, 교장선생님도 어쩔 도리가 없으셨다는군.

그렇긴 하네요. 그래도 사모님 나쁘다고도 못하죠, 뭐. 남편이 밖에서 나온 자식인데 키우기가 쉬웠겠어요? 게다가 생모는 아이만 나놓고 덜컥 죽어버렸으니 어디 화낼 데도 없었을 테고 얼마나 힘들었겠어요. 어쨌거나 어렸을 때부터 외롭게 자랐을 텐데, 참 안됐어요.

뭔가 조처를 취하지 않으면 오래 살지는 못한대요. 일반인보다 수명이 짧다는데……, 당신이 좀 보살펴주구려.

그랬었구나. 나는 어른들의 말을 다 알아들을 수는 없었지만 신체적 장애 때문에 동네 사람들에게 경원의 대상이 된다는 사실을 이해할 듯 모를 듯 고개를 갸웃거렸다. 왼쪽가슴이 아려왔다. 부모님에게 등을 보인 자세로 누운 나는 한 손으로 왼쪽가슴을 가만히 누르고 문질렀다.

사람들은 자신들에게 전혀 피해를 주지 않는 장애에 대해서도 쉽게 불구로 단정해버리는 경향이 있다. 익명성이 없던 그 시절 그 마을에서는 더욱 그랬을 것이다. 자궁발육부전에 밖에서 나온 불온한 씨앗이며, 결혼한 지 한 달 만에 이혼 당한 그녀와 얼굴을 마주한다는 것 자체만으로도 그녀는 이미 마을 사람들에게 스트레스였고 화의 원인이었다. 어쩌면 첫 순간부터 그녀에게 영혼이 사로잡혀버린 우리 패거리들마저 어른들의 폭력에 전염되고 있었는지도 몰랐다.

시간이 지나면서 우리들의 장난은 잔인해져갔다. 누가 먼저 그녀의 속옷을 벗기는가를 궁리하고 있었던 것이다. 그녀가 잠든 사이 K와 N과 Y는 연대하여 그녀의 속옷을 벗겼고 그녀의 은밀한 곳을 훔쳐봤다. 그것이 호기심인지 사랑인지 분명하게 말하기는 어려웠지만. 그녀는 일주일을 열이 펄펄 끓고 헛소리를 해대며 앓았다. 방과 후 그녀에게 얼음 수건을 갈아주며, 그녀의 알 수 없는 헛소리를 들으며, 나는 녀석들을 죽여 버리겠다고 두 주먹을 불끈 쥐곤 했다. 그러나 막상 그들 앞에 서면 내 주먹은 힘없이 풀어지곤 했다.

K와 N과 Y는 한동안 그녀에게 닿지 못하고 빨간 양철지붕 집 주변만을 맴돌았다.

일주일을 앓고 일어난 그녀는 그녀 주변을 맴돌던 K와 N과 Y를 다시 거두어 주었다. 눈치를 보던 녀석들은 이전보다 단단해진 모습으로 그녀 곁으로 돌아왔다. 어딘지 모르게 훌쩍 커버린 듯한 녀석들 앞에서 나는 이유를 알 수 없게도 주눅이 들었다. 무엇이 그들을 그렇게 단단하게 만들었을까. 어쨌거나 시간차는 있었지만 남모르게 몽정을 하고 부끄러운 아침을 맞던 우리들에게 그녀는 첫 여자였고, 자신만의 내밀한 동굴이었으며, 최초의 자궁이었다.

우리들의 동거는 다시 시작되었다. 내 안에서는 천국과 지옥이 공존했지만 솔직히 말하자면 천국의 나날이었다. 우리들의 동거가 시작되면서 동네 어른들에게 예사로운 눈총을 받기 시작했고 Y에게는 방과 후 외출금지령이 떨어졌다. 우리들의 거짓말은 시효가 길지 않았다.

불장난

모두 잠이 든 걸까. 나는 등받이에 머리를 기대고 눈을 감는다. 짭짜름한 바다 냄새가 맡아지는 걸로 봐 차가 해안으로 접어든 모양이다. 나는 살며시 눈을 뜬다. 창 너머 하늘에 초승달이 떠있다.

애들아! 저 달 좀 봐, 달이 우릴 보고 웃고 있어!

우리들은 그녀의 시선을 따라갔다. 쏟아지는 별들 사이, 음력 사 일이거나 오 일쯤의 다소 날카로운 인상의 초승달이 위태롭게 하늘에 걸려 있었다. 달이 웃어? 한 번도 달이 웃는다는 생각을 해보지 못한 우리들로선 그녀의 꿈결 같은 목소리에 의아한 표정으로 서로를 쳐다보다 다시 달을 향했다. 그런데, 그곳, 낮은 자세로 떨어질 듯 유영하는 별들 사이에서 그녀 말처럼 달이 웃고 있지 않은가. 우리들은 마치 마술에라도 걸린 듯 멍청한 표정으로 달에게 미소로 응답했다. 그때였다. 불현듯 그런 생각이 들었다. 어쩌면 그녀는 여자가 되기를 거부한 대신 달이거나 별이거나 나무거나 풀이거나 하는 것들과 은밀한 관계를 맺고 있는지도 모른다는. 우리 패거리들이 첫눈에 그녀에게 사로잡힌 이후 이상한 기류에 빠져버린 것처럼 그녀도 그런 불온한 관계에 빠진 거라는.

등대가 보이는 모래밭에서 우리들은 그날따라 유난히 불온한 기류에 잠긴 그녀를 팔베개하고 나란히 누워 한없이 하늘을 희롱하였다. 그렇게 한 시간쯤 흘렀을까. 아, 꼰대…! Y가 갑자기 쉿소리를 내면서 벌떡 일어났다. 그는 자신의 아버지를 꼰대라고 불렀다. 우리들의 아버지들 중 가장 위엄 있고 가장 종교적이며 마을 사람 모두를 크리스천으로 만들겠다는 야심찬 그의 아버지. Y는 그런 아버지를 무식한 꼰대, 하면서 무시했다. 외출금지령이 떨어지고 학교와 교회에 갇히다시피 지내던 Y는 그의 꼰대가 출장을 가면 어김없이 빨간 양철 지붕의 그녀 집으로 기어들었다. 그날, 그의 아버지는 다른 마을에 집회가 있어 외출 중이었다. 아쉬운 표정을 지으며 Y가 화급히 떠났고 K와 N, H와 나는 밤이 지워질 때까지 마술에 걸린 사람들처럼 모래밭에 누워있었다.

아마 그 무렵이었을 것이다. 달도 웃는다는 것을 알아갈 무렵, 6학년 겨울의 초입 우리들의 장난은 위험수위를 넘어서고 있었다. Y는 화약 만드는데 열중했다. 말하자면 팔각성냥으로 사제폭탄을 만드는 일이었다.

이걸로 뭘 만들지 누구 아는 사람? 꼰대의 눈을 피해 나온 Y가 노란 봉투를 흔들면서 다소 흥분된 어조로 말했다. 뭔데 그래? Y가 그의 손에서 봉투를 빼앗으며 말했다. 봉투에선 신라시대 화랑의 전신 초상이 그려진 팔각 성냥 서너 갑이 떨어졌다. 성냥이잖아! Y가 약간 실망한 어조로 말하자, 나 이걸로 폭탄 만들 거다. 상기된 얼굴로 Y가 말했다. 뭐……? 즉각적인 관심을 보인 녀석은 K였다. 이걸로 폭탄을 만들 수 있단 말이야? 그러엄! 말도 안 돼. 폭탄이 뭐 장난감이냐?

Y의 설명에 따르면 폭탄 만드는 것은 매우 간단해 보였다. 성냥의 불붙는 부분인 유황을 걷어내 빈 깡통에 꾹꾹 눌러 담은 다음 일정량이 모이면 석유를 적당히 부어 반죽을 해서 건조시킨다. 반죽이 적당히 굳으면 새총 알이나 딱총 알, 깡통 등 폭탄의 용도에 맞게 빚어 그늘에 말려 사용하면 된다는 것이었다. Y의 확신에 찬 설명에 셋은 그의 말이 사실처럼 느껴졌다.

Y의 설명이 끝나자 내가 물었다. 폭탄이 그렇게 쉽게 만들어질

까? 된다니까 그러네. 근데 폭탄 만들어서 뭐하게? N이 물었다. 응. 우리 꼰대 교회 날려버리게. Y가 태연하게 대답했다. 뭐……? 짜아식들 놀래기는. 우리 꼰대 교회 날려도 꼰대 하나님이 다 봐주실 거야. 야, 니 아버지잖아! 아버지는 무슨……? K와 N과 나는 아무 말도 하지 못했다. 그때, Y는 진심을 숨기고 있는 것처럼 보였다. N과 K, 나 또한 어렴풋이 느끼고 있었지만 그의 숨겨진 진심을 알려고 하지 않았다. 두려웠는지도 모른다. 십 분쯤 지났을까. 침묵을 깬 건 K였다. 나 할게! K의 눈에 의지가 서렸다. 순간 내 눈앞에 불타는 교회가 떠올랐다. 야, 왜들 그래. 이러지들 마. 하기 싫은 사람은 안 해도 돼. ……. 이 일에 동참할 사람은 내일 학교 끝나고 창고로 모여라. 그래도 되지. K? 응. 그리고 H에겐 비밀로 하자. K가 고개를 끄덕였고 N과 나는 Y의 시선을 피했다. 쉽게 의견일치를 보지 못하던 Y와 K가 의기투합해서일까, N과 나는 곧바로 풀이 죽었다.

다음 날부터 Y와 N은 날마다 화랑성냥 대여섯 통을 가져왔다. 그들이 가져온 팔각성냥은 성냥개비가 수백 개가 넘었고 그것들을 낱낱이 분리해 깡통에 담는 일은 많은 시간을 필요로 했다. 우리들의 손에는 유황냄새가 배어갔고 손가락 끝은 마치 봉숭아 꽃물이라도 들인 것처럼 유황빛이 스며들었다. 그러나 아무리 속도가 나지 않는 일이라 해도 시간과 땀이 쌓이면 성과가 있는 법이다. 깡통에 유황이 제법 모아졌다. 우리들은 폭약을 시험해보기로 했다.

H의 집에서 나온 우리들은 될수록 마을과 먼 외진 논을 향해 걸었다. 사전탐사를 해놓은 모양인지 Y는 거침없이 앞장서 걸었다. K, N, 나는 줄래줄래 그의 뒤를 따랐다. 야, 니들 걸음이 왜 그렇게 늦냐? 겁쟁이들 같으니라구. 나와 N의 발걸음이 뒤쳐지자 Y가 뒤돌아서면서 목소리를 높였다. 아… 알았어. N과 나는 걸음을 빨리 했다.

마을과 얼마쯤 멀어졌을까. 인적도 불빛도 없는 벌판 한복판쯤에서 Y가 걸음을 멈췄다. 오천여 평은 족히 되는, 가을걷이가 끝난 휑한 논바닥에 짚더미가 군데군데 왕릉처럼 누워 있었다. 조용했다. 어둠이 거대한 손을 내밀어 우리들 머리 위를 덮쳐오는 듯한 느낌이 들었다. 순간 나는 오한이 든 감기 환자처럼 몸을 부르르 떨었다.

여기가 좋겠지? Y는 셋이 이미 동조하기라도 한 듯 의례적으로 물었다. 어둠 속이어서 뚜렷하게 보이지는 않았지만 K가 가볍게 고개를 끄덕인 것 같았고, N은 입을 꾹 다물고 팔짱을 낀 채, 나는 몸을 떨며 엉거주춤 서 있었다. Y는 깡통폭탄에 기름을 붓고 깡통과 연결된 줄을 십여 미터 늘어뜨리고는 우리들에게 물러서라고 손짓을 한 뒤, 무명줄에 성냥불을 붙였다. 깡통으로부터 이십여 미터 물러선 셋은 Y의 다음 행동을 주시했다. 무명줄에 불을 붙인 그는 호주머니에 손을 찌르고서 줄이 타들어 가는 모습을 바라봤다.

무명실의 불꽃은 삽시간에 타들어 갔다. 그의 발밑에서 불꽃이 일었다. 호주머니에 손을 찌르고서도 저렇게 당당한 자세가 나오다니. Y와 이십여 미터 간격을 두고 그의 등을 보고 있어 그의 표정을 살필 수는 없었지만 꼿꼿한 그의 등의 자세로 미루어 그는 아마 매우 의기양양하고 기대에 찬 얼굴이었을 것이다. 논바닥에 하나씩 떨어진 벼이삭이나 지푸라기가 타닥타닥 재를 날리면서 타들어 갔다. 마침내 불꽃이 깡통에 이르자 우리들은 숨을 죽였다. 폭약이 터질지도 모른다는 생각에 나는 두 손바닥을 양쪽 귀에 대고 눌렀다.

그런데, 어찌된 일일까. 불꽃이 깡통에 이르자 한순간에 사그라지는 것이 아닌가. 고개를 갸웃하던 Y가 깡통 쪽으로 다가갔다. Y, 위험해! K가 Y에게 다가가며 소리쳤다. N과 나도 그들에게 조금 다가갔다. 불꽃은 사그라진 게 아니었다. 통 안에서 무명실의 불꽃과 유황이 꺼질 듯 일어날 듯 위태로운 싸움을 벌였던 것이다. 터더덕, 퍼펑. 물러나, Y! 깡통폭탄이 터짐과 동시에 K가 외마디 소리를 질렀다. 불꽃들이 난투극을 벌였다. N과 나는 바닥에 엎드렸고 K가 달려가 Y를 덮쳤다. 어둡던 들판이 삽시간에 환해졌다. 두려움이 몰려 왔다.

나는 뛰기 시작했다. N이 내 뒤를 바짝 붙어 달려왔다. 둘은 한참을 달린 뒤 걸음을 멈췄다. 상황을 알아차린 N과 나는 서로의 얼굴을 쳐다보았다. 우리 둘은 곧바로 시선을 내리깔았고 논바닥을 흘끔거리다 Y와 K가 있는 곳으로 몸을 틀었다. 그곳은 온통 불꽃이 격렬히 춤추고 있었고, 불꽃의 냄새만이 들판을 휘감았으며, 녀석들의 모습은 쉽사리 시야에 포획되지 않았다. 가보자. N과 나는 거의 동시에 말했고 녀석들이 있는 곳을 향해 달렸다. 뜨거운 불기운이 볼을 스칠 때마다 불안감과 부끄러움이 범벅이 되어 몸을 달궜다.

놀랐지? 어디 다친 데는 없냐? N과 내가 그들에게 당도하자 반쯤 누워있는 자세로 의연하게 Y가 물었다. ……. 그 또래의 정의는 그런 것인지도 모른다. 그 자리에서 나와 N은 비겁자가 되었고 Y와 K는 용감한 자가 되었다. 가뜩이나 자신들의 행동에 부끄러움을 누르고 있던 터에다 Y의 당찬 기세에 눌린 N과 나는 아무런 대답도 못하고 슬금슬금 그의 시선을 피했다. 다… 다친 것 같은데… 내가 힘없이 물었다. 괜찮아! 이까짓 것 가지고 뭐. 아플 것 같은데……, 빨리 집으로 돌아가자. 문득 어머니와 아버지가 생각났다. 우리들은 너무 늦은 시간에 집으로부터 너무 멀리

와 있었던 것이다.

아니, 불이 좀 잦아들면 가자. 마을로 불이 옮겨 붙으면 안 되니까. Y는 아픈 것도 잊은 듯 들판이 불타는 걸 황홀하게 바라보면서 답했다. 불꽃은 중심선을 넘어 사위어 갔다. 논바닥의 짚더미들은 하나 둘씩 검은 그림자처럼 드러누웠다.

Y의 발등과 다리에 K의 손등에 화상자국을 남긴 그날 이후, 깡통폭탄에 대한 권리는 전적으로 Y와 K에게 돌아갔다. 그만 하길 다행이지 뭐야. 이런 겁 대가리 없는 놈들, 한번만 더 불장난했단 봐라. 그땐 가만두지 않을 거야! 동네 어른들은 우리들을 만나면 머리를 쥐어박으면서 모두 한마디씩 했다. Y아버지의 분노는 거셌다. Y에게는 더 엄한 금족령이 내려졌고, 벌로 방과 후 교회청소가 주어졌으며, N과 K와 나는 악마의 자식들이 되었다. 그는 한 번만 더 우리패거리와 어울리면 Y를 다른 지역으로 전학시키겠다고 엄포까지 놓았다.   한동안 깡통폭탄은 우리들의 관심에서 벗어난 듯 보였다. 사실 N과 나는 그것에 대해 애써 잊어버리려고 노력했을 것이다.

그러나 불꽃은 불타려는 본성을 숨기고 있는지도 몰랐다.

N, 운전하느라 피곤할 텐데 다음 휴게소에서 좀 쉬었다 가자.
그럴까.

N이 오른쪽으로 차선변경신호를 넣으며 답한다.

Y와 N은 화장실로 향하고 나는 휴게소 밖에서 담배를 피우는 남자를 지나 안으로 들어간다. 컵라면을 먹는 남녀커플과 하품을 하는 이십대 초반쯤으로 보이는 직원이 텔레비전에 시선을 주고 있다. 화면에서는 스물네 시간 뉴스를 하는 채널에서 젊은 여자 아나운서가 들뜬 목소리로 뭔가를 설명한다. '… 금세기 최대의 유성 쇼… 오늘 새벽 한 시에서 두 시 사이 우리나라 어디에서나 별똥별을 볼 수 있다고 합니다. 이번 유성은 우리나라와 일본에서 가장 많이 볼 수 있으며 벌써부터 별똥별을 보기 위해 나온 동아리 회원들의 인터뷰를 …' 무심히 텔레비전에 눈길을 주던 나는 금세기 최대의 별똥별의 축제가 될 거라는 말에 휴게소 창밖으로 하늘을 본다. 하늘은 어둡고 멀리 별 무리들이 점점이 밝혀있다. 시계를 본다. 열두 시 십 분을 넘어서고 있다. 아나운서의 말대로라면 유성 쇼는 한 시간쯤 지나야 시작할 터이다. 나는 자판기 커피를 마실까하다 '따뜻한 원두커피 1500원'이라는 문구를 보며 원두커피와 담배 한 갑을 주문한다. 커피와 담배를 들고 휴게실 밖 흡연 장소로 나온다. 볼일을 마친 Y와 N이 내 쪽으로 걸어온다.

커피 마셔? 뭐 요기할 거라도 좀 살까?

Y가 내게 묻는다.

아니.

N은 운전석에 Y는 조수석에 나는 뒷자리에 앉는다. N이 차를 출발시키면서 음악을 켠다. 피아졸라의 '천사의 죽음'이다. 다소 격정적인 느낌이 들던 연주는 이내 음울하게 잦아들며 차안의 공기를 감싸버린다. 모두 음악을 듣는 건지 아무도 말하지 않는다.

H는 바흐와 베토벤, 연주 위주의 재즈음악, 그리고 피아졸라의 음악을 즐겨 들었다. 평소에는 바흐나 베토벤, 재즈를 번갈아가며 들었는데 피아졸라를 듣는 날은 하루 종일 지겨울 정도로 그 음악만을 틀었다. 바흐나 베토벤이야 음악시간에 주워들은 바가 있어 그다지 낯설지 않았지만 이름의 어감부터가 특이한 피아졸라는 우리들에게 초면이었고 선율 또한 생경했다. 귀가 트인 것도 아니고 그녀가 좋아하기 때문에 좋아해 보려고 애썼지만, 당시만 해도 이름만큼 생경한 선율을 하루 종일 듣는다는 것은 우리들에게 끔찍한 일이었다. 하지만 우리 중 누구도 그 음악을 제지하지 못했다. 피아졸라 음반이 올려진 날의 그녀는 그 음악만큼이나 격하고 침울해 보였고 그 음반을 내리면 울어버릴 것처럼 뭔가에 골똘히 사로잡혀 있었기 때문이다.

피아졸라 음반이 턴테이블에 올려지는 날이면 우리들은 우리끼리 놀다 각자의 집으로 돌아왔다. N이 그 집에 머무는 것도 어림없는 일이었다. 우리들이 무엇을 하든 간섭하거나 질문하지 않는 H의 영향 때문이었으리라. 서로에 대해 일부러 알려하지 않기, 캐묻지 않기, 각자 편안하게 행동하기, 상대방이 아프거나 문제 있으면 알아서 배려하기……. 그런 행동양식을 그 누가 말한 것은 아니었지만 시간이 지나면서 묵계처럼 된 것이었다.

우리들이 학교에 있는 동안 Y의 아버지가 마을 사람들 몰래 그녀를 만난다는 것을 알게 된 건 깡통폭탄을 실험하고 얼마 지나지 않아서였다. 그날 나는 학교에서 몹시 아팠다. 어디가 아팠는지 지금 자세히 기억나지는 않지만. 나는 조퇴를 했고, 곧장 집으로 향하지 않고 H에게로 향했다. 나 혼자 그녀를 차지할 수 있다는 생각에 아프다는 사실도 잊은 채 발걸음도 가볍게.

마침내 그녀 집 앞, 빨간 사립문이 살짝 열려있었다. 사립문을 통과해 마당을 가로지르려는 순간 나는 내 눈을 의심하고 말았다. Y의 아버지가 그녀에게 뭔가 말을 건네고 있는 것이 아닌가. 언뜻 보면 그들은 다정한 연인처럼 보였다. 나는 고양이가 묻힌 동백나무 뒤로 몸을 숨겼다. 동네에서 가장 위엄 있고 종교적인 Y의 아버지는 그날, 그때까지 내가 알던 근엄한 목사가 아니었다. 그는 어린 사슴과도 같은 눈길을 H에게 줄곧 보내고 있었다. 그가 무슨 말을 건넸고 H는 가만히 그를 들여다보았다. 어느 순간 그의 동공이 흔들렸다. 곧이어 그가 그녀를 끌어안았다. 등줄기로 땀이 흘러내렸다. 다리에 힘이 풀렸다. 시야가 하얗게 변하면서 현기증이 일었다. 나무 뒤에서 엉거주춤한 자세로 그들을 보던 나는 무릎을 꿇는 형국으로 주저앉았다. Y의 아버지에 대한 분노를 이해할 수 있을 것도 같았다. 숨이 가빠왔다.

그런데, 그는 울고 있는가. 그의 등이 흔들렸다. H는 손을 아래로 내린 채 한동안 그의 품에서 가만히 있다가 슬며시 빠져 나왔다. 그의 볼에 흐르는 눈물을 닦아주었다. 어느 한군데 흠집 없이 완벽하게만 보이던 그에게서 얼룩을 보는 듯했다. 잘 차려입은 양복 안의 흰 셔츠에 김치 국물이 떨어진 듯한. 목사가 돌아가고 한참 동안을 나는 동백나무 등걸에 몸을 숨기고 주저앉아 있었다. 꼼짝할 수가 없었다. H가 방으로 들어간 뒤 음악이 흘러나왔다. 피아졸라의 탱고였다. 아마도 하루 종일 저 음악이 흐를 터였다. 마당으로 어둠이 짙은 그림자를 드리우고 있었다.

그날, 내가 어떻게 집으로 왔는지 기억할 수는 없다. 가슴을 손바닥으로 툭툭 치면서 열이 나는데도 으슬으슬 추워 치아를 딱딱 부딪치며 한없이 멀게만 느껴지는 길을 걸었다는 것밖에.

살아오는 동안 그 탐미적인 선율에도 불구하고 나는 가급적 피아졸라의 음악을 외면했다. 목사가 그녀를 찾아오는 날만 그녀의 턴테이블에 피아졸라가 올려진 것은 아니었으리라. 이제와 생각해보면 목사도 나약한 한 사람이었을 터이고, 피안에 사는 듯한 그녀는 어쩌면 그에게는 닿을 수 없는 환상이었을지도 모를 일이었다. '천사의 죽음'이라는 곡 중간쯤에서 눈물이 주르륵 흘러내린다. 나는 운전석과 조수석을 살피면서 조심스럽게 눈물을 훔친다. Y와 N도 눈물을 흘리는가. 둘의 손이 볼을 훔친다.

차가 마을 초입으로 진입한다. 바다 냄새가 차안으로 스민다. 왼쪽 가슴 안쪽이 저려온다. 등대 불빛이 반짝거린다. 그녀의 빨간 양철지붕 집이 어렴풋이 실루엣을 드러낸다. 나는 왼쪽 가슴을 오른손바닥으로 누르면서 N에게 말한다.

차 좀 세울래, N? 좀 걸어야겠다.

그래. Y, 너도 내릴래?

그러지 뭐.

N이 차를 주차하기 위해 방파제 쪽으로 떠나고 차에서 내린 Y와 나는 서로에게 담배를 권한다. 둘은 말없이 걷는다. 그때였다. 그녀의 집 쪽인가, 방파제 너머 수평선 쪽인가에서 뭔가가 반짝인다. 곧이어 눈을 돌릴 사이도 없이 수십 개의 빛이 바다로 내려앉는다. 별똥별이다. 나는 한숨을 뱉는다. 가슴속이 울렁인다. 숨이 차오른다. 별들은 비늘도 아름답군. 별들의 비늘 쇼는 한동안 계속된다. Y와 나는 각자 선 자리에서 숨을 멈추고 별 비늘이 낙하하는 것을 넋을 놓고 바라본다. H를 자유롭게 하소서!

H의 마음을 차지하게 하소서! 그런 기도를 했었다. 그때도 이맘때쯤이었으리라. 통계를 내보지는 않았으나 별똥별이 떨어지는

시기는 대개 늦가을이거나 초겨울쯤으로 기억된다. 떨어지는 별을 보면서 우리들은 기도했다. H의 마음을 차지하게 하소서. H를 차지하게 하소서!

너희들 무슨 소원 빌었어?

H가 예의 마알간 눈빛으로 경쾌하게 물었다. 우리 넷은 낯을 붉힌 채 고개를 설레설레 저었다.

H는 뭐에 대해 빌었는데?

N이 되물었다.

음, 나는 그냥 이렇게 살다 떠나게 해달라구.

그런 게 무슨 소원이야.

우리들은 그녀를 향해 가볍게 몸을 던지면서 서로 뒤엉켜 어리광을 부렸다.

아마 그때 그녀의 말은 진실이었을 터이다. 그녀는 세상으로부터 도망 중이었고, 성장을 멈춰버린, 그리하여 식물이거나 사물이 된 자신에게로 도망 중이었으며, 이젠 세상으로부터 그녀의 몸으로부터 영원히 도망을 가버린 것인지도 모른다.

들어가자.

Y가 내 팔을 잡으며 우울하게 말한다.

Y와 내가 그녀의 집 앞에 이르자 K와 N이 기다리고 있다.

오느라고 수고했다.

며칠을 잠들지 못한 때문일까. 햇볕에 적당히 그을린, 마른 체형의 K가 초췌한 낯과 충혈 된 눈빛으로 우리에게 손을 내민다. Y와 나는 그의 손을 마주잡는다. 마당에 이르자 향냄새가 몸을 휘어 감는다. 이른 꽃망울을 맺은, 이십여 년 전에 비해 한 아름이 더 자란 동백나무가 거대한 그림자를 만들고 있다.

셋은 K에 의해 H의 분향소가 설치된 그녀의 방으로 인도된다. 그녀의 방은 여전히 정갈하고 소박하다. 책이 좀 더 많아졌고, 음반이 더 늘었으며, 그림도구 몇 가지가 한쪽 벽면에 쌓아져있다. 자화상일까. 주름이 약간 늘고 얼굴선이 둥그레진 그녀가 갈색 테두리의 나무액자 속에서 보일 듯 말 듯 미소 짓고 있다. 연필과 목탄으로 그려진 그녀의 초상 앞에 Y와 N, 나는 차례로 분향하고 K에 의해 옆방으로 인도된다.

이제서야 다 모이는구나. 차라도 마실까?

K가 나직하게 말한다.

…….

저어. 입관은?

N이 묻는다.

아직.

H를 봐야겠다.

꼭 봐야겠어? 나는 너희들이 누님을 안보고 보냈으면 싶은
데…….

왜……?

내가 묻는다.

으응, 그게… 그러니까……

K는 잠시 주저하더니 결심을 한 듯 비장한 표정으로 말한다.

최근에는 식사를 안 하셨어. 특별하게 병을 앓지는 않았지만
원래 누님 같은 경우는 보통 마흔을 넘기기 어렵다는데 오래 사
신 거지.

K는 H에게 누님이란 호칭과 존댓말을 쓴다. 낯설다. 나이로 따
지면 그녀는 우리들에게 큰 누님이나 이모뻘쯤 되겠지만.

그동안 너희들을 많이 그리워했다.

…….

K는 계속 말을 이어간다.

그… 그러니까… 몇 달 전에 누님의 아버지인 교장선생님이 세
상을 떠나셨다. 누님은 내가 너무 오래 사는구나, 그런 말을 가끔
하셨지. 누님은 늘 자신의 죽음을 준비하는 사람 같았다. 준비랄
것도 없지. 너희들도 알다시피 누님은 항상 떠날 여장을 꾸린 사

람처럼 군더더기 없이 지내셨으니까. 곡기를 놓으신 지 보름쯤 됐을 거야. 아침에 인사를 하러 들렀는데 누님은 집 안팎 청소를 마치시고 곱게 단장을 하고 앉아 계셨지. 그리구 내가 왔을 때는 피아졸라 음악을 듣고 계셨어. 그것도 그래. 최근엔 늘 피아졸라만 들었기 때문에 그다지 이상한 느낌이 들지는 않았다. 누님이 나를 보고 웃더니 그러더라.

K! 고맙다. 내 곁에 있어줘서. 이제 마칠 때가 된 것 같구나.

무슨 얘기에요?

누님은 조용히 웃기만 하셨다.

혹시라도 내가 가면 네가 이 집에서 지내. 너 작업공간도 부족하고, 이 집 마당은 햇빛과 바람이 잘 들어 염색하는 천도 잘 마를 게야. 그리고 다른 녀석들이 오면 이 상자들을 전해 줘.

누님……?

K! 이상하게 생각지 마라. 이제와 얘기지만 내 여행은 즐거웠다. 그리고 Y, N, B, 너……, 이제 서로 만나야 되지 않겠니?

나는 아무런 대답도 할 수 없었다.

K는 얘기를 멈추고 녹차를 한 모금 마신 뒤 담배를 깊게 빨아들인다.

혼잣말을 하듯 다시 말을 이어간다.

짐을 정리하셨는데, 너희들도 알다시피 평생 함께 한 짐이라고 해봐야 얼마 안 되잖아. 염색 관련 일로 시내에 갔다 저녁에 와보니 누님이 욕조에 누워 계셨어, 창백하게. 올 가을에 이동식 욕조를 하나 구하셨지.

K가 울먹이면서 말을 멈춘다. 다시 말을 잇는다.

몸이라고 해봐야 한 줌 밖에 안 되시는데……. 동맥을 그으셨나봐. 혈액이 모두 수챗구멍으로 흘러가도록 해뒀더군. 샤워기로 흐르는 물이 혈액을 남김없이 하수구로 쓸려가도록 장치를 해두신 거지. 내가 발견했을 때는 이미 늦어 있었다. 누님은 창백하게 웃고만 계셨어.

시간이 정지된 듯 느리게 흘러간다. Y, N, 그리고 나는 가만히 그를 보거나 담배에 불을 붙이거나 녹차를 마시거나 눈을 감는다. 말을 마친 K가 허공에 오래도록 시선을 준다. 담배에 불을 붙인다.

그녀는 곡기를 끊음으로써 이미 자신의 삶을 마감한 것인지도 모른다. 그녀가 동맥을 그어 뒤처리를 한 것은 어쩌면 그녀만의 결벽증적 반응일 터이다. 그녀는 자신의 창백한 죽음을 통해 무엇을 말하고자 한 것일까. 나는 그녀가 마지막으로 남긴 말을 해독하기 위해 골똘한다. 해독할 수 없다.

우리들이 흩어진 게 언제였던가. 졸업을 이 주 정도 앞 둔 육

학년 겨울이었을 것이다. 깡통 폭탄 실험이후 Y와 K는 둘이서 어울리는 시간이 많아졌고, Y와 그의 아버지의 갈등은 극에 달했다. 이젠 이 지독한 수형 생활을 끝낼 거야. 엄마를 구해야 해. 언제부터인가 그는 그의 아버지를 꼰대라는 호칭에서 교도소장이라 고쳐 불렀고, N과 내가 알 듯 모를 듯한 말을 뱉곤 했다. H와 그의 어머니 사이에서 Y 홀로 우리들 모르게 그의 아버지와 대결을 벌였는지도 모를 일이었다. Y의 외가는 대대로 목회자 집안이었다. 그의 외할아버지 교회의 목사견습생이던 Y아버지가 여고생인 Y의 어머니를 범했고, 그때부터 그의 어머니는 Y의 아버지에게 순종하였다. 어쩌면 그는 자신의 뿌리를 거부하고 싶었는지도 모른다.

불꽃은 타오르려는 본성을 숨기고 있다고 했던가.

깡통폭탄은 두 곳에서 불꽃을 일었다. Y의 교회와 K 어머니의 당집.

그해 겨울은 거듭되는 가뭄으로 인해 대지는 건조할 대로 건조하였고, 뉴스에서는 물이 부족해 급수차로 식수를 배급한다는 내용이 연일 보도되었다. 물 때문에 인심마저 흉흉했고 식수해결을 위해 댐을 막아야 한다고 주장하기도 하던 때였다.

가뭄으로 대지가 마른 몸살을 앓아도 해는 저무는 법이고 이른 저녁을 먹은 마을 사람들은 집에서 텔레비전을 보거나 라디오를 듣거나 얘기를 하던, 여느 날과 다를 바 없는 겨울밤, 퍼벅, 펑. 퍼버벅 펑, 하는 소리와 함께 불은 급속도로 번졌고, 불꽃은 자신의 생명을 마칠 때까지 춤을 추었다. 성급한 아이들이 보름이 되기 전에 불꽃놀이를 하거나 폭죽을 터트린다고 생각한 사람들이 불붙은 교회와 당집을 발견했을 때는 이미 불꽃은 중심선을 넘어선 뒤라 불타는 교회와 당집 앞에서 망연자실 손 놓고 구경만 하고 있어야 했다. 마을의 다른 건물에 비해 웅장하던 언덕 위의 교회도 마을 끝에 자리한 소박한 당집도 한 줌의 잿빛 그림자로 누워버렸다. 두 곳 모두 다른 집들과는 외딴 곳에 있어 불꽃이 전이되지는 않았으나 Y의 아버지가 목숨을 잃었다.

그날 밤, 출장 중으로 알았던 Y아버지가 H의 집을 나와 교회로 들어갔다는 것을 보았다는 누군가의 증언으로 H가 제일 먼저 경찰서로 불려가 조사를 받았다. H는 조사 내내 침묵했고 며칠을 경찰서에 잡혀있다 집으로 돌아왔다. 전적이 있던 우리들도 그 다음날 아침, 줄줄이 경찰서로 불려나갔다. 깡통폭탄은 남김없이 회수되었다.

그 나이엔 자신의 과오도 부모의 위상에 따라 결과가 달라지는 지도 모른다. 경찰서에서 하루를 조사 받던 나는 교사인 아버지의 손에, N은 스님의 손에 인도되어 그곳을 나올 수 있었다. Y와 K는 더 머물러야 했다. Y는 아버지를 잃었다는 충격 때문인지 바보처럼 실실 웃기만 할 뿐 한 마디도 하지 않았고, 며칠이 지난 뒤 그의 어머니 손에 인도되었다. 홀로 남은, 박수 자식인지 장돌뱅이 자식인지 분명치 않다는 K가 방화범으로 확정되었다. 그의 어머니의 간곡한 사정과 탄원에도 불구하고.

내 기억으로 K의 어머니는 아름다웠다. 아마 우리 마을과 인근 마을, 내가 그때까지 보아왔던 여자들 중에 가장 미모가 뛰어난 것으로 기억된다. Y야 그럴 수도 있었겠다 싶기도 하지만 우리 패들 중에서 가장 입이 무겁고 조용하던 K의 가슴에 숨은 불씨가 있으리라고 누가 짐작했으랴. 그도 Y처럼 그의 어머니와 H가 가깝게 지내던 것을 질투한 걸까. 아니면 자신의 뿌리를 거부하고 싶었던 걸까.

K의 어머니와 H는 의좋은 자매처럼 지냈다. 우리 패거리의 치정과는 차원이 달랐다. 우리들이 닿을 수 없는 경지랄까, 이기심이 배제된 관계랄까. 대개는 K의 어머니가 H를 보살펴주었지만 어떤 때는 H에게 K어머니가 기대는 것처럼 보이기도 했다. 우리들은 그 시절, 알 수 없는 그녀들만의 미묘한 기운을 애써 외면하려 했을 것이다.

괜찮아, 당신들은 여자니까.

어쨌거나 K가 소년원으로 이감됨으로써 사건은 종결되었고 마을사람들은 마치 아무 일도 없었던 것처럼 그 일에 대해서 함구

했다. 그러나 N과 나, 그리고 Y는 K와 Y아버지에 대한 감당하기 어려운 죄책감으로 외부의 모든 것에 공격적이 되었고, 서로가 서로를 외면했으며, H에게도 마찬가지였다. 미쳐가고 있었는지도 몰랐다.

그해 겨울은 결코 봄이 오지 않을 것처럼 길고 길었다. Y는 졸업식에 참석하지도 못한 채 그의 어머니 손에 이끌려 서울로 떠났고, 나는 다른 학교로 전근한 아버지를 따라 인근 도시로 전학을 갔다. N과 K만이 그곳에 남게 되었다. 언젠가 아버지와 어머니의 오가는 얘기 중에 N이 고교진학을 위해 마을을 떠났고 소년원에서 나온 K만이 그곳에 남아 그의 어머니와 H를 돌본다는 소식을 훔쳐들었을 뿐이었다.

어머니는……?

그제야 나는 그의 어머니가 보이지 않는 것을 깨닫고는 아득한 얼굴로 앉아 있는 K에게 묻는다.

아… 어머니, 작년 겨울에 폐암으로 돌아가셨어.

적막한 눈빛으로 K가 답한다.

……!

애도와 의아한 내 심경을 읽었는지 K가 담담히 말한다.

담배 때문만은 아니셨을 거야. 나이 들어가실수록 담배가 늘긴 하셨지만 평생을 남의 한풀이만 하셨으니 폐가 상할 만도 하시지 뭐.

그랬던 것도 같다. K의 어머니는 한바탕 굿이 끝나면 담벼락 옆으로 가 담배에 불을 붙이곤 했다. 우아한 품새로 신들린 듯 춤을 추고 축원을 마친 그녀는 땀이 송송 맺힌 얼굴로 담배를 깊이 빨아들이곤 했다. 당시만 해도 몇몇 할머니를 제외하면 담배 피우던 여자들이 많지 않던 시절이어서 다소 낯선 광경이었지만 그의 어머니가 피우던 담배는 어찌나 맛있어 보이던지, 어찌나 아름답던지.

저어… 누님의 모습을 꼭 보고 싶다면 일어나자.

K가 침울한 분위기를 환기시키려는 듯 보일 듯 말듯 미소 지으며 말한다.

그림자 지워지다

누군가 다가서면 그림자가 먼저 다가오기 마련이다. 내가 누군가에게 다가갈 때도.

H가 하얗게 누워 있다. 그녀의 그림자는 지워진 것인가. 아니면 그녀는 그림자로 누워 있는가. 그녀 앞에 먼저 다가간 나와 Y와 N과 K의 그림자가 어깨를 들썩인다.

그녀가 미소 짓고 있다. K의 말처럼 창백하게 웃고 있다.

H의 유지대로 그녀의 몸은 화장하여 바다에 뿌려졌다.

자유롭게 하소서!

K는 모든 일을 의연하게 진행했다. 내게는 피아졸라 음반이, N에게는 채색한 그림 몇 점이, Y에게는 크로키 몇 점이 든 상자가 K로부터 건네졌다.

한없이 가라앉아 집으로 돌아온 나는 긴 항해를 마친 배의 닻을 내리듯 침대에 몸을 부린다. 눈을 감는다.

사막에 백골인 내가 서있다. 천지가 붉다. 바람이 분다. 모래가 춤을 춘다. 모래가 내 볼을 친다. 나는 한기를 느끼며 몸을 움츠린다. 뼈들이 시큰거린다. 주위를 둘러본다. 아무도 없다. 나는 분홍을 기억해낸다. 그녀를 기다린다. 하루를 기다려도 분홍은 오지 않는다. 그녀가 오지 않으리라는 걸 예감한 나는 걷기 시작한다. 능선까지 가보자. 사막의 끝까지 가보는 거다. 그곳에서 그녀가 기다리고 있을지도 모르는 일이니까.

바람이 세차게 분다. 목이 마르다. 입안이 말라 혀를 입천장에 대면 그대로 붙어버릴 것 같다. 입술이 타들어 간다. 능선은 보이는 것처럼 가깝지가 않다. 이십여 킬로미터쯤 걸었을까, 능선이 허물어진다. 나는 걸음을 멈춘다. 허물어진 능선 너머로 더 큰 모래 능선이 이어져 있다. 나는 낙담하여 바닥에 주저앉는다. 등뼈와 가슴뼈가 서걱댄다.

나는 일어나 다시 걷는다. 그렇게 하루밤낮을 걸었을까, 더 이상 능선은 보이지 않는다. 사막의 끝에 이른 것이다. 황량하다. 분홍을 찾는다. 어디에도 그녀는 없다. 멀지 않은 곳에 파란빛이 보인다. 바다다. 조금만 더 걷는다면 바다에 닿을 것이다. 나는 사력을 다해 바다를 향해 뛰기 시작한다. 뛰다가 정신을 잃는다.

나는 무거운 눈꺼풀을 열면서 화들짝 등을 일으킨다.

찌지찌직 찌찌직. 음악이 끝난 LP가 숨이 넘어갈 듯 밭은 소리를 질러대고 있다. 나는 비틀거리며 턴테이블 쪽으로 다가가 바늘을 레코드판의 첫 줄에 옮겨놓는다. 그녀의 피아졸라가 관능적이고 음울하게 흐른다. 나는 눈을 감고 음악에 몸을 맡긴다.

H는 내게서 그림자를 거두었는가. 아니 내가 그녀의 그림자였는가. 우리 패거리들 모두, Y의 아버지도, K의 어머니도, 그녀의 그림자였는가. 그녀는 남겨진 우리들에게 자신의 그림자를 거두라고, 그리하여 생 안에서 스스로 빛이 되라고, 창백한 한마디를 보여준 것인가.

나는 일어나 창 쪽으로 몸을 옮긴다. 블라인드를 접고 창을 연다. 검은 별 그림자가 열린 창으로 내려앉는다.

눈물이 볼을 타고 내린다.

신경정신과는 녹색선을 따라가시오

신경정신과는 녹색선을 따라가시오

그는 지금 광합성을 하고 있다.

하얀 민소매 티셔츠에 카키색 반바지를 입은 그는 □시 Y병원 숲 속의 나무의자에 비스듬히 누워 해의 빛을 기다린다. 해는 그에게 빛을 전송한다. 오랜 동안 비가 내리지 않아서인지 빛은 날카롭다. 느티나무, 단풍나무, 상수리나무, 소나무, 그리고 이름 모를 나무들이 이파리를 늘어뜨리고 햇볕을 물감 삼아 그의 몸에 그림을 그린다. 오후 네 시거나 다섯 시. 시간은 그다지 중요하지 않다. 해가 지상을 떠나려면 두세 시간은 더 남아있고 그는 지금 은밀하게 흥분하고 있다.

그의 살갗은 해에게 민감하게 반응한다. 때문에 숲은 그의 살갗과 해 사이의 내밀한 공간이다. 집 같은 공간성. 피부과담당의사는 너무 악화되었다면서 자외선 치료를 권했고 그는 거절했다. 자외선치료나 지금 하는 광합성이나 그리 다를 바 없지 않은가. 게다가 자외선 치료는 이런 은밀한 흥분을 주지 못한다. 시작은 살갗병 때문이었지만 그는 예전에 느껴보지 못한 이런 흥분과 느긋함을 즐긴다. 어쩌면 중독되어가고 있을지도 모를 일이다. 물론 그는 식물처럼 푸르게 변하지는 않을 것이다. 살갗이 그을려질 터이고 살갗병은 조금 나아질 터이다.

*

삼일 전, 이 병원에 들면서 그는 몹시 당황했다. 병원 건물은 보이지 않고 그의 시야에 잡히는 건 온통 나무들뿐이었으니까. 몇백 년 혹은 몇 십 년은 더 되었을, 어림잡아 백여 그루는 족히 되는 나무들이 일제히 이파리를 떨고 있었다. 순간, 그는 나무크기와 무성한 이파리들에 기가 질렸고 뭔지 모르게 압도당하는 느낌이 들어 뒤로 주춤 물러섰다. 불현듯 이 나무들로 인해 자신에게 무슨 일이 일어날 지도 모른다는 조금은 황당한 예감이 들었다. 병원이 맞기는 한가. 그는 왔던 길을 되짚어갔다. 마당을 나가자 대문이 열려져 있었고 곧바로 2차선 도로가 연결되어 있었다. 도로 맞은편에는 약국과 문방구, 그리고 마당이 넓을 거라 짐작되는 저택 같은 것이 자리하고 있었다. 저택의 담에 가족을 구한다는 광고지가 붙어 있었다. 광고지를 읽어보지 않았다면 그는 그 저택이 방직공장이라는 사실을 알지 못했을 것이다.

이리저리 살펴도 병원을 짐작케 하는 표시 같은 것은 없었다. 뭘 보고 이곳에 들어왔지. 그러다 대문 옆에 열려진 대문에 가려 주의를 기울이지 않으면 잘 보이지 않는 작은 입간판을 발견했다. 가로세로 삼십 팔십 센티미터 정도의 나무판에 붓으로 휘갈겨 돋움새김 된 글씨는 제법 솜씨가 엿보이는 필체로 어딘지 그것을 읽는 사람을 편안하게 해주었고 미학을 느끼게까지 했다. □시 Y병원. 대문부터가 병원일 거라는 사실을 배반하는 요소였다. 그는 잠시 동안 입간판을 주시하다 병원 마당으로 들어갔다. 길은 두 갈래로 나 있었다. 어느 쪽으로 갈까 망설이던 그는 사람들 몇몇이 운집해 있는 오른편 길로 접어들었다. 오십여 미터를 걷자 피부과건물이 눈에 들어왔다.

진료를 받으려면 새벽에 출발해야한다는 할머니의 당부에 딴엔 서둘렀으나 그는 그날 진료예약을 하지 못했다. □시는 물론이고 전국각지에서 온 환자들이 많아 그날 예약환자 수를 초과하였기 때문이었다. 피부병환자가 이렇게 많다니! 그냥 돌아간다는 게 멋쩍은 생각이 든 그는 병원 숲으로 향했다. 몇몇 나무에 링거액이 거꾸로 주입되어 있었다.

그 중 유난히 허리부분이 휜 야생소나무 한 그루가 그의 눈길을 붙잡았다. 본래의 야생소나무이파리와는 다른 질감의 정원소나무 이파리가 얹어진, 허리가 가파르게 휜 소나무 앞에서 그는 걸음을 멈추었다. 변종인가. 마음이 조금 우울해졌다. 그는 그 소나무에 팔을 둘러보았다. 두 팔 안에 다 가두기에는 어림없는 너비였다. 참고로 그는 백팔십 센티미터의 키에 마른 체격으로 팔 또한 길다. 어림잡아 그 변종소나무 수령은 이삼백 년은 되어 보였다.

숲 곳곳에 나무의자가 대여섯 개 비치되어 있었다. 그는 노란 링거액을 맞고 있는 소나무를 지나 숲 끝에 이르렀다. 맨 끝의 나무의자에 가 앉았다. 위압적인 느낌과는 다르게 숲은 편안했다. 그런 장소들이 있다. 영혼의 장소. 처음 와보는 곳이지만 어딘지 낯설지 않고 언젠가 왔던 장소 같은, 몸과 영혼이 대번에 풀어지는 느낌의 장소 말이다.

그가 의자에 앉아 담배 한 모금을 빨아들이고 있을 때였다. 그는 변종소나무 등걸 뒤에서 얼핏 사람의 실루엣 같은 것을 보았다. 그가 방금 본 그 형체를 확인하려고 의자에서 몸을 일으키려하자 그것은 그의 시야에서 감쪽같이 사라졌다. 너무 빨리 사라져서 자신이 봤던 게 사실인지 의심스럽기조차 했다. 아마 그가 담배를 중간쯤 태우고 있을 때, 시야에 잡혔다 금세 사라진, 사람인지 사물인지 분명치 않은 실루엣, 정확히 그 실체를 봤다고 해도 틀릴 때가 많은데 이런 경우는 보지 않았다고 해야 맞을 것이다.

그와 그녀와의 첫 만남은 그렇게 시작되었다. 아니 훨씬 오래전인가.

다음날 새벽, 그는 서둘러 병원으로 갔다. 먼저 도착한 수십 명의 사람들 뒤에 줄을 선 그는 가까스로 예약번호를 받을 수 있었다. 오후에나 진료를 받을 수 있을 거라는 예약창구 직원의 말을 하품을 하면서 들으면서 그는 지난밤 한잠도 자지 않았다는 사실을 깨달았다. 졸음이 몰려왔다. 그는 눈을 비비면서 자판기에서 커피를 뽑아 숲으로 향했다. 어느새 예약을 받은 사람이나 그렇지 못한 사람들 대부분이 병원을 빠져나가고 북적대던 병원은 한산해졌다.

처음엔 보지 못했는데 숲에서 링거액을 맞고 있는 나무들 대부분은 소나무였다. 대체로 야생소나무들이 치료 중이었고 세련된 느낌의 정원소나무는 비교적 건강해 보였다. 변종소나무를 지나면서 그는 아주 잠깐 어제 보았던 실루엣을 떠올렸다. 그는 싱겁게 웃고는 어제 그 의자에 가 앉았다. 그는 커피를 마시면서 담배를 피웠다. 종이컵의 커피가 반쯤 비워졌을 때, 변종소나무 뒤로 실루엣이 잠깐 나타났다 사라졌다. 잘못 봤겠지. 무심히 넘기려하는데 어떤 소리가 들려왔다. 사랑해 또는 사랑해 줘. 실루엣은 그렇다 해도 이 소리는 또 뭔가. 잠을 못 잔 탓이야. 그는 고개를 가로저으며 커피를 마저 마시려고 종이컵을 입술로 가져갔다. 그때 변종소나무 뒤에서 실루엣이 실체를 드러냈다. 소나무와 그의 거리는 십여 미터, 잠을 못 잔 탓도 잘못 본 것도 아니었다. 여자였다. 사람의 허리가 저렇게 가늘 수도 있는가. 한줌밖에 될 것 같지 않은 허리의 여자가 그에게 다가왔다.

여자는 수줍은 표정으로 그에게 말을 걸었다. 자기야, 나도 담배 한 개비 주라. 자기라니. 이 여자가 미쳤나. 생판 모르는 남자에게 자기라니. 그러면서 그는 더욱 놀랐다. 그녀의 목소리 때문이었다. 그녀음성은 중성적이다 못해 남자의 베이스에 가까웠고 소리꾼들에게서나 나올 법한, 소리 끝이 갈라진 탁음이었다. 게다가 화장기 없는 얼굴은 나이를 짐작하기 어려웠다. 사십 혹은 오십? 뭐, 나이가 상관있으랴. 분명 스무 살은 지났을 터이고 그 보다는 위일 터이다. 새삼스러울 것도 없다. 여자 같은 남자, 남자 같은 여자가 없으란 법 없고 그런 경우를 그는 종종 만나지 않는가. 자신만 해도 긴 생머리를 뒤로해서 묶어 뒷모습이나 옆모습을 보고 여자로 착각하는 사람들이 적지 않다. 그건 다분히 인상이나 이미지일 뿐이다. 그렇지만 인상이나 이미지가 그 사람을 만들기도 한다. 아무래도 상관없다. 이미지든 인상이든 그건 보여 지는 것일 뿐 실체는 변함없이 보이지 않을 테니까.

내 몸이 너무 헐거워져서 이렇게 허리를 동여매지 않으면 몸으로 자꾸 바람이 들어 와서 말야.

그가 그녀허리에 시선을 주고 있어서인지 그녀가 알듯 모를 듯한 말을 했다. 그는 얼른 시선을 그녀 얼굴 쪽으로 향하고 엉거주춤 일어나 그녀에게 담배를 권했다. 담배에 불을 붙여주면서 그녀가 낯설지 않다는 느낌이 들었다.

저어, 혹시 우리 아는 사인가요?

그녀는 긍정도 부정도 표시하지 않고 담배 피우는 데만 열중했다. 오랫동안 담배를 피우지 못했는지 아주 맛있게 피웠다. 아무래도 그녀는 트랜스젠더이거나 여성호르몬을 맞고 있는 경우이리라. 군청색 트렌치코트에 허리를 질끈 동여맨, 코트 밑으로 살짝 삐쳐 나온 녹색 옷자락이 환자복임을 짐작케 하는, 그녀는 전체적으로 가냘파 보였다. 그녀와의 침묵이 어색한 그는 담배를 가쁘게 피우고는 의자에서 몸을 일으켰다. 오른손을 주머니에 넣고 왼손으로 담배를 피우던 그녀가 그 자리를 떠나려는 그에게 오래된 연인에게 하듯 편안하게 말했다.

고마워, 자기.

순간, 그는 담배를 눌러 끈 종이컵을 떨어트렸고 동시에 그녀를 봤다. 그녀가 아이처럼 웃고 있었다. 그는 이 상황을 어떻게 처리할 수 없어 바닥에 떨어진 종이컵과 담배꽁초를 주워 서둘러 그곳을 빠져 나왔다. 걷는 동안 그녀의 시선을 등 뒤로 느끼면서.

그는 병원 본관을 지나 왼쪽으로 접어들었다. 무심코 걷는데 뭔가가 그의 시선을 붙잡았다. 거기, 〈신경정신과는 녹색선을 따라가시오〉라고 쓰인 표지판이 있었다. 지시문은 어법이 맞지 않다. 신경정신과에 가려면 녹색선을 따라가시오, 라고 써야 맞다. 그것은 나무를 잘랐을 때 그 가장자리를 살린 삼 센티미터 정도의 두께와 백 센티미터 정도의 길이, 사십 센티미터 정도 너비의 나무판에 진녹색으로 휘갈겨져 있었다. 병원입간판과 같은 필체였다. 그는 묘한 끌림 같은 것에 이끌려 지시문대로 따라가 보기로 한다. 바닥에 그려진 녹색선은 두터웠다 얇았다 하면서 다소 무질서하게 그려져 있었다. 언뜻 나무의 몸통 같게도 보이는 녹색선은 누군가 어떤 의도를 갖고 그린 것처럼 느껴졌다.

녹색선을 따라 삼십여 미터를 걷는데 유독 창문이 많은 황토색 건물이 모습을 드러냈다. 건물 앞에서 선이 지워진 것으로 봐 신경정신과일 터였다. 황토와 나무를 주재료로 지어졌음을 한눈에 알 수 있는 그곳은 초등학교나 유치원처럼 창이 많고 밝은 인상이라 신경정신과라고는 믿기지 않았다.

창안 쪽에서 사람들이 움직이는 모습이 보였다. 하품을 하는 사람, 이를 닦는 사람, 춤을 추는 사람……. 숲에서 만난 그녀가 지내는 곳일 터였다. 그는 한참을 신경정신과 건물을 바라보다 뒤돌아섰다.

그런데 이건 또 뭔가. 사랑해, 사랑해. 어디선가 계속해서 그 소리가 들려왔다. 그는 머리를 세차게 가로 저으면서 속도를 늦추지 않고 계속 걸었다. 잘못 들었거나 숲에서 만난 그녀 때문일 것이다. 몇 발짝을 더 걸었을까. 열 걸음? 스무 걸음? 그는 그녀를 기억해냈다. 천지희. △시의 라이브 바, 블루스하우스에서 〈봄날〉과 〈The Messiah Will Come Again〉을 박인수나 로이 부케넌, 그리고 게리 무어 보다 더 애절하게 열창하던 그녀. 그녀는 자신의 내부에 뭉친 슬픔을 녹여내듯 노래를 부르곤 했었다. 마치 그녀 안에 빨대나 스펀지 같은 장치가 있어서 음이나 가사를 흡수해서 녹여버리는 것만 같았다. 노래에 관한한 그녀는 모자라거나 넘치는 그와는 태생적으로 다른 소화체계를 가진 것인지도 모를 일이었다.

화장을 지워버리면 그렇게 달라지는 것일까, 그래서만은 아닐 것이다. 무대에 설 때 말고 그녀는 그다지 진하게 화장을 하는 편이 아니었으니까. 한 듯 안한 듯 그녀는 멋을 부릴 줄 아는, 그가 아는 몇 안 되는 사람 중의 하나였으니까. 딱 집어 말할 수는 없지만 그녀에게서 뿜어 나오는 오기랄까, 신명이랄까, 슬픔 같은 게 사라진 게 아닐까. 그녀에게 무슨 일이 일어난 것일까? 숲에서 그녀를 처음 만났을 때 단박에 알아봤어야 했다. 마음이 바빠진 그는 서둘러 숲으로 갔다. 의자에도 숲에도 변종소나무 뒤에도 그녀는 보이지 않았다.

처음부터 그녀는 그를 알아봤을까.

깡마른 체구에 도드라진 얼굴선, 강한 인상 때문에 선뜻 신뢰감이 가지 않은 담당의사는 그의 살갗을 이리저리 살펴보더니 선량한 눈빛으로 물었다.

식성은?

다짜고짜 반말이었다.

네에?

그는 다소 황당한 의사의 질문에 되물었다.

그러니까 식생활 패턴 말이야?

뭐 그때그때 이것저것.

야행성인가?

그렇다고 할 수 있죠.

문명병이야.

문명병?

그가 미심쩍어하는 눈치가 보였는지 의사는 두툼한 의학사전과 전문서적을 펼쳐 보이면서 그의 살갗병에 대해 친절하게 설명했다.

너무 복잡하고 예민해서 한 마디로 설명할 순 없지만, 문명에 대해 생명체가 알레르기를 일으키는 거라 할 수 있지. 사람마다 차이가 있는데, 네겐 그게 살갗으로 온 거야. 그리고 네 몸이 햇빛과 충분히 소통하지 않아서 심각해진 거지. 일종의 문명병으로 요즘은 흔한 질병이지.

무슨?

감염경로나 발병원인 같은 건 알 수 없고 전염되거나 하지는 않지만 방치하면 뼛속까지 파고들어.

그럼?

지금으로선 확실한 치료법이 없어. 약이래야 확산을 막아 일상생활에 불편이 없게 하는 정도이고 특효약 같은 건 없다는 얘기지. 삶을 바꾼다면 모를까.

어떻게?

낮에 일하고 밤에는 쉬고, 술과 담배는 끊고, 과로나 스트레스는 피하고, 가능하면 곡채식 위주의 유기농산물을 먹고 자연친화적인 집에서 사는 것 정도. 또 항상 긍정적인 마음으로 사는 게 중요하지.

살지 말란 소리네.

그런다고 죽진 않아. 어차피 때가 되면 다 죽는데, 뭐. 선택은 네가 해.

그는 무슨 병인지 몰라 힘든 것보다는 낫다는 생각이 들었다가도 의사의 말투와 태도가 거슬려 차라리 이것저것 모를 때가 좋았다는 생각이 들었다. 불치병도 아닌데 금기사항은 왜 이리 많은가. 그는 지하생활자처럼 밤에 주로 활동을 하는 야행성 생물에 속한다. 지난 일 년 동안 음악을 만든답시고 지하 스튜디오에 틀어박혀 지내면서 햇빛을 거의 보지 못했다. 게다가 컵라면과 담배와 깡통맥주로 대충 끼니를 때우지 않았는가. 의사 말대로라면 병이 깊어진 요인일 터였다. 자신의 살갗병에 대해서 미심쩍어

하는 느낌을 알아차렸는지 의사는 힘주어 말했다.

너 알아서해, 더 나빠져 뼈까지 먹혀 끝내는 지상을 뜨든가 삶에 대한 태도와 생활습관을 바꿔 사는 동안 내 몸과 잘 지내보든가.

잔인한 놈. 지가 불편하지 않아서 그렇게 쉽게 말하지, 지는 문명인 아닌가. 지 말 대로라면 이 시대 누구도 자유롭지 못 하구만.

하지만 그는 불편한 건 질색이다. 그렇다면 생활습관이나 삶의 태도를 바꾸어야 할 것이다. 문명자체는 바꿀 수 없다 해도. 그리 간단한 문제가 아니었다. 그는 자연식이나 생채식을 싫어하지는 않지만, 그의 입맛은 편리를 위해 가공된 음식이나 패스트푸드에 길들여져 있기 때문이었다. 그나마 다행인 것은 최근엔 할머니 댁에서 지내기 때문에 식생활에 신경을 쓰지 않아도 된다는 점이었다. 한의사였던 그의 할아버지 영향 때문인지 할머니의 식탁은 곡채식 위주의 자연식에 가깝다. 문제는 생활습관과 인생에 대한 태도일 터이다. 아침에 일찍 일어나 활동하는 건 그에게는 고문에 가까운 일인데다 술과 담배를 끊고 만사에 감사하는 마음으로 살아야 한다니. 당장 몇 개월 후에 죽는 것도 아닌데.

그는 기분이 상해 진료실을 나왔다.

그는 병원출구로 나가기 위해 숲을 지나면서 힐끗 변종소나무를 쳐다봤다. 그녀가 떠올랐기 때문이다. 그는 걸음을 돌려 소나무 곁으로 갔다. 주위를 둘러봐도 사람의 흔적은 없었다. 그는 어제처럼 숲 끝에 있는 나무의자로 가 앉았다.

그가 그녀를 만난 건 △시의 한 라이브 바였지만 어쩌면 그녀는 그가 태어나기 전부터 만날 수밖에 없던 운명이었을 것이다. 그녀는 그와 십오 년 터울인 성민삼촌과 단짝친구였다. 맞벌이부부인 그의 부모는 어린 그를 돌볼 시간이 여의치 않았고 그는 돌이 갓 지나고부터 초등학교에 입학할 무렵까지 할아버지 댁에서 살았다. ○시 바닷가 선착장을 지나 거대한 만 끝에 위치한 이층집인 그곳은 일층은 한의원으로 이층은 살림집으로 쓰이고 있었다. 당시 그 바닷가 이층집에 어린이는 그밖에 없었고, 성민삼촌도 고교를 졸업할 무렵이었으니까, 천방지축에 사고뭉치인 그는 정적이 감돌던 할아버지 댁을 풍요롭게 했다. 어른들은 그에게 한없이 너그러웠다. 때문에 그는 세상이 온통 자신을 중심으로 돌아가고 있다고 느꼈으리라.

한의원 맞은편에서 슈퍼 겸 횟집을 하는 김씨 부부의 딸인 미진과 그곳에서 백여 미터를 올라 산비탈에 자리한 적산가옥에서 사는 천남성, 그리고 성민은 어릴 때부터 늘 붙어 다녔다.

천남성의 집은 가난했다. 그의 아버지는 중풍으로 왼쪽 몸이

마비돼 경제활동뿐만 아니라 일상생활이 힘들었고 그의 어머니
는 그의 동생을 세상에 내보내고는 일주일 만에 지상을 떠났다.
말하자면 그는 학생가장이었다. 그와 동생의 학비는 할아버지의
후원으로 해결했지만, 그는 신문배달이며 우유배달, 횟집 아르바
이트…, 시간만 맞으면 무슨 일이든 해서 생계를 꾸려가야 했다.
가장이라는 직함에 맞게 그는 남성적이어야 했다. 그러나 단아한
체구에 조용한 말씨의 천남성은 여느 여학생보다 여성스러웠고
감수성이 예민했다. 그런 기질이 그에게는 가난보다 더 큰 불행의
원인이었을지도 몰랐다. 그에 비하면 훤칠한 키에 운동으로 다진
체격, 시원시원한 성격의 성민은 동네 어른들은 물론이고 여학생
들의 시선을 한 몸에 받았다.

　너무 다른 것들은 서로를 끌어당기는지도 모른다. 남성 좋아하
네. 야, 너 그거나 달렸냐? 저게 계집애지 어딜 봐서 사내야? 또래
남자아이들에게 빙 둘러져 놀림감이 될 때마다 성민은 어디선가
나타나 그를 구해주는 흑기사였다. 이 자식들이. 한 사람을 가지
고 놀리는 니들이 계집애지, 이런 비겁한 자식들. 천남성이 얼마
나 유익한 약초인데.

　왼쪽 몸이 마비된 천남성의 아버지는 몸져눕기 전 산골을 돌며
약초를 캐서 한의원에 파는 약초상이였다. 그래서였을까, 그는 자
신이 좋아하는 천남성(天南星)이란 야생초이름을 아들에게 지어주

었다. 산지나 수림이 우거진 습지에서 흔히 자라는 천남성은 여러 해살이풀로 가을에는 팥알 크기의 빨간 열매를 맺는다. 그 뿌리를 채취해 햇볕에 말려 해소나 구토, 간질 등의 약재로 쓰이는, 독을 품은 풀이지만 알고 보면 유익한 약초. 그의 이름은 천남성처럼 씩씩하게 자라 유익한 사람이 되라는 그의 아버지 소망이 담긴 이름이었던 것이다.

미진은 성민을 무척 좋아했고 천남성에게는 연민의 낯빛을 보내곤 했다. 그들의 삼각관계는 그들의 성격이나 생김새만큼 닿을 수 없는, 때문에 더욱 안타까운 관계였을지도 몰랐다.

그들이 고교를 졸업한 봄, 천남성은 직장으로 성민과 미진은 대학으로 그는 초등학교 입학을 위해 부모가 사는 □시로 왔다. 그 얼마 후 천남성은 군대를 갔고 가난을 극복할 수도 있다는 생각에 이국의 전쟁에 자원했다. 그때까지도 그는 자신의 정체성을 교묘하게 숨기고 있었을 지도 모른다.

천남성은 습지가 많고 비가 많이 내린다는 전쟁터에 투입되었고 잔뜩 겁을 먹은 그는 어린 시절 그를 놀리던 아이들에게 장난감 물총을 쏘듯 방아쇠를 당겼다. 그 앞에서 아이들과 여자들과 노인들이 피를 쏟으면서 죽어 갔다. 그는 정신을 잃고 말았다.

의병 재대 해 고향으로 돌아온 그는 한참 동안 햇빛을 차단한 어두운 방에서 시체처럼 웅크리고 지냈고 밤이 되면 여장을 하고 거리를 쏘다녔다.

친구 따라 강남 간다더니, 성민은 휴학을 했고 그를 좇아 이국의 전쟁에 지원했다. 친구를 따른다는 이유도 있었겠지만, 생각하면 성민의 남성성의 발로가 아니었을까. 그들의 비극은 자신들도 미처 깨닫지 못하는 사이 중반부를 지나고 있었을 것이다.

마침내 천남성아버지가 지상을 떠났고 고교를 마친 그의 동생마저 집을 떠났다. 천남성은 적산가옥에서 성민을 기다렸다. 계절이 네 번 바뀐 어느 겨울날, 성민은 한줌 재로 돌아왔다. 천남성과 함께 성민을 기다리던 미진은 서슴없이 바다로 뛰어들었다.

몇 달이 흐르고, 천남성은 △시의 그늘로 숨어들었다.

그가 그녀의 노래를 듣기 위해 블루스하우스에 간 것은 삼 년 전 이맘때다. 당시 그는 언더 록밴드 리더 겸 보컬이었다. 밴드를 결성한지 이 년째였고 대학로나 신촌 거리에서 부정기적으로 공연을 하기도 하던 때이기도 했다. 밴드의 음악적 색깔을 내기 위해 모색하던 중이었다. 뭔가 부족했다. 다가올 겨울에 음반을 낼 예정이었고 콘서트 계획도 있었지만 부족함은 쉽사리 채워지지 않았다. 그런데 그가 느끼기에 그녀는 완벽에 가까웠다. 그녀에게 부족한 게 있다면 성적소수자이며 공개적인 무대에는 서지 않는다는 점이었고 자신이 작곡한 곡을 누구에게 부르게 하거나 음반을 내지 않는 것이었다. 그녀야말로 음악을 즐기는 것 같았다. 아니면 그녀 말처럼 학대했을까. 그 당시 그는 그녀의 창법이나 음악성에 존경심을 갖고 있었고, 음악은 알게 모르게 사람사이를 결속시키는 힘이 있다.

언젠가 그는 그녀에게 물었다.

진짜 아무런 욕심이 없어요? 무대를 바꾸고 싶다거나 음반을 낼 생각이 조금도 없어요?

내가 욕심이 없어 보여? 그건 오해야. 음반을 내는 일 따윈 중요치 않아. 내 음악은 한마디로 신성모독이지. 그냥 만들어 부르고 소모시키는 거야. 내 인생처럼.

말을 하는 동안 그녀 눈이 반짝했다.

신성모독이라니, 자기파괴적이다. 그러나 그는 그녀에게서 거대한 욕망 같은 건 느끼지 못했다. 오히려 지상에서 누군가 상대할 대상이 없고, 말해도 소용없으며, 자신도 어쩌지 못하니까, 신과 독대하면서 지상의 삶을 버티는지도 모른다는 생각이 들었다. 외로움을 숨기고 독한 유머를 하는 것으로 들렸다. 갑자기 그의 뱃속 깊은 곳에서 파도가 일렁였다.

겁준다고 신이 겁을 먹나. 당신에게 종교가 있는 줄은 몰랐네.

그녀처럼 그도 농담조로 말했다.

종교가 있는 건 아니지만 어떤 절대적인 힘이 있다면 그것에 시비를 거는 거지.

그럼 자기 자신에게 시비를 거는 거네, 뭐.

그럴지도 모르지.

대답하던 그녀 눈에서 빛이 사라졌다. 저항을 포기하는 사람만이 갖는 눈빛, 처절함이 교묘히 감춰지고 공포가 서린, 때문에 쉽사리 가까이 가기 힘든 그녀눈빛이 거두어졌다.

책임져야할 가족이 있는 것도 아닌 것 같은데 굳이 그렇게까지 힘주고 살 필요는 없지 않나요?

너 같은 어린 애가 뭘 안다고 그래?

그녀의 왼쪽 입술 끝이 슬쩍 올라가면서 콧방울이 부풀었다.

태어남 자체가 상처 아닌가. 꼭 그러더라. 나이 좀 들고 아픔이 좀 있다싶으면 내내 아닌 것처럼 굴다가도 결정적인 순간에 그렇게 말하더라. 네가 인생을 알아? 네가 뭘 안다고 그래? 그건 오만이야.

그의 말은 수위를 넘어서고 있었고 그는 말문을 닫을 수가 없었다.

그러면서 정이 든 것인지도 몰랐다. 그녀가 밤 열한 시부터 자정까지 노래하는 그 바에 출입한지 석 달이 지나고 있었다. 그때까지 그는 천남성과 그녀가 동일인물이라는 사실을 알지 못했다. 그녀 역시 그를 알아보지 못했다. 둘은 동지처럼 많은 부분을 공유했다.

그녀는 목소리만큼 매력이 넘치는 여자였다. 중성적인, 그래서 더 섹시한, 때문에 그녀는 다가가기 어렵고, 가까워졌나싶으면 멀어진 어딘지 부담스러운 존재였는지도 모른다.

우리 사귀자!

싫어. 난 이성애자야.

나 여자야, 너보다 나이가 좀 많아서 그렇지.

아, 미안. 당신은 내게 여자로 느껴지기보단 혈육 같아서 말이야. 어쨌든 우린 안 돼.

난 아닌데…, 넌 내 옛 애인과 너무 닮았어.

부담주지 마. 난 지금 이대로가 좋아.

그랬을 것이다. 그의 옛 애인과 그는 삼촌조카 사이니까. 삼촌과 쏙 빼 닮아 할머니도 할아버지도 은근히 그에게 먼저 간 삼촌의 몫까지 살아주길 기대했으니까. 이래저래 그는 성민삼촌 얘기만 나오면 부담을 느낀다. 외모가 닮았을지는 몰라도 그는 그다지 남자답지도 못하고 튼튼하지도 않다. 더구나 친구 따라 강남 가는 짓 따위는 하지 않는다.

그때쯤에 그의 옛 애인이 누구냐고 물었어야 했다. 하지만 그는 그의 옛 애인에게 관심이 없었다. 그리고 그때쯤에 그의 살갗에 문제가 생겼다. 그녀하고 관계를 했나. 술 때문이야. 술에 몹시 취한 그날, 그녀 혀가 그의 입으로 들어왔고 그는 엉겁결에 그녀를 받아들였다. 거기에서 기억은 멈춰 있었다. 피부에 문제가 생기면 그것이 어쩌면 에이즈일지도 모른다는 생각을 하는 건 무지 때문일 것이다. 피부과를 전전하면서 습진이니 알레르기니 피부과마다 다른 진단이 내려졌고 피부과를 다니는 일주일 동안만 그것은 진정되다 다시 발진되었다. 그는 자신이 품은 불온한 생각 때문에 그녀를 태연하게 만날 수가 없었다. 그리고 한참이 지나서야 그는 그녀 옛 애인이 자신의 삼촌이라는 사실을 알게 되었다.

내 진짜 이름은 천남성이야. 아버지가 떠난 이후로 아무도 날 그렇게 부르진 않지만. 천남성은 발음이 그래서 그렇지 음지나 습지에서 자라는 약초래. 난 이 녀석을 본 적이 없어. 볼 기회는 많았지만 내 이름 때문에 보고 싶지 않았어.

뭐어? 그럼 당신이 성민삼촌의 ……?

그는 허공에서 그와 눈이 마주쳤다.

아니, 그때 그 쪼그만 아이가 너란 말야?

그녀는 멋쩍어 했고 그 또한 그랬다. 이어 그녀의 속눈썹이 파르르 떨렸고 눈에 물이 고였다. 다음 순간 그녀는 마치 영원 속으로 떠난 사람처럼 아무런 움직임이 없었다. 그럴 필요까진 없는데, 당신과 내가 뭘 어쩐 것도 아니고, 막말로 우린 연인 사이도 아닌데.

그와 그녀는 조금씩 어색해졌고 만나는 횟수도 점차 줄어들었다.

언제 왔을까. 그가 눈을 뜨자 그녀가 그 옆에 앉아있었다. 해는 지상을 떠났고 그의 광합성도 중단되었다.

아, 안녕하세요.

그는 얼떨결에 일어나 앉으면서 그녀에게 인사했다. 감청색 트렌치코트에 허리를 질끈 동여매고 호주머니에 두 손을 찌른 그녀가 희미하게 웃고 있었다. 전보다 얼굴이 야위었다. 허리도 더 가늘어진 듯했다.

자기야, 담배 하나 주라.

그는 담배를 꺼내 그녀에게 내밀고 자신도 한 개비 물었다.

못 알아 봐서 미안해요.

그의 말을 못들은 걸까, 대답이 없다. 담배만 맛있게 피운다.

바다에 가고 싶어, 자기랑, ○시 바다.

담배가 삼분의 이쯤 탔을 때 그녀가 말했다. 목소리에서 하얀 포말이 일었다. 그는 왼손으로 목을 감싸면서 그녀얼굴을 봤다. 간절하다.

저 소나무의 링거액이 바닥이 나기 전에 자기랑 꼭 한 번 가고 싶어. 그때 이후로 한 번도 그곳에 가지 못해….

그녀가 말꼬리를 흐리면서 고개를 숙였다. 그녀의 옆모습에서 수증기가 피어나는 듯했다. 성민이 한 줌 재로 돌아오고 할머니 할아버지는 그곳을 떠났다. 그러고 보니 그 자신도 그 후 한 번도 그곳에 가지 않았다는 생각이 들었다. 그는 선심이라도 쓰듯 대답했다.

그러죠, 뭐.

대답을 하면서 그는 변종소나무의 주사액 량을 확인했다. 사분의 일 정도 남아있다. 처음 보았을 때 삼분의 일 정도 남았었으니까 그 속도라면 일주일은 더 지나야 할 터였다. 그의 말이 끝나기도 전에 그녀얼굴에 빛이 들었다. 목소리에서 하얀 포말이 지워졌고 표정도 한결 밝아졌다.

고마워. 우리 내일 당장 가자. 아니 지금 갈까?

지금은 그렇고 내일 가죠. 근데 병원을 마음대로 나다녀도 되는 거예요?

응, 자기가 원무과에 말하면 될 거야. 그럼 내일 봐.

그녀는 그의 마음이 바뀌기라도 할까봐서인지 서둘러 그의 곁을 떠났다.

□시에서 ○시까지 백 킬로미터를 넘게 달리는 동안 그녀는 한마디도 하지 않았다. 그녀는 내내 창밖에 시선을 주다가 사이사

이 잠이 들었다 깼다를 반복했다. 행선지를 말하지 않아도 그녀가 가고 싶은 바다를 알고 있었으므로 그는 망설임 없이 차를 몰았다.

그런데 어디로 숨어버린 걸까. 그가 기억하는 바다는 그곳에 없었다. 마을도 사라졌다. 미진의 집은 흔적이 없었고 그 자리엔 큰 키의 호텔이 바다전망을 자랑하듯 도도하게 서 있었다. 할아버지의 한의원은 통창으로 된 고급 카페로 변했고 천남성의 적산가옥은 유럽풍의 방갈로로 바뀌었다.

그런 거야, 기억 속의 바다지. 바다는 몸피가 줄었고 파도도 소리를 잃었군. 내 몸이 오래돼 헐거워진 것처럼.

그녀가 혼잣말처럼 말했다. 그는 지금상황이 낯설다. 마치 숨바꼭질을 즐기는 것만 같다. 그러나 그는 숨바꼭질을 잘 하지 못한다. 그녀가 술래일까, 그가 술래일까. 한의원이, 횟집이, 적산가옥이, 그리고 성민이 너무 꼭꼭 숨어버렸다.

가까스로 정신을 차린 그는 피로해 보이는 그녀를 한의원이 있던 자리의 카페 이층 끝자리로 인도했다. 감초, 계피, 녹용, 인삼, 오가피… 등속의 약재가 칸칸이 든 약함이 놓여있던 자리다. 얼핏 느껴지는 한약 냄새 위로 빠르게 원두커피향이 얹어진다. 맥주 두 병을 시켜놓고 그녀와 그는 노을이 바다 속으로 가라앉을 때까지 한약재가 놓여있던 자리에서 마주보고 앉아 있다.

고향이란 게 그래. 혈육이나 사랑하는 사람이 떠나고 살던 집이 헐리면 상징성이 축소돼버리지. 니네 한의원처럼. 기억 속에서도 가물대고 언젠가 그 기억도 사라지겠지.

돌아오는 길에 그가 말했다.

있잖아. 내 몸이 너무 헐거워졌거든. 허리를 조이지 않으면 바람이 숭숭 들어와. 쉴 때가 된 거지. 혹시 병원이나 숲에서 내가 보이지 않아도 찾지 말고 내 소나무 아래서 광합성을 해.

그녀가 너무 가늘게 얘기해서 그는 잘못들은 걸로 착각했다. 그녀목소리에서 하얀 수증기가 말려 나왔다. 그것은 그의 뱃속에 박혔고 그는 말문을 닫았다.

광합성을 하려면 알몸으로 해야지, 좀 그렇다.

그녀가 태연하게 말했다.

그래도 안 하는 것보단 나을 거야. 옷감에 빛이 못 들겠어? 나도 가끔 이렇게 옷을 켜켜이 입고 영혼을 햇볕에 말려. 내 영혼이 너무 습해서 말야.

할 말을 잃은 그는 그녀를 멍하니 올려다본다. 그녀는 이제 자신의 문제를 해결한 걸까. 그러나 그는 묻지 않았다. 그럼 이제 좀 가벼워졌어요?

이제 영혼의 광합성을 할 필요가 없어졌다, 난.

그는 별 생각 없이 그녀에게 담배를 권했고, 그녀는 맛있게 담배를 피웠고, 그는 광합성을 했다. 묻지도 않는 말을 그녀가 띄엄띄엄 했고, 담배 피우는 속도가 느리다는 것 말고는 별다른 기미를 그는 알아채지 못했다. 그는 △시의 동료에게서 호출이 와 그곳을 떠나 있었다. 그가 수간호사한테 전화를 받은 건 어제 밤, 그녀가 떠났으니 와주라는 것이었다.

왜…?

수면제 과용이었어요.

606호, 그녀 방은 신경정신과건물 맨 위층의 끝에 있었다. 창에 하늘색 블라인드가 내려져 있는 세 평 남짓한 방안은 단순했다. 그녀의 짐은 여행가방 하나에 담겨져 있었고 오래되어 낡은 기타 하나가 그녀가 남긴 물건의 전부였다. 그는 그것을 기억해낸다. 성민이 기타를 키고, 그녀가 노래를 부르고, 미진과 어린 그가 두 손바닥을 양 볼에 대고 앉아 듣던 바로 그 기타다. 그는 멈칫 다가가 현을 켠다. 음이 흔들린다. 멍청한 여자. 자살조차도 포기해버려야 신성모독이지, 모독은커녕 작은 내진도 일으키지 못하겠구만.

그녀는 그러나, 그에게 지진을 일으킨다.

당신 음악은 어디서 나와요?

신에 대한 모독.

당신에겐 신이 없잖아. 자신을 모독하는 거네, 뭐.

그럴지도 모르지. 아니 신에게 말을 거는 거라고 해두지.

대답해요?

아니.

그녀는 자신의 말처럼 신성모독을 한 걸까. 아니면 몸도 영혼도 더 이상 광합성을 할 필요가 없어져 농담을 해제한 걸까.

*

그는 광합성을 한다.

그녀소나무를 본다. 그녀가 가느다랗게 떤다. 그녀 동맥에 꽂힌 주사기는 뽑혔고 링거병은 제거되었다.

이제 영혼을 말릴 필요가 없겠다, 난.

그녀목소리가 그의 뱃속 깊은 곳에서 들려온다.

해는 구름 속에 몸을 가리고 바람이 나무들 이파리를 흔든다. 그는 눈을 감고 흥분을 기다린다. 흥분되지 않는다. 그가 일어나 앉는다. 찬바람이 살갗을 파고든다. 기분 좋은 한기다. 그리고 무슨 일이 일어났는가. 뭔가가 갑자기 떨어진다. 작은 새떼가 난 것 같기도 하다. 이파리들이다. 수령이 오십 년 혹은 백 년은 넘었을 느타나무, 단풍나무, 상수리나무, 그리고 소나무 이파리들이 새떼처럼 한꺼번에 하강한다. 한순간에 일어난 일이었다. 그러나 그들의 하강은 한없이 느리게 지속된다. 새떼들은 나무의자와 그녀의 변종 소나무와 그의 몸에 사뿐히 착지한다. 그의 몸이 굳는다. 이어 그가 은사시나무처럼 몸을 떤다.

나무는 그 이파리의 팔 할을 한순간에 떨어뜨린다던가. 식물책에서였나, 할아버지의 지나가는 말이었나. 정확히 기억나지 않는다. 그때 그는 설마, 왜? 그렇게 생성하는 거야. 생성? 에에, 이파리들이 자살하는 거구만, 뭐. 그는 비웃었었다.

그는 그러나, 지금 비웃지 못한다. 어느새 그는 흥분한다. 그녀가 거침없이 그 안으로 걸어 들어온다. 그는 몸 안 가득한 수액을 쏟아낸다. 그의 몸을 박차고 나온 그것은 소나기처럼 그녀 속으로 하강한다. 그녀웃음소리가 들린다.

해는 지상을 떠났고, 하강한 새떼들은 부화할 것이며, 그녀는 그보다 더 긴 세월을 이곳에서 부화할 터이다.

그는 그녀에게서 몸을 일으켜 숲을 나와 신경정신과의 녹색선을 따라 걷는다.

이사하다

식물의 세상은 이 도시와 마찬가지로 먹고 먹히는 세계다. 혹자는 그 세계를 사랑이라고 말한다. 혹자는 그 세계를 삶이라고 말한다. 이를 거부하는 방법은 생을 거부하는 방법밖에 없다. 그래서 살아남든 멈추든 상처투성이라고 말한다.

1.

나는 숨이 멎을 것 같은 고통을 느끼며 눈을 연다. 아무것도 보이지 않는다. 흔한 전등 불빛 한 줄기 없다. 여기는 어딘가. 당신에게선 연락이 없다. 아침에 이곳으로 옮겨질 때의 기억만 또렷하다. 당신은 평소보다 이른 시간에 커피를 마시며 내게 말했다. 오늘 이사 가는데 비가 와서 걱정이야. 그러고 보니 비 오는 소리가 들려왔다. 무슨 말이야? 이사간다구? 당신은 늘 제멋대로군. 이제 좀 적응해 살만 한데, 이사라니. 내가 이사 가기 싫어한다는 걸 한번이라도 생각해보긴 한 거야? 하지만 당신은 내 동의를 구하지 않는다. 당신 얘기만 한다.

얼마 후 나는 근육질의 몸을 가진 젊은 남자에 의해 캄캄한 이곳으로 옮겨졌다. 남자는 내 존재 따위엔 관심도 없다는 듯 나를 짐짝 부리듯 여기에 내동댕이치고 돌아섰다.

아무것도, 그 무엇도 위로가 되지 않는다고 당신은 그랬다. 희망이 없다고 했다. 그래서 열 평 남짓한 빌라를 샀다고 했다. 그러

면, 당분간 집을 사기 위해 진 빚을 갚기 위해서라도 살아야할 것
이기 때문이라고 당신은 말했다. 병이 도졌군. 차라리 여행을 가
지 그래? 당신은 아마존에 가고 싶다고 입버릇처럼 말했잖아. 그
곳에 가면 적어도 몇 달 동안은 고통 없이 지낼 수 있을 것 같다
고 그랬잖아. 차라리 여행을 가!

그러나, 당신이 여행을 떠나지 않으리라는 것을 나는 안다. 당
신은 벌레처럼 일만하면서 여행가는 걸 그만둔 지 오래이다. 여
행을 통한 일탈이나 휴식, 깨달음 같은 기대를 당신은 버렸다. 그
것이 현재 당신이 사는 방식이다.

내가 흥분 투로 말하자 당신은 무심한 낯빛으로 나를 보고는
아무 대꾸도 하지 않는다.

당신을 처음 만난 순간에도 당신은 생명의 위태로움을 감지하
지 못하고 뭔가 생각에 빠져 길을 걷고 있었다. 나는 그때 오십여
미터만 걸으면 강이 있는 도시의 골목 귀퉁이 동여의도 꽃가게
앞에 서서 뭔가 골똘히 생각에 잠긴 당신을 보았다. 당신은 몇 번
인가 자동차에 치일 뻔했다. 당신 바로 앞이나 옆에서 급브레이크
를 밟은 운전자가 당신에게 욕을 해대면, 그때서야 정신이 든 당
신은 서늘하게 웃었다. 그러나 당신은 내심 즐거워하는 것처럼 보
였다. 아니 아쉬워하는 것 같기도 했다. 차라리 날 치어버리지 그
랬어요?, 하는 눈빛. 욕을 해대던 운전자는 당신의 그런 얼굴을

보고는 마치 못 볼 것을 본 사람처럼 당신을 향해 침을 뱉거나 액셀을 힘껏 밟아 달아나곤 했다.

순간, 나는 당신을 알아보았다. 오른쪽으로든 왼쪽으로든 오십여 미터만 걸으면 바로 강이 있는 이차선 길모퉁이 꽃가게 앞에서 일 년을 넘게 내가 서있던 이유를 알아차린 것이다.

그런데 지금 당신은 어디 있는가.

2.

뭔가 그 정체를 알 수 없는 존재가 내 삶을 뒤흔든다. 뭘까. 권력? 돈? 사람? 그것은 이름일 뿐, 나로서는 알 수 없는 어떤 힘이 나를 흔들고 있다는 것만을 겨우 감지할 뿐이다. 때문에 나는 내가 살고 있는 것에 대해, 살아있음에 대해 아무런 확신을 가질 수 없다. 그래서 나는 분해되고 싶은 충동을 느낀다. 찢긴 비닐 사이로 태풍 같은 바람이 분다. 발코니 벽에 임시로 문틀을 달고 비닐을 둘러 듬성듬성 못질을 한, 일부는 찢기고 일부는 가려진 비닐창은 기괴한 소리를 낸다. 집은 마치 폐가를 방불케 한다. 나는 폐가의 빈방에 쭈그리고 앉아 그런 생각을 한다. 확신이 없다, 분해되고 싶다.

아마 계획대로 일이 진행되었다면 지금 이 시간쯤 나는 이사를 끝내고 짐을 대충 정리한 뒤 Y와 함께 잉위 맘스턴의 엘피를 턴테이블에 걸고 '이카로스 드림 시트 오퍼서 4'를 들으며 소주라도 한잔 마시고 있을 시간이었다. 아니면 Y가 좋아하는 디 사운드의 '토킨 토크'를 듣던가.

그런데, 짐은 모두 이삿짐센터 차에 실려 있고 나는 불길한 느낌으로 차가운 방구석에서 책상다리를 하고 앉아 알 수 없는 힘의 정체를 추적하고 있다. 이삿짐일 때는 거추장스런 짐일 뿐이었는데, 그것들이 없으니 나는 아무것도 할 수 없다. 아무것도 아니다. 물론 어떤 비릿한 냄새 같은 것이 감지되기는 했다. 하지만 나는 이사한다는 사실에 들떠 그런 징후를 무시했다.

나는 한 동네 한 집에서 이년 이상을 머물지 못한다. 다른 동네 다른 집 다른 방으로 이사하고 싶은 유혹을 뿌리치지 못하는 것이다. 내 세포의 촉수는 다른 동네 다른 집 다른 방에 대한 유혹으로 미칠 듯이 가렵고 내 동맥과 정맥은 흐름을 멈춘 듯 고요하다. 마침내 살갗에 돌기가 돋고 물집이 생긴다. 물집이 터지기 전에 나는 그곳을 빠져나와야 한다. 이년, 지구가 칠백삼십일 번 혹은 칠백삼십이 번을 공전하는 동안 동네 사람들이 하나 둘 낯이 익고 동네의 틈새 길도 낯이 익으면 나는 갇혀있다는 생각에서 헤어 나오지 못한다. 그렇다고 그 동네 누군가와 친분을 맺은 것도 아니고, 인사 정도 할 뿐인데, 이사하지 않으면 나는 마치 무병에라도 걸린 사람처럼 몸의 모든 구석이 쑤시고 저리고 아프다.

그럼에도 그곳 502호에서 사 년을 넘게 버틴 건 스스로 생각해도 신기한 일이다. 별 수 없었으리라. 비록 외관이 답답한 오래된 붉은 벽돌 오층 건물이었지만, 내가 가진 돈으로 방 둘과 거실 겸 주방이 있는 집을 얻는다는 건 이곳에선 꿈도 못 꾸는 현실이니까. 물론 그 집에서 오 분만 걸으면 두 달 간격으로 수질검사를 하는, 괜찮은 물맛의 약수터와 그 약수터에서 십오 분쯤 걸어 오르면 도시 한쪽 몸의 실루엣이 드러나는 팔각정이 있는 천왕산, 그리고 운동기구가 곳곳에 비치된 운동장을 구비한 공원은 나를 유혹하는 요소이기는 했다. 버스 정류장까지 가려면 이십 여분을 걸어야 했지만.

난 몸에 물집이 생겨 터지려는 직전 그 집을 내놓고 말았다. 그리고 결심했다. 이제 이 고질병을 고쳐봐야겠다고. 문제는 다른 곳에서 발생했다. 집을 얻었던 장점이 단점으로 작용한 것이다. 인터넷에 광고를 내고 동네 부동산이란 부동산에는 다 집을 내놓았지만 계약은 쉽게 성사되지 않았다. 집을 보러 오는 사람들은 하루에 한 두 사람씩 있었지만 그들은 집만 훑어보고 이것저것 따져 묻기만 할 뿐 마음을 정하지 않았다. 옥상 층인데 물은 잘 나오나요? 애들은 어느 학교에 다녀야 하죠? 여름엔 덥지 않아요? 겨울엔 춥겠는데… 창문에 광목천은 왜 달았어요? 그들이 하는 모든 말을 웃으면서 감내할 수 있었지만 창문에 광목천은 왜

달았어요?, 하는 부분에서 나는 웃음을 거두고 만다. 그것이 단지 광목천으로 보일까. 가로 백이십 센티미터에 세로 이백이십 센티미터의 광목천에 왼쪽에서 오른쪽으로 사선을 긋고 삼십여 센티미터의 면에 선을 지그재그로 교차해서 노을빛과 초록빛을 도드라지게 칠하고 남은 부분 먹물을 들인, 커튼으로 쓰고 있지만 그것은 빛 연작시리즈인 그림이다. 삼십대 초반으로 보이는 그녀는 내 그림을 보고 마치 못 볼 것을 보고야 말았다는 낯빛이 되어 중얼거렸다. 귀신 나올 것 같애. 어쩌겠는가. 그녀를 탓할 수도 없다. 그 짧은 순간에 그녀의 미의식을 바꿀 수는 없는 노릇이다. 기분이 상했지만 나는 조용히 응답했다.

좀 칙칙해 보이죠? 벽의 사면이 다 창문이라 햇볕이 너무 많이 들어서요.

사실 그녀가 지적한 문제들의 대부분이 맞는 지적이었다. 수압이 낮아 수돗물은 감질나게 나와서 세탁기를 보통빨래에 맞추면 세 시간이 족이 걸렸고 아래층에서 누군가 빨래나 설거지, 샤워를 하면 반나절이 걸리기도 했다. 여름엔 아침부터 다음 날 새벽까지 보일러를 틀어 놓은 것처럼 더웠으며 겨울엔 외풍이 심해 보일러를 최강으로 틀어도 솜옷을 입어야 할 지경이었다. 게다가 시장은 언덕을 두개나 넘어야 있었고 대형할인매장은 차를 타고 가야했다. 구멍가게 규모의 슈퍼마켓이 있긴 했지만 물건 값이 편의점보다 비싸서 컵 라면이나 생리대 같은 급하게 필요한 물건이 아니면 구입하기가 꺼려지는, 생활하기에는 상당히 불편한 동네 였다.

나는 맞선보러 나가는 여자처럼 정성스레 화장을 하고 집을 구하러 오는 사람들을 기다렸다. 환하고 넓게 보이기 위해 가구를 재배치했고, 집안 구석구석 걸레질을 하였으며, 집안 가득 원두커피향기를 피우면서 석 달째 체력을 소모하고 있었다.

마침내 계약이 이루어졌다. 세간이 없다는 걸로 미루어 신혼이거나 동거를 할 것 같은 갓 스물을 넘겼음직한 젊은 남녀는 일주일 후에 이사 오겠다고 말했다. 서두른다는 생각이 들었지만 오래 기다린 일이라 나는 이것저것 따져볼 겨를이 없었다. 이미 내가 이사할 집은 비어있는데 짐 옮기는 게 뭐 그리 대수인가. 그다음날 프로그램 녹화가 있지만 하루 전에 미리 스튜디오 대본을 쓰고 아침에 짐만 부려놓고 사무실로 나가 가편집영상을 보고 곧바로 녹음대본을 써 넘긴다면 무리가 없지 싶었다.

이사 준비는 바쁘게 진행되었다. 문제는 발코니였다. 앞뒤로 있는 다섯 평정도 너비의 발코니를 개조해 실내로 꾸미는 일이었다. 이 집을 분양받겠다고 선뜻 결정하게 된 것도 사실 그 공간 때문이었다. 스물두 번의 이사를 하는 동안 버리고 버려서 더 이상 버릴 게 없는데도 대형트럭 한 대 분은 족히 되는 짐들. 삼천 권이 넘는 책들과 진공관 앰프, 천여 장의 레코드판과 시디, 그림들과 골동품, 갖가지 공구들, 그리고 옷가지와 몇 가지 가전제품. 그것들은 이사할 때는 귀찮은 짐일 뿐이지만 이사 후에는 일상의 윤기와 상상력을 자극하는, 내게는 생명체와 같은 존재들이다. 그것들을 열 평 공간에 담기엔 어려움이 있다.

안면이 있는 건축업자는 불황이라 일하기가 너무 힘들다며 앓는 소리를 하면서 선결재해주기를 바랐다. 공사대금을 마이너스 통장에서 뽑아 미리 지불했다. 서로 아는 처지고 어차피 줘야할 돈인데 먼저 주면 어떠랴. 그러나 세 달이 지나도 공사는 아무런 진척이 없었다. 그때까지도 나는 이런저런 핑계를 대는 친분이 있는 건축업자의 사정만을 헤아리면서 발을 동동 굴렸다. 이사가 일주일 후라며 공사를 재촉해 이틀 전에야 시작한 발코니 공사는 시작단계여서 집은 공사장을 방불케 한다. 깡마른 체격에 뭔가 쫓기는 듯한 인상의 이삿짐센터 대표는 격앙된 어투로 말했다. 각이 안 나와요. 각? 나는 그의 말을 곧바로 이해하지 못했다. 사 층이 이미 발코니 공사를 끝낸 다음이라 사다리차 각이 안 나온다니까요? 사 층 발코니 지붕을 뜯어낸다면 모를까. 엘리베이터도 없기 때문에 손수 짐을 지고 오 층까지 오르는 수밖에 도리가 없어요.

도리가 없어요, 이런 말은 나를 자극한다. 도리 없다. 어찌 대처할 줄 몰라 하는 그쯤에 이삿짐센터 직원이 끼어들었다. 비도 게

속 내리고 골목에 주차된 차들도 움직일 것 같지 않은데, 오늘 이 삿짐을 오 층까지 지고 오르는 건 무리니까 내일 올리죠, 뭐! 다소 불손한 말투의 직원의 해법은 그러나 명쾌했다.

그들은 이삿짐을 싣고 떠났고 나는 가방 하나를 들고 길 위에 남겨졌다. 가방 속엔 속옷 한 장, 지난 밤 쓴 녹화대본 한 부 들어 있지 않았다. 게다가 발코니 공사를 하는 동안 입고 있던 낡은 트레이닝복은 시멘트와 스티로폼 가루와 페인트가 덕지덕지 묻어 있었다. 난감했다. 이 차림으로 녹화장소로 간다면 신경증직전의 여자 아나운서와 통화는 했지만 초면인 출연자, 그리고 스튜디오 스텝들은 아연해할 터였다. 나는 상관없지만 무언가 변명을 해야 한다는 게 문제이다.

3.

당신은 그것이 문제다. 생명 있는 모든 존재, 심지어 때때로 자살충동에 시달리는 나 자신도 고통은 피하고 즐거움을 좇는데, 당신은 그렇지 못한다. 즐거움은 피하고 고통을 좇는다. 하지만 당신은 즐거움도 고통도 느끼지 못한다. 그러나 어쩌랴. 나는 당신의 삶에 관여할 수 없다. 당신이 동여의도 꽃가게 앞에서 나를 주목한 순간, 나는 당신에게 속한 것이다.

그때 나는 절실하게 당신을 유혹해야 했다.

당신은 망설이는 기색이 역력했다. 그곳에서 당신이 사는 곳까지 나를 데리고 갈 일도 만만치 않았을 터이고, 누군가와 함께 산다는 것이 당신에겐 심각하게 부담되는 일이었을 터이므로, 그때 당신의 망설임을 나는 이해한다. 게다가 당신은 당시 전남편이 아들을 데려간 뒤라 무력감에 빠진 채 일만하고 있던 때가 아니던가. 당신은 그때까지 아버지란 존재의 힘을 잘 알지 못했다. 필요에 의해 자식을 버릴 수도 있고 데려갈 수도 있는 아버지란 이름의 힘. 당신전남편은 새 가정을 꾸려 삼 년이 지나도 아이가 생기지 않자, 당당하게 당신아들을 데려갔다. 밥도 제 때 먹지 않고 살려는 의지도 없는 어미는 어미도 아니라고 타박하면서.

정말이지 내가 그때 당신시선을 붙잡으려고 얼마나 몸부림쳤는지 당신은 아는가. 다리를 꼿꼿이 세우고 내 살빛이 보다 푸르도록 몸의 물기를 살갗 쪽으로 내뿜으며 잔가지를 당신 쪽으로 뻗었다. 또한 자동차 매연과 먼지 때문에 나 자신조차 식별하기 어려운 체취를 사력을 다해 내뿜으며 나는 당신시선, 당신마음을 붙잡아야만 했었다.

내 유혹의 몸짓을 알아차리기라도 한 걸까. 당신이 내게 천천히 다가왔다. 속도가 문제될 건 없었다. 사실 나는 당시 줄곧 자살충동에 시달리면서 조급한 마음으로 하루하루를 보내고 있었으니까. 그때 내게 문제는 장소였다. 아무리 생각해도 그 꽃가게

앞은 적합하지 않았다. 그런데 당신을 발견한 순간, 당신 곁에서라면 즐겁게 떠날 수 있겠다는 생각이 들었던 것이다.

오늘아침 당신은 공사 중인 발코니에 나를 세워두고는 미안하다는 한마디 건네지 않고 내 곁을 떠나버린다. 삼 년을 넘게 함께 살면서 수많은 얘기를 나눈 나를 이렇게 박대하다니. 차 한 잔 정도는 나눌 수 있지 않은가.

알 수 없다고 했는가, 당신 삶을 뒤흔드는 힘의 정체를. 당연하다. 당신이 나름대로 독립적인 존재이길 원하고, 당신이 삶에서 찾고자하는 게 일종의 자유라면, 그건 당신이 사는 곳에선 불가능한 일이다. 당신은 훨씬 더 교묘한 방법으로 흔들리고 학대받아야 한다.

4.

스튜디오대본을 받지 못했다고 하네요, 제가 녹음실에 있어서 이메일을 보낼 수 없으니까 작가님께서 심의실과 패널, 엠시들한테 다시 한 번 보내주세요. 새벽에야 겨우 잠든 나는 무거운 몸을 일으켜 음성메시지를 확인한다. 조연출이다. 전자우편은 꼭 이럴 때 말썽을 부린다. 짜증이 밀려온다.

골목 안이 소란스럽다. 나는 발코니로 나가 골목의 사정을 살핀다. 내 이삿짐을 실은 컨테이너 차와 트럭 한대가 골목 입구로 진입하려 한다. 골목에 주차된 차 때문에 이삿짐센터 차가 골목으로 들어오기는 어려워 보인다. 깡마른 체격에 날카로운 인상의 이삿짐센터대표가 차에서 내려 골목에 주차된 차번호를 큰 소리로 호출한다. 서울 삼사 다에 삼오칠사. 삼오칠사. 응답이 없다. 이런 씹새끼, 이사하니까 골목에 차 좀 빼달라는 유인물도 곳곳에 붙여 놨구만! 삼십여 분을 주차된 차번호를 외치던 그는 이삿짐 차를 골목으로 진입시키기는 어렵다고 판단한 모양이다. 골목 입구 쪽에 컨테이너차를 대고 짐을 트럭에 옮겨 싣고 계단 입구로 와서 오 층까지 옮기는 쪽으로 직원들을 설득한다. 직원인 듯한 젊은 남자 셋은 이마에 굵은 인상을 긋는다.

이삿짐센터대표는 어제 격앙된 목소리로 말했었다. 이런 곳인 줄 알았으면 계약을 안 했을 거요. 우리 쪽 불찰이지, 뭐. 어쨌든 비용을 더 받지는 않을 테니 짐은 내일 옮깁시다. 내 잘못이 아닌데도 미안한 생각이 들었다. 대답을 못하고 그의 얼굴만 물끄러미 쳐다보는 내게 그는 묻지도 않은 자신의 상황을 설명했다. 사업하는 친구에게 보증을 섰는데, 그 친구가 재산을 다 빼돌리고 내뺐다는 것이었다. 이대로 있다간 파산할 거예요. 오늘 아침에야 그 자식 있는 곳을 알아냈는데…, 빨리 놈을 만나 담판을 지어야 하거든요. 핏발이 선 눈동자를 끊임없이 굴리는 그의 눈에 팽팽한 긴장이 감돌았다. 어느새 나는 이삿짐센터대표에게 말려들고 있었다. 나는 이게 문제다. 누군가의 얘기를 들으면 내 처지를 잊어버린다. 그가 망하든 흥하든 나는 이사를 해야 하고 당장 처리하지 않으면 안 되는 일정이 있는데도 말이다.

안녕하세요? 나는 계단을 내려가 인사를 하면서 이삿짐센터대표의 안색을 살핀다. 아직 불안하고 쫓기는 듯한 얼굴이다. 아마 그는 돈을 떼먹고 도망갔다는 친구를 만나지 못했거나 만났다 해도 뾰쪽한 방안을 찾지 못했을 터이다. 이삿짐에 관한 한 나는 그의 처분을 기다리는 수밖에 없다는 것을 감지한다.

나는 Y를 발코니로 옮겨놓고 피시방으로 향하면서 힐끗 Y의 안색을 살핀다. 이파리가 마르고 짙어진 것이 피로하고 지쳐 보인다. 자신을 하루 종일 컨테이너 안에 가둬둔 나를 원망하고 있을지도 모르겠다. 내심 미안한 생각이 들었지만 나는 그를 외면한다. 지금으로선 어쩔 수가 없다. 녹화대본을 보내야 하고, 이삿짐을 올려야 하며, 늦어도 오후 네 시에는 녹화장소로 출발해야 한다. 오후 세시가 지나도 짐을 오층까지 올리는 일은 마무리되지 않는다. 방과 거실에 가구를 엉성하게 배치하고 벽과 계단, 짐을 쌓을 수 있는 공간이란 공간에 이삿짐바구니를 켜켜이 쌓은 이삿짐센터직원들은 떠날 채비를 한다. 짐을 정리정돈 하는 일은 하지 않을 모양이다. 화를 낼까. 그래도 포장이사인데. 그들을 본다. 오 층까지 걸어서 짐을 올리느라 온몸에 땀이 젖고 숨소리가 거친 그들은 지친 기색이 역력하다. 나는 아무 말도 하지 못한다. 그들은 내가 어떤 요구도 하지 않을 거라 눈치 챘는지 바구니에 담긴 짐을 정리하면 전화 주라면서 미안한 기색도 없이 떠나버린다. 그들을 탓할 수도 없다. 말이 포장이사지 이런 상황에선 짐을 집안으로 들이는 것만으로도 다행으로 생각해야 할 테니까. 하는 수없이 나는 지저분한 트레이닝복 차림으로 녹화 장소로 향한다.

내용이 너무 어려워요. 시청자들은 생각하기 싫어한다는 걸 잘 알잖아요? 책 프로라도 쉽고 재미있게 가야한다는 거 누구보다 최 작가가 잘 알면서 그래? 게다가 출연자들이라고 부르면 지들끼리 말장난하는 것도 그렇고. 쉽게 풀어요. 다음엔 구성을 좀 바꿉시다. 너무 아카데믹해.

내내 말이 없다 녹화 직전에야 속을 뒤집는 건 국장의 특기이다. 어쩔 것인가. 그 자리에서 전화하는 그는 힘이 세다. TV로 책을 말한다는 것 자체가 어불성설일 것이다. 헌책방 구석에서 책이 TV를 말한다면 모를까. 이미 책과 TV는 너무 멀어져버린, 서로가 서로를 배반하는 관계가 되어버린 것인지도 모른다. 국장의 말처럼 보다 가볍고 유연하게 흘러가야 할 터이다. 그래야 프로그램이 조금이라도 오래 살아남을 테니까.

세상에 나쁜 책은 없다고 봐요. 나쁜 책이니까 오히려 배울 점이 있지 않을까요? 우리들은 좋은 책이든 나쁜 책이든 책에서 핵

심을 뽑아 쉽고 재미있게 전달하면 된다고 봐요.

아니, 나쁜 책은 많아요. 골치 아프게 따질 생각은 없지만 책은, 어떤 세계를 다루든 완성도라는 게 있어요. 어쨌거나 책 프로그램이니 먼저는 완성도 높은 책을 소개해야 해요.

김 피디와 나의 의견 차이.

그런데 나는 가끔 흔들린다. 그가 옳은 것도 같다.

5.

당신은 설원에 사는 설표 같다. 혼자 있기를 좋아하는 그들은 세상에 알려진 게 그다지 많지 않다. 말하자면 은둔자적 성향 때문에 멸종 위기에 처한 생물이랄까. 그들을 구하려는 몇몇의 동물학자들에 의해 지구상에 남아있는 설표 몇 십 마리는 현재 브롱크스 동물원에서 사육사의 보살핌을 받으며 자신들의 파국을 기다리고 있다. 그들의 짝짓기는 수년을 함께 살다 겨우 한 번 이루어지지만 불임되기 일쑤이다.

당신을 만나기 전, 나는 중앙아시아 고산지대에서 그와 만났다. 당신이 사는 세계의 방식으로 얘기하자면 우린 사랑했다. 산과 평야를 달리던 그는 얼마나 멋졌던가. 달릴 수 없는 나는 그 자리에 붙박여 그를 얼마나 동경했던가. 그는 이른 아침이나 밤에 주로 활동하였는데, 낮 시간이면 피곤할 터인데도 내 곁을 떠나는 법이 없었다.

그런데 지금 내가 왜 당신 곁에 있느냐고? 당신도 알다시피 삶이 뜻대로만 되던가. 어느 날 설표는 동물학자들에 의해 어딘가로 이주했고, 그와 헤어질 준비가 되지 않은 난 동물학자를 따라나섰다. 그와 마지막이 될 줄도 모르고 말이다.

언젠가 당신이 했던 말이 생각난다.

사랑에 있어서만큼은 야생생물들처럼 할 수 없는 걸까. 서로 통하면 소통하고 돌아서면 잊어버리는, 안 맞는다 싶으면 깔끔하게 돌아서는 그런.

난 코웃음을 치면서 당신에게 말했다.

그런 소통은 없어. 하룻밤이라도 탐색해야 해. 그렇더라도 부딪쳐보기 전엔 알 수 없지. 그리고 야생동물이 그러리라 생각하는 건 당신 오해야. 그들은 그 순간을 위해 자기 존재를 다 건다구!

그날 아침녘에 집에 돌아온 당신은 힘없이 말했었다. 밖에서 쉽게 잠들지 못하는 당신의 수면습관을 아는 나는 당신의 외박을 대수롭지 않게 생각했다. 대본작업이나 편집 때문에 밤을 새웠겠지.

술자리였는데 피곤하고 혼란스러웠어. 내가 기계 같다는 생각이 들었지. 그래서 어떤 남자랑 모텔에 들었어. 그런데….

근데…?

너도 알잖아. 내가 모텔에 들면 하는 일. 참 오랜 만이었어. 그 냄새를 맡고 있었지. 근데 그 남자가 막무가내로 덮치는 거야. 그래서 남자를 밀치고 나와 버렸어.

잘했어. 씻고 한잠 자면 괜찮을 거야.

나는 안다. 당신이 그날 왜 잘 알지도 못하는 남자와 모텔에 들었는지를. 당신은 그 전날, 그리고 그 전전날밤, 당신 친구 W에게서 전화를 받는다. 결혼하고 싶어. 결혼해서 아이도 낳을 거야. 다시 한 번 제대로 살고 싶어. 당신친구는 수화기 저편에서 울고 있었다.

W, 그냥 그 남자를 만나는 걸로 만족해.

당신은 친구를 달래면서 설득한다. 그러나 당신친구는 막무가내다.

오늘 만난 남잔 달라. 공무원이야. 술 담배도 하지 않고 도박 같은 건 손도 대지 않아. 나만 사랑할 거래.

그녀애기를 듣던 당신은 피로감을 느낀다. 아마 내일이거나 모레쯤 그녀는 다른 남자에 대해 얘기할 터이다. 석 달째다. 한 남자와 두 번 결혼하고 두 번 이혼한 W. 새로운 결혼을 말리기에 당신과 그녀의 물리적 거리는 너무 멀다. 좁혀진다 해도 당신은 그녀를 말리지 못할 터이다. 달래기도 지친 당신은 문득 오랫동안 잊고 지낸 그 냄새를 기억해낸다.

술기운을 빌어 낯선 남자와 모텔에 든 그날, 아마 당신은 모텔 복도에 앉아 그 냄새를 큼큼 거리며 맡았을 것이다. 일상의 피로를 잊게 한다는, 그 복도를 따라 가면 자유로워질 것 같다는 그 냄새를. 당신은 다른 도시로 취재를 갈 때면 그곳의 호텔이나 숙소 복도에 쭈그리고 앉아 밤새도록 그 냄새를 맡았다고 했다. 지방마다 달라, 업소마다 달라. 어딘지 부패한 듯하면서도 향기롭거든. 그 냄새를 맡고 있으면 그렇게 편안해질 수가 없어.

어쩌면 당신친구도 한 마리 설표일지 모르겠다. 생식기능을 잃어버린, 그리하여 그것을 되찾으려고 안간힘을 쓰는 브롱크스 동물원에 갇힌 설표.

책에 대한 관점만 빼면 많은 스타일이 당신과 닮은 독신인 김 피디는 그랬다고 했다. 이렇게 될 줄 몰랐어요. 아이가 있고 남의 아내라는 사실이 뭐가 그리 중요해요. 난 그저 그녀를 사랑할 뿐이고 맘대로 만날 수 없는 우리상황이 안타까울 뿐이에요.

당신이 사는 마을에서 사랑은 그런 것이 되어버렸는지도 모른다. 만나도 만난 것 같지 않고, 만나도 좁혀지지 않는, 그저 가끔 만나 서로의 몸을 녹이고 안부를 묻는, 만나면서 이별을 꿈꾸는. 당신들에게 소통은 환상에 불과한 것일지도 모른다. 아니 소통을 한들 너무 빠르거나 너무 늦었음을 당신들은 알아차린 것인가. 그리하여 사랑하는 사람에게 집중하기보다 사랑하는 사람에 대한 이야기를 친구나 동료에게 넋두리처럼 말하는 것인가.

나와 마찬가지로 당신들도 불구가 되어버린 것인가.

녹화가 끝난 뒤풀이 자리, 누군가가 부르는 노래 소리로 시끄러운 단란주점의 흐린 불빛 아래서 취기가 오른 김 피디는 가방 속에서 스케치북을 꺼내 당신에게 보여주었다. 은밀히 귓속말을 하면서. 그녀와 마지막 만난 날 그녈 그렸어요. 어느 모텔 침대에 누워있는 여자의 누드그림이었다. 그림 속의 여자는 반듯이 누워 자신의 체모를 부끄러운 듯 가리고 있거나 모로 누워 가늘게 인상을 쓰고 있었다. 눈을 내려 깔고 허공으로 모은 그녀 손의 표정은 이미 이별을 감지하는 듯했다. 그림 속 그녀 몸에서 서늘한 바람이 불고 있었다.

당신은 그때 그 흐린 불빛의 단란주점, 홍콩영화배우 J가 어느 호텔의 옥상에서 투신했다는 뉴스속보가 시끄러운 음악을 타고 흐르던 그날, 김 피디의 눈에서 불임된 자의 슬픔 같은 걸 보았다. 반드시 잉태 해야 하나? 그러기에 우린 너무 많은 걸 알아버리지 않았어요?

당신 말을 듣지 못한 건지 김 피디는 당신 어깨 너머 허공으로 시선을 주고 있었다.

그때 좌중은 J의 자살소식으로 소란스러웠다. 처음엔 오보라며 무시하더니 오보가 아니라는 사실을 확인하고는, 그는 영화처럼 살다 간 진정한 배우라며, 그의 죽음을 아쉬워했다.

한 순 배의 술이 더 돌고 그의 막대한 재산이 누구에게 상속될 것인지에 관한 얘기로 그 자리는 다시 술렁거렸다. 공공연히 자신의 무지함을 과장하고 잘 생긴 얼굴을 자학하는 명문대 출신의 남자아나운서와 생긴 게 웃겨야 되는데 자신은 너무 지적인 게 문제라는 B급 개그맨, 지적인 이미지를 만들어내려고 부단히 노력하지만 성격만 좋아 보이는 리포터, 자신은 번역가지 평론가가 아니라며 어눌한 말투로 할 얘기 다하는 출판평론가. 누군가가 술기운을 빌어 아마 변심한 그의 오래된 애인에게 재산이 상속될 거라며 아쉬움을 표명했다. 누군가는 J의 오래된 애인을 부러워했고 다른 누군가는 유산이 아무리 많이 상속돼도 그런 성적취향은 싫다며 진저리를 쳤다.

어쩌면 J도 혼잣말을 하다가 혼잣말을 그만둔 건 아닐까. 당신은 그때, 술렁거리던 술자리, 단란주점의 흐린 불빛 아래서 그런 생각을 하면서 김 피디를 보았다. J의 눈빛과 김 피디의 눈빛이 닮았다는 것을 알아챈 당신은 무슨 말인가를 하려다 그만두었다.

6.

나를 조정하는 실체는 없다. 제작국장도 편성국장도 아니다. 그들도 도구에 불과하다. 어떤 프로그램의 작가 혹은 연출가처럼

A거나 B. 그들도 자신의 현존재를 입증하기 위해 혼잣말을 하는 것은 아닐까. 모두들 삶에 충실한 것이다.

삶에 충실해야 한다.

책 프로그램은 심야시간대로 옮겨 보다 속도감 있고 다채로운 책 매거진형식으로 바뀌었다. B급 연예인이 출연하여 책에 대한 인상을 말하거나 묻고, 원작자나 평론가는 간단한 인터뷰만을 하며, 시청자로 하여금 책을 말하도록 유도한다. TV는 이제 책을 읽을 필요가 없다. 책을 광고해주면서 은근히 조롱하면 된다. 장인 정신은 폐기되었고 프로그램이 주인이다. 나는 당황한다. 구성을 바꾸고 보니 꼭 나쁘지만은 않은 생각이 들어서이다.

풀지 못한 짐과 얽혀있는 서류더미와 옷가지들 속에서 잠이 든 나는 빗소리에 잠에서 깬다. 아침이다. 우산을 찾는다. 없다. 나는 짐 바구니를 하나씩 내려 뒤진다. 우산은 나오지 않는다. 그러고 보니 목어가 그려진 그림도 사라졌다. 어떻게 된 일일까. 나는 오전 내내 그것들을 찾아 짐바구니를 뒤진다. 그러다 부질없다는 생각에 그만둔다.

나는 발코니 내부를 도배하기 위해 밀가루를 풀어 풀을 쑨다. 도배하는 동안에도 사라진 우산과 목어 그림이 자꾸 신경이 쓰인다. 나는 한때 작고 가벼워 가방에 넣을 수 있다는 점이 마음에 들어 한동안 삼단우산만을 사곤 했다. 그러나 그것은 매우

약해서 빗발이 내리치거나 바람이 조금만 세게 불어도 살이 끊어지곤 했다.

바람이 몹시 불던 어느 봄날, 너덜거리는 우산살에 아들, 민이 오른쪽 볼 살과 목살이 찢기는 사고가 일어났다. 민이 어느 정형외과에서 얼굴 상처에 세 바늘, 목 상처에 두 바늘을 꿰매고 퇴원하던 날도 지금처럼 비가 내렸었다. 그날 나는 두 사람을 가리고도 한 사람은 더 가릴 수 있는 파라솔처럼 크고 튼튼한 검은색 장우산을 샀다.

그해 늦여름, 민의 볼과 목의 상처가 흐릿해지던 그날도 비가 내렸다. 헤어진 남편은 내가 펴주는 검은색 장우산을 뿌리치고 투명한 비닐 비옷을 아들에게 입히고는 차를 타고 떠났다. 이것도 가져가지, 이제 내겐 필요 없는데. 나는 한 사람이 쓰기에는 너무 큰 장우산을 들고 아들과 전남편이 사라진 길 위에 황량하게 서있었다.

쓸모없는 것이라도 사라지면 존재감을 갖는 것일까. 의자에 올라서서 고개를 젖히고 발코니 천장 도배를 하다 목뼈가 굳어갈 즈음, 목어그림이 눈앞에 다시 아른거린다. 민이 떠나고 며칠을 먹지도 자지도 못하던 나는 뭔가에 홀린 듯 손바닥 두 개를 합친 크기의 나무판에 사다리모양의 몸통에 이파리가 무성한 나무 사이를 날아다니는 물고기를 새겼다. 목판에 노을 빛 물감을 풀어

덧칠하고 아트지에 그것을 찍었다. 남편과 헤어진 후 더 이상 그림을 그리지 않았으므로 그 그림은 내가 다시 붓을 든 첫 작품인 셈이었다. 그림의 하단에 '꿈'이라고 제목을 쓴 나는 날짜를 적고 그림의 액자를 맞춘 뒤 이 인용 나무 식탁 위에 걸어놓았었다.

나는 뻣뻣하게 굳은 목을 손바닥으로 주무르면서 식탁 위를 더듬는다. 비어있다. 그림제목이 꿈이었던가. 나는 미간을 찌푸리며 가늘게 웃는다.

7.

그토록 애태우던 발코니공사가 마무리 될 무렵 당신은 편지 한 통을 받는다. 발코니지붕을 씌우고, 지붕에 빗물받이 홈통을 끼우고, 내부 도배를 마치고, 세탁기를 놓을 한 평 남짓한 공간에 타일을 깔려는 즈음. 발신자는 구청이었다. 발코니공사가 건축법을 위반한 무허가건축물에 해당하므로 자진정비 하라는 내용이었다. 그렇지 않으면 강제철거 된다는 거였다. 편지는 보다 강력하고 위협적인 단어들로 재구성되어 보름에 한 번 꼴로 당신에게 날아들었다. 세 번째 편지를 받은 당신은 입주자 대책회의로 구청으로 건축사무소로 분주히 오갔다.

발코니 개조공사가 불법인 줄 몰랐단 말이에요? 네에? 다 하는 거 아닌가요? 그렇게 따지면 불법건축물을 가지고 있지 않은 건물이 얼마나 되죠? 그에 해당하는 모든 건축물을 다 정비해야지, 왜 저희들에게만 이러는 거죠? 민원이 들어온 경우에는 저희들도 어쩔 수 없어요. 민원? 누가? 왜? 그건 밝힐 수 없고 저희는 절차대로 처리하는 수밖에 없어요. 알아보셨겠지만 공고한 기간 안에 철거하시는 게 최선의 방법이에요.

구청 주택과를 나오면서 당신은 의혹에 사로잡힌다.

당신은 결단을 내린다. 강제철거되기 전에 발코니를 철거하기로. 새집으로 이사 오자마자 당신은 해가 드는 거실 쪽 발코니를 내 거처로 정해버렸다. 내 거처가 바닥만 남은 채 사라진다는 것을 그때 당신은 생각이나 했는가. 발코니 공사를 하는 두 달여 동안 참을 수 없는 기계음과 먼지와 역한 니스 냄새를 맡으면서 견뎠거늘. 아주 가끔 당신이 열어둔 문틈을 통해 당신향기를 맡는 것을 제외한다면 나는 얼마나 외롭고 적막했던가. 해를 등지고 가지를 가능한 당신 쪽으로 뻗어 기형이 되어가는 나를 보고 당신은 뭐라 했는가. 미안해, Y. 소음이나 냄새 때문에 힘들지?

나는 지금 창문도 지붕도 없는 맨바닥에서 찬바람을 맞고 서있다. 당신은 내 상황이나 불만 따위에는 신경도 쓰지 않는 눈치다. 당신은 발코니에 배치한 짐들과 뜯어낸 건축자재를 웃돈을 주고 재활용센터와 폐기물처리업체에 보내버린다. 조금 지친 모습. 그러나 난 이제 더 이상 당신의 그런 모습에 흔들리지 않을 것이다.

당신의 무심함을 용서하지 않을 것이다,

다음 주 아이템을 무엇으로 할까 고민하던 당신은 한 통의 전화를 받는다.

최 작가님, 나쁜 소식이에요. 우리 프로그램 죽인데요.

무슨 말이에요? 그런 말 없었잖아요? 지난주에 자문위원단 구성해서 회의도 했는데, 그리구 다음 프로그램에 대한 기획 얘기도 없이 어떻게 이렇게 갑자기….

방송이 그렇잖아요. 아마 옴부즈맨 프로그램에서 한 번 다루고 은근슬쩍 넘어갈 걸요.

그럴 테지. TV로 책을 말한다는 것 자체가 무리였지. 김 피디와 통화하는 중에 당신은 알 수없는 무언가를 향해 주먹을 불끈 쥔다.

프로그램을 종영하고 뒷이야기까지 써 지면에 발표한 당신은 한 통의 전화를 더 받는다. 당신아들의 교통사고에 관한 전화. 그대로 굳은 표정이 된 당신은 한 달음에 병원으로 갔다. 당신아들은 영안실에서 서늘한 몸이 되어 있었고 당신전남편과 당신전남편의 아내는 중상이었다. 당신은 전율한다. 마침내 정신을 잃는다.

집으로 돌아온 당신은 침묵한다. 하고 싶어 하던 동물 프로그램 작가 제의도 거절한 당신은 몸도 마음도 행동도 침묵한다.

나는 당신의 침묵이 싫다. 아니 두렵다. 어느새 당신에게 길들어져버린 나. 어떤 말이라도 하라. 뜻이 없어도 좋고 내가 이해할 수 없는 얘기라도 좋다. 아니면 울던가.

그러나 당신은 아무 말도 아무 행동도 하지 않는다.

나는 이제 하루 빨리 소멸하고 싶다. 무슨 희망이 있는가. 새집을 사, 그 빚을 갚기 위해서라도 좀 더 살아보겠다던 당신에게는 살려는 의지가 없다. 당신아들이 그렇게 떠나버린 뒤로 당신에게선 그 어떤 생명감도 느껴지지 않는다. 나는 더 이상 그런 당신을 대면할 기운이 없다. 애초의 의도대로 나는 결행할 것이다.

당신이 사는 세계는 아마 토종을 멸종하게 하는 바이러스가 존재하는 모양이다. 그것은 눈에 잘 보이지 않고, 기미조차 없으며, 다만 끝없이 자기번식을 하면서 변종을 만들어낸다. 원주민이 사라지는 건 당연한 순서일 것이다. 당신은 그저 담담히 나를 지켜보라.

며칠 사이에 꽃을 피우고 무정의 열매를 맺은 나를 보고 당신은 참으로 오랜만에 혼잣말처럼 중얼거렸다.

성질도 급하군.

그래, 비웃어라.

나는 당신이 불면으로 뒤척이다 아침에야 잠든 날 오후, 내 생의 마지막 광합성을 한다.

짧은 꿈을 꾼다. 설표의 등에 올라타 중앙아시아초원을 달린다. 501호, 목어가 그려진 벽 앞에서 당신 얘기를 듣는다. 꿈에서 깬다. 꽃을 피운다. 꽃잎을 떨어트린다. 이파리를 떨어트린다.

8.

Y가 정지했다. 나는 며칠 동안 그 옆에서 꼼짝하지 않고 앉아 있다. 키가 내 허리만큼 되는, 푸른 살빛에 다소 파리한 인상의 그는 내가 앉은 자세로 자신과 눈 맞추는 것을 좋아했었다. 이사 온 뒤로 그와 함께 차 한 잔 나눌 시간도 갖지 못했다니, 자책감이 몰려온다. 그러고 보니 그의 몸을 씻겨준 지도 한 달이 더 지난 것 같다. 그는 더위는 잘 참지만 추위나 건조함은 견디지 못하는 열대성향의 생물이 아닌가. 삼 년이 넘도록 성장하지 않다 한순간에 꽃을 피우고 열매를 맺은 그의 의도를 알아봤어야 했다.

그가 정지해버렸다. 마치 조로증에 걸린 어른아이처럼 자신의 생명을 재촉해 이른 꽃을 피우고 스스로 소멸해버렸다. 그가 무슨 말인가 건넨다. 이제 당신 차례야.

Y의 마지막 말이 나를 흔든다.

이제 당신 차례야.

그러나,

나는 그 옆에서 다만 멈춰 있다.

누구나 고장난 시계 하나쯤 간직하고 산다

목포행 완행열차를 타고 남쪽으로 내려오다 보면 종착지를 조금 못미처 터널을 세 개 통과하게 된다. 터널을 모두 지나면 기차는 〈청산〉이라는 조그만 간이역에 멈춘다. 이분 정도 정차하므로 여행자인 당신은 주저하지 말고 기차에서 내리라.

청산에 내리면, 아마 당신은 낯선 곳에 내렸다는 두려움보다 십 년 혹은 이십 년 전의 추억의 장소에 닿은 느낌이 들지도 모른다. 멀리 갈대숲 주변으로 이름 모를 새들이 날고 강줄기가 굽이굽이 시야에 펼쳐질 것이다. 길은 세 갈래다. 당신은 일단 강을 따라 걸으면 된다. 새들을 향해 걸어도 길은 통한다. 그렇게 오백여 미터를 걷다보면 작고 마모된 선착장이 나타나고, 선착장을 가로질러 삼십여 미터쯤에 그보다 약간 큰 선착장이 모습을 드러낼 것이다. 아직은 아쉬운 대로 유지되고 있는 나루터이다.

그 나루터의 맨 마지막 집, 강과 집이 맞닿아 얼핏 보면 어느 쪽이 강이고 어느 쪽이 집인지 분간이 잘 가지 않는 곳이 있을 것이다. 청산나루터집. 당신은 그곳의 문을 열고 들어 오라. 담배와 술, 과자와 라면, 낚시도구 등 자잘한 상품들이 오밀조밀 진열되어 있고 한쪽에는 나무탁자와 의자도 마련되어 있다. 오후면 리스트의 '여행자의 앨범'이라는 음악이 흐르고, 낮이면 사브리예의 '10개의 그림 소곡집'이 창문으로 스민 햇살과 협연하고 있을 것이다. 만일 밤기차를 타고 아침에 도착하면 뒤파르크의 '여행에의 권유'가 흐를 것이고 늦은 밤에 도착하면 카멜의 '내면의 여행자'가 흐르고 있을 것이다. 도시의 편의점 같은, 청산에서는 그 보다 더 많은 역할을 하는 작은 구멍가게이다.

강인지 집인지 분간이 잘 가지 않는 청산나루터집에서 한국전쟁 때 오른쪽 팔을 잃은 상이용사인 병든 아버지와 봄이 오면 서른을 맞을 무언가 끊임없이 메모하는 습관을 가진 나는 함께 산다. 당신은 내게 냉수 한 잔을 청해 목을 축이고 담배 한 갑을 사라. 담배에 불을 붙여 한 모금 마신 뒤 강 쪽을 향해 후우, 하고 뱉어 보라. 강은 담배연기를 빨아들여 잔잔한 물안개를 피우고 어쩌면 당신은 강으로 걸어가고픈 충동을 느낄지도 모른다. 그렇다고 강으로 걸어가지는 마라. 선착장 옆에 낡은 목선이 있을 것이다. 청산나룻배. 그 배를 이용하면 된다. 언젠가 텔레비전에서도 방영되었던 우리시대 마지막 명맥을 잇는 나룻배. 강 위에 기초공사가 진행 중인 다리가 완성되면 나룻배를 이용하는 사람들은 없어질 터이고 머지않아 나룻배는 사라질지도 모른다. 개발이란 이름 아래 강 하구에 댐이 축조되었고 강물과 바닷물의 왕래가 끊겨 강물은 예전처럼 흐르지 않는다. 짭짤하던 물맛도 밍밍하게 변했다. 강에서 뛰놀던 식구인 숭어, 장어, 그리고 돌고래 등은 자취를 감췄고 붕어나 잉어가 미미하게 움직이고 있다.

바다와의 길이 막혀버리고 강이 더 이상 원시의 노래를 부르지 않을 때 젊은 시절 무당이었던, 바다빛 눈동자를 가진 내 어머니는 세상을 버렸고 강을 제 몸처럼 아끼던 내 아버지는 쓰러졌다. 그리하여 나는 이곳에서 나룻배사공 노릇을 하면서 담배를 판다. 소설쟁이가 되고 싶은, 담배장수이며 나룻배사공인 나는 청산의 많은 것들이 사라져 가는 것이 안타까워 틈틈이 메모하면서 얼굴을 알 수 없는 당신을 초대한다.

2. 강을 바라본다는 것은 넋을 바라본다는 것인가

강이 낮게 소리 없이 흐르고 있다. 오래 전 그 봄부터. 만일 강이 밀물과 썰물의 흐름을 멈추고 파도를 치지 못하여 고여 있다면, 그 강은 더 이상 강이라 할 수 없지 않을까. 그러나 흐르지 못해도 소리 내지 못해도 강은 여전히 강일 터이다. 내가 고여 있는 강에 길들지 못하고 어린 시절 원시의 강을 그리워하기 때문일 것이다. 가만히 귀 기울여보면 강은 소리를 낸다.

나는 지금 강을 바라보고 있다. 오후 다섯 시쯤 되었을 것이다. 이 시간쯤에 나는 아무 일도 하지 못하고 손 놓고 앉아서 하염없이 강을 바라보는 버릇이 있다. 내 주변에게 사라진 것들에 대한 기억이, 앞으로 사라질 것들에 대한 생각이, 그 비명소리가 들려오기 때문이다. 사라진 것은 사라졌기 때문에 아름답다. 그러나 그것이 아름다워지려면 얼마나 어둡고 긴 슬픔의 강을 건너야 하며 얼마나 외로운 시간을 견뎌야 하는가. 나는 지금 견디고 있는 것이다, 나의 강을.

몇 천 년을 흘렀을 이 강, 이제는 흐르지 않는 강. 이 강이 나보다 삼십 분 먼저 태어난 쌍둥이 오빠를 앗아갔고, 어머니를 앗아갔고. 이제 아버지마저 앗아가려 한다. 널 용서할 수 없어, 넌 살인을 한 거야. 하지만 강이 어찌 살인을 할 것인가. 강을 사이에 둔 사람이 슬프기도 하고, 기쁘기도 하고, 때로 몸을 던지기도 하는 것을. 그렇지만 나는 강에게 씌운 혐의를 거두지 못한다.

문명화된 사회, 근대화라는 미명하에 건설된 강 하구의 댐. 바다로 통하는 길은 막혀버리고 강물은 더 이상 포효하지 않는다. 우리 마을은 수몰지구가 아님에도 서서히 수몰되어 가고 있다. 내 가족, 나아가 청산의 부재 아닌 부재가 시작된 것이다.

흑백필름의 추억의 영화 배경이나 퇴색한 흑백사진을 떠올리게 하는 청산.

아침부터 나는 청산초등학교에 다녀오리라고 다짐한다. 그러면서 봄이 오기 전에, 라는 단서를 붙이는 나를 발견하고 쓴 웃음을 짓는다. 어쩌면 내일이거나 그날이 오지 않을지도 모른다는 생각이 드는 것은 왜일까. 당분간 나는 '왜'라고 질문하지 않기로 했거늘. 왜란 존재하지 않고 무엇만 존재한다고 누군가는 말하지 않았던가. 그 무엇만 기록하면 되는 것이다. 그러나 나는 왜라고 질문하지 않고 무엇만을 쓰기가 어렵다. 앞에서 당신에게 얼핏 밝혔듯 나는 이년 전 지방신문에 얼굴을 내민 풋내기 소설가이다. 아니 소설가 지망생이다. 내가 쓰는 소설이 활자화되어 독자를 갖게 될지 혹은 서랍에 쌓이게 될지 난 잘 알지 못한다. 그러한 일은 내게 그다지 중요하지 않다. 나는 다만 사라지는 것들이 그립고 또한 겁나기 때문에 글을 쓴다. 나의 강처럼 혹은 청산처럼 나도 언젠가는 사라질 것이고, 그 사실이 두려워 글을 쓰는 것이다.

요즘 나는 유년소설을 하나 쓰고 있다. 그런 도중에 그 소식을 들었고 그곳에 가봐야지 하면서도 자꾸 이유를 달아 미루어 온 거다. 내가 일곱 살이 되던 해부터 육 년 동안을 두 개의 산을 굽이돌고 두 개의 저수지를 지나 사 킬로미터를 걸어서 다녔던 학교. 그 학교가 봄이 되기 전에 폐교된다고 한다. 대부분의 시골학교가 학생 수가 적어지면 분교가 되거나 그도 아니면 야영장이

나 문화관련 시설로 관리된다는데, 그곳은 그런 혜택도 주어지지 않은 모양이다. 군 산하의 훈련장이나 사격장으로 쓰이게 된다고 한다.

나의 추억, 내 유년의 기억이 고스란히 담겨 있을 장소. 나뿐이겠는가. 그 시절 나와 함께 사 킬로미터 혹은 육 킬로미터를 걸어서 다녔던 학생들, 그들은 모두 어디로 가 무엇을 하고 있을까.

나는 왜 그곳에 가지 못할까. 그 소식을 접한 지도 삼 개월이 지나고 있고, 가봐야 한다는 생각이 이젠 채무감으로 자리하고 있는데. 소설 쓰는 사람이라면 한 번쯤은 시도하는 유년소설, 그런 이유를 달지 않아도 나는 흐린 기억들을 붙잡고 밤마다 아버지의 가래 끓는 기침소리를 들으며 자판을 두드리지 않는가. 유년소설의 실마리를 풀 수도 있으련만. 어쩌면 나는 지금 쓰고 있는 소설을 완성하지 못하리라는 상상을 하고 그것을 마음 한 켠으로 승인해버렸는지도 모른다. 내가 이름을 알 수 없는 당신을 이곳에 초대하고 날마다 기다리면서, 혹여 나룻배 손님 중에 당신이 있을지도 모른다는 생각에 몇 안 되는 손님의 얼굴을 찬찬히 살펴보면서도, 한편으로 당신이 오지 않을 것을 예감하는 것처럼.

아버지가 대변을 본 지 일주일이 지난 것 같다. 요즘 들어 통 먹지를 않으니 당연한 결과일 터이다. 아무래도 관장을 해야겠다. 과년한 딸에게 자신의 은밀한 부위를 드러내야하는 현실이 부끄럽고 원망스러운 모양이다. 건강할 때 그는 얼마나 부지런하고 정갈했던가. 난 그가 누워있거나 앉아있는 모습을 본 적이 별로 없다. 한가한 시간이면 그는 강 주변을 산책하면서 쓰레기를 줍거나 어디 한 군데 고장난 구석이 없는 나룻배를 손질하곤 했다. 그러던 그가 왼쪽 몸을 못 쓰게 되었으니 오죽 답답하겠는가.

나는 물을 데워 대야에 담아 아버지 방 여닫이문을 연다. 날마다 환기를 시키고 방향제도 뿌리건만 퀴퀴하고 구릿한 냄새가 코로 확 달겨든다. 죽음의 냄새가 이런 걸까. 죽음의 냄새가 이런 거라고 한마디로 말할 수는 없을 터이고 증명할 방법도 없으리라. 그것은 다만 어떤 인상이나 오감을 통해 감지되는 시금한, 약간은 역겹고 등 돌리고 싶지만 등 돌릴 수 없는 음울한 기류일 것이다. 나를 포함한 많은 사람들이 한번쯤은 만나는. 아버지 방문을 여는 순간 나는 그 기류와 만난다.

아버지, 일어나요. 목욕도 하고 관장도 하게요.

그는 눈을 들어 내가 들어온 문 사이로 따라온 햇살을 주시하더니, 햇살에겐지 나에겐지 애매한 시선으로 희미하게 웃는다. 예전 같으면 발가벗긴 자신을 목욕시키고 관장을 하면 저항의 몸짓을 했는데, 지금은 자신의 몸을 내게 맡기고 아무런 반응도 보이지 않는다. 시선을 허공에 매단 채.

허공에 걸려 있는 것만 같은 그의 시선, 반쯤 넋이 나간 그 시선이 나는 두렵다. 인정하기 싫지만 그는 반쯤 죽어있는 것이리라. 어쩌면 그의 시간은 그때부터 멈춰버렸는지도 모른다.

막내야, 오늘 날씨가 어떠냐? 바람이 부나? 햇볕을 쬐고 싶은데. 강이 보이게 문을 좀 열어주렴. 오늘 나룻배 손님은 몇이나 됐니? 하루에 몇 마디 하지 않는 그였지만 요즘은 좀체 말문을 열지 않는다. 그의 목소리가 그립다.

아버지 씻으니까 개운하죠? 뭐 먹고 싶은 건 없어요? 아버지 좋아하는 처녀뱃사공이란 노래 틀어줄까요? 욕창이 심해 내일부터는 날마다 씻고 연고도 발라야겠어요.

한 마디 말이라도 유도해 보려는 나의 시도는 실패로 끝난다. 그는 내 질문에 아무런 대꾸도 없고 표정 하나 변하지 않는다. 허공에 매단 시선만 여전하다.

어… 어이… 어이…, 이… 이봐… 가…지… 마…. 으…으…흑….

한밤중, 짧게 부서지는 소리가 들린다. 아버지 방에서 흘러나오는 소리다. 나는 못들은 척 무시해버릴까 잠시 고민하다 가게를 지나 아버지 방문을 열고 들어간다. 반쯤 눈을 뜬 채 허공에 시선을 매단 그는 식은땀으로 범벅이 되어 불편한 왼손, 그러나 신체 중 가장 자유로운 손을 허공에 휘젓고 있다. 어머니와 연애하던 시절로 돌아간 모양이다.

어…어이…어… 이… 사…람…아…!

내가 보고 있는 것을 아는지 모르는지 그는 더듬더듬 말하며 계속하여 허공에 손을 휘젓는다. 나는 한 손으로 허공을 휘젓는 그의 손을 슬며시 잡는다. 다른 손으로는 그의 얼굴에 송글송글 맺힌 땀을 닦아낸다. 내 손을 잡은 반쯤 눈을 뜬 그는 잠시 안정되더니 자신의 얼굴에 내 손을 갖다 대며 부비는 시늉을 한다. 나는 땀을 닦아주던 수건을 바닥에 내려놓고 두 손으로 그의 볼을 감싼다. 푸석한 피부와 앙상한 얼굴뼈마디가 손바닥으로 만져진다. 무언가 예리한 것이 왼쪽 가슴을 쿡쿡 찌르는 것 같다.

애초부터 강과 한 몸인 것 같던 그. 구릿빛 피부와 단단한 근육은 어디로 갔을까. 햇살이 부서지는 것 같던 그 웃음은? 나는 그를 향해 몸을 기울인다. 그의 불편한 손이 조심스럽고도 서툰 몸짓으로 내 젖가슴을 더듬는다. 나는 웃옷의 채워진 단추를 연다. 그 옆에 모로 누워 그를 이불처럼 감싸 안는다. 그는 내 젖가슴에 얼굴을 묻고 가쁜 숨을 몰아시더니 무슨 말인가를 중얼거린다. 가지 마 혹은 미안해 같기도 한. 그의 미미한 체온이, 그러나 평소보다는 따뜻한 체온이 내 가슴을 타고 전신으로 흐른다.

나는 감싸 안은 팔에 힘을 주어 그를 꼬옥 껴안는다. 그는 달뜬 표정이 되어 이내 잠이 든다. 숨소리가 고르지 않다.

현실과 환상을 구분하지 못하고 꿈속을 헤매든 듯 옛 시간에 갇혀있는 그를 보면 떠날 때가 머지않음을 예고하는 것이리라. 사십이 넘지 않을 것 같은 종합병원의 의사는 말하지 않았던가. 노환인데다 한 쪽 몸이 마비돼 좀체 신경이 되살아나지 않으므로 병원생활을 계속한다 해도 변화가 있을 것 같지 않다고, 현실과 과거를 구분하지 못하면 때가 됐다는 징후이니 마음의 준비를 하라고. 그의 말을 떠올리지 않아도 아버지 얼굴을 보면 죽음이 그의 방문 바로 앞에 왔다는 것 쯤 쉽게 예감할 수 있는 일이다. 그러나 나는 그의 죽음에 대해 아무런 대비도 하지 못하고 있다. 그것 앞에서는 왜 이렇게 속수무책 무능하기만 한 것일까.

나는 그에게서 몸을 슬며시 일으키고는 그에게 이불을 덮어준다. 내 방으로 돌아와 창문을 열어젖힌다. 찬바람이 얼굴과 목덜미를 덮친다. 나는 바람을 향해선지 어둠이 내린 강을 향해선지 모를 분노거나 슬픔 같은 신음을 뱉는다. 담배에 불을 붙인다. 아버지는 내가 고향집으로 내려온 후 끽연의 횟수가 잦아졌다는 사실을 모를 터이다. 안다 해도 어쩌겠는가. 한 개비의 담배는 짧은 순간이나마 위안이고 쉼이거늘. 물론 그 짧은 쉼이라야 얼마나 하잘 것 없고 중독된 습관을 미화하는 말에 불과할 테지만,

그러나 우린 또 이 하잘 것 없는 것 때문에 얼마나 힘이 들며 때로 얼마나 큰 힘이 되는가. 아버지의 고장난 시계처럼.

그렇다. 아버지의 시계는 멈춰버린 것이다. 애초부터 강과 한 몸인 것만 같던 그. 씽긋 웃으면 바다도 따라 웃는 것만 같던, 젊었을 적 무당이었고, 유난히 춤을 잘 추었다는 바다빛 눈동자를 가진 여자를 사랑한 외팔이 뱃사공. 그의 시간은 멈춰버린 것이다. 그의 시계는 고장난 것이다.

그 시절, 그러니까 강물이 원시의 노래를 부르고 숭어나 돌고래가 뛰놀고 왜가리와 백로가 서식하던 그때 우린 넷이었다. 물론 나보다 삼십 분 먼저 태어난 쌍둥이오빠와 나와는 십오 년 터울이며 서울에서 유명한 대학을 다니던 우리와는 다른 느낌, 이를테면 도시사람의 섬세함과 세련됨을 지닌 큰오빠를 제외하고. 돌고래보다 날쌘 수영솜씨를 뽐내며 물고기와 교신한다던, 꿈꾸는 눈빛의 삼십분오빠와 창백한 피부의, 가끔 소주를 마시면 바다빛 눈동자가 소주빛으로 변하던 것만 제외하면 여느 어머니와 다를 바 없는, 아버지를 만나기 전에는 유난히 춤을 잘 추는 아름다운 무당이었다던 어머니와 그녀를 강만큼이나 사랑한 외팔이 상이군인인 아버지. 그들과 있으면 그것의 정체가 무엇인지 알 순 없었지만 어딘지 위축되는 느낌이 들어 책읽기와 음악듣기에 빠져있던 막내인 나.

나를 제외하고 그들은 뭔가에 취해 있었다. 사랑이거나 강이거나 자기만의 광기에. 내가 가끔 그들 주변을 맴돌면서 그들과 동화되지 못한 것은 나는 강이나 사랑과 한 몸이 아닌, 나는 나라는 생각이 머릿속에 쭈뼛거렸기 때문일 것이라는 생각이 든 것은 세월이 한참 흐른 후였다.

어쨌든 그 시절, 강물이 원시의 노래를 부르고 숭어와 돌고래가 뛰놀며 왜가리와 백로가 떼 지어 둥지를 틀던 그때 우린 행복했다. 가끔 어머니가 슬픔이거나 광기거나 당시의 나로서는 이해할 수 없는 무언가에 사로잡혀 소주를 마실 때를 제외하고. 그녀는 주기적으로 슬픈 빛깔의 소주를 마셨고 거푸 마셔도 취하지 않았다. 그때마다 그녀얼굴은 창호지처럼 하얘졌고 그녀는 무슨 말인가를 끊임없이 웅얼거리곤 했다. 그녀눈동자가 물기를 담아 소주빛으로 변하면 그녀가 맘속으로 울고 있다는 것을 어린 나는 어렴풋이 느낄 수 있었다. 소주빛깔이 슬프다는 생각은 소주를 마시면 소주빛깔이 되던 어머니의 젖은 눈 때문이다. 그 시절, 나는 아무도 모르게 소주를 훔쳐 마시고, 슬픔이란 참으로 쓰고 독하다는 것을 속엣것을 모두 게워내면서 아프게 각인했었다. 나는 그때 어머니의 이해할 수 없는 슬픔을 이해하려고 얼마나 노력했던가.

아버지는 한 팔을 뒷짐 진 채 외팔이 어깨옷을 휘날리면서 평소담지 않게 허둥대며 소주를 마시는 그녀주위를 맴돌았다. 가끔씩 강을 바라보면서. 그가 강을 바라볼 때면 그의 눈에 물기가 담겨있는 것을 나는 보았다. 어린 나는 밥은 먹지 않고 하루고 이틀이고 소주만 마시는 그녀를, 그 정체를 알 수 없는 그녀의 슬픔을 이해해보려고, 슬픈 소주를 마시다 그 슬픔 때문에 혹시 그녀가 죽어버릴지도 모른다는 생각에, 그들 주변에서 꼼짝 않고 앉아 있곤 했다. 땅바닥에 침을 퉤퉤 뱉으면서. 입안의 수분이 모두 말라 더 이상 뱉을 침이 없어 헛침을 뱉고 있을 즈음 삼십분오빠는 내 손을 잡고 선착장으로 가 베를 태워주곤 했다.

걱정 마. 막내야. 엄마가 술 마시는 건 아직 우릴 사랑하기 때문이야. 뭐? 엄만 우리들하곤 달라. 신의 딸이지. 바다의 신. 그런데 아빠를 사랑하고 우릴 낳았기 때문에 엄마는 그녀아버지인 바다의 신과 떨어져 살 수 밖에 없는 거고, 그래서 괴로운 거야. 엄마가 바다빛 눈을 가진 건 신의 딸이기 때문이지. 엄만 아직 아빠와 우릴 사랑하기 때문에 술을 마시고 춤을 추는 거야. 삼십분오빠는 내 손을 꼭 잡고 바다를 보면서 확신에 차서 말하곤 했다. 엄마가 춤도 춰? 그걸 어떻게 알아? 난 다 알아. 삼십분오빠는 처음부터 모든 것을 알고 있는 것만 같았다.

아버지의 시계는 그때 멈춘 것이다. 하구둑이 만들어지던 시절, 어머니의 소주를 마시던 횟수가 잦아지고 아버지의 흘리지 못하는 눈물이 한숨이 되던 시절, 삼십분오빠는 자신은 강이 좋고 뱃사람이 될 거라며 대학에 진학하지 않았고 난 지방대의 국문과에 다니던 시절. 삼십분오빠는 그의 소원대로 작지만, 쓸 만한 목선을 갖게 되었고 하루가 멀다 하고 바다로 나갔다. 어느 늦은 가을날, 고기를 잡으러 바다로 나간 그는 다시는 우리 곁으로 돌아오지 않았다.

그의 죽음이 사고사인지 자살인지 난 지금도 의문을 갖고 있다. 그는 강을 누구보다 잘 알았고 그가 바다로 나간 날은 해일이 일거나 바람이 그다지 불지 않았으므로. 난 그가 어쩌면 강이 더 이상 원시의 소리를 내지 못하리라는 것을 미리 알고 자신의 몸과 영혼을 스스로 수장시킨 거라고 생각하는 것이다. 그는 자신의 본질일 수 있는 태초의 강과 하나가 된 거라고.

그런데, 어머니. 소주를 마시던 횟수가 잦아지고, 어둠이 질펀하게 깔린 마당에서 춤추던 시간이 길어지던, 춤추다 날을 세워버리기 일쑤이던, 눈자위만 깊어지던 그녀. 아무 말 없이 사라졌다 며칠 만에야 피곤하고 지친 몰골로, 마치 미친 여자처럼 넋이 나가 나타나던 그녀. 어느 해 겨울, 하구둑 공사가 마무리 될 즈음, 무명옷차림의 그녀는 물에 불어 퉁퉁 부운 몸으로 강의 하구에 떠올랐다. 당시만 해도 도시사람도 시골사람도 아닌, 어중간한 의식과 차림새를 한 나와 좀 수척해지긴 했으나 여전히 강과 한 몸인 것 같던 아버지는 그녀의 죽음을 자연스럽게 받아들였다. 정작 가장 많이 슬퍼한 사람은 어쩐지 우리 가족과는 섞일 수 없을 것 같던 큰오빠였다.

아버지시계가 삐걱거리던 조짐은 그때부터였을 것이다. 내가 조금 늦게 알았을 뿐. 아니, 난 그의 시간이 멈추리라는 걸 예감하고 있었다. 어머니장례를 치르고 홀로 남은 그를 그곳에 방기한 것은 난 그때 다른 열기로 들떠 있었고, 그들의 취기 혹은 생의 본질의 중심으로 다가갈 수 없었다. 겁이 났는지도 모른다.

니 에미는 자신이 왔던 곳으로 돌아간 게야. 자유로와진 게지. 무정한 사람 같으니! 아버지는 그녀를 손수 염하여 땅에 묻었고 그녀 옆에 자신의 가묘도 만들었다. 그해 겨울엔 유난히 눈이 많이 내렸다. 땅이 황토색이라는 사실을 잊게 할 정도로 세상이 온통 흰색이었다. 겨울이 가고 혼자 남은 아버지는 서서히 기력을 잃어갔다.

봄이 되고 강물은 흐름을 멈추었다. 원시의 강은 원시의 바다와 교신이 끊긴 것이다. 우리는 더 이상 바다로 나갈 수 없었고 마을 사람들은 터전을 잃고 하나 둘 도시로 이주해갔다. 숭어나 돌고래는 자취를 감췄고, 왜가리와 백로는 서식지를 옮겨갔으며, 가끔 길 잃은 왜가리나 백로가 찾아들거나 이름 모를 철새들이 모여들기 시작했다.

쾅, 쾅, 쾅. 아무도 안 계세요?

다급한 목소리가 꿈결처럼 들린다. 지난 밤 잠을 못 이루다 아침에야 설핏 잠이 든 나는 가게 문을 두드리는 소리에 잠에서 깬다. 이 아침에 누구지? 나는 부스스한 몰골을 대충 정리하고는 가게 문을 연다. 문을 열기 바쁘게 검은 옷 일색의 남자가 불쑥 들어온다.

아침부터 죄송합니다. 밤기차를 타고 이제 도착했어요. 나룻배를 좀 빌릴 수 있을까 해서요.

검은 코트와 낡은 가방, 검은 모자, 면도를 하지 않아 얼굴의 삼분의 이가 검은 피로한 기색의 남자가 내게 묻는다.

무슨 일이죠? 나룻배를 빌려주라니요?

남자는 내 질문에 자신의 조급함을 진정시키려는 듯 호주머니를 뒤적인다.

아…, 그게……

담배요?

나는 담배 진열장에서 디스 한 갑을 꺼내 남자에게 내민다.

고맙…

좀 앉으세요.

아…, 네.

남자는 어깨에 멘 가방을 마치 깨지기 쉬운 보물이라도 다루 듯 조심스레 탁자에 내려놓고 몸을 움츠려 의자에 불안하게 앉는다. 담배에 불을 붙인다. 남자가 내뿜는 담배연기에서 연달아 피로가 흘러나오는 듯하다. 나는 재떨이를 남자 앞으로 내밀며 말한다.

커피 한 잔 드릴까요?

아…, 예.

나는 커피 두 잔을 만들어 한 잔을 남자에게 권한다. 나는 커피를 마시면서 리스트의 '순례의 해'라는 시디를 꽂아 틀고 아침 준비를 한다. 이를테면 아버지의 대소변을 받아내고 그를 가볍게 세수시킨 뒤 가게정리와 나룻배 점검을 간단히 마치고 식사준비까지 마치는 동안 남자는 식은 커피를 마주하고 연신 담배를 피우고 있다. 문득문득 강 쪽을 바라보면서.

저어, 실례합니다만….

내가 가게로 나오자 남자가 어렵게 말을 꺼낸다. 나는 그를 가만히 바라보며 다음 말을 기다린다.

저어…, 실은 제 아… 아내가… 떠나서…, 그… 유지가… 자신의 고향인 이곳… 강… 강에 유… 유해를…, 그… 그래서 배… 배를…

남자는 더 이상 말을 잇지 못하고 글썽해진 눈으로 나를 본다.

그렇군요. 그런데 배를 다루실 줄은 아세요?

아….

남자는 조용히 고개를 젓는다.

그러시면 배를 빌려드리기는 그렇고 제가 운항해 드릴 테니 조금만 더 기다리세요. 기차에 맞춰 오는 손님이 계실지 모르고 하루에 세 번은 나룻배를 정상 운항 해야 하니까, 첫배 운항 후 함께 가죠.

아….

나는 첫배 운항 후 검은 옷으로 갈아입고 남자와 그의 아내의 유해를 싣고 출발한다. 하늘이 낮고 잔뜩 흐린 것이 비라도 몰아올 기세이다. 남자아내의 고향은 청산이었다고 한다. 그녀부모가 세상을 떠나자 형제들도 이곳을 떠났고 그녀는 고향에 가고 싶어 했으나 미루다보니 이렇게 늦어버렸단다. 살림이 자리를 잡고 봄이 되면 여행 삼아 한번 내려올 생각이었다는데, 아내는 기다리지 못했단다.

유골상자를 싼 보자기를 풀고 뚜껑을 열려던 남자는 상자를 품에 앉더니 흐느낀다. 한 무리의 새떼가 배 위를 지나 날아간다. 새들은 어디로 날아가는가. 나는 잿빛 하늘로 자취를 감춘 새들을 우울하게 바라본다. 새들의 잔영이 보이지 않을 때까지.

남자는 흰색이랄 수도 누런색이랄 수도 없는 애매한 빛깔의 뼈의 입자를 멈칫멈칫 강물에 뿌린다. 그의 행위는 마치 뼈 입자를 낱낱이 세기라도 하는 듯, 영원히 지속될 것 같은 착각을 불러일으킬 정도로 느리고 무겁다. 넋이 되어 이 배에 승선한 승객은 몇이나 되는가. 나는 피식 쓴웃음을 짓는다. 삼십분오빠, 어머니, 그리고 본 적은 없지만 어딘지 낯설지 않은 것 같은 남자의 아내. 머잖아 아버지도 승객으로 모실지 모르고 어쩌면 나 자신도 누군가의 손에 들려 이 배에 승선할지 알 수 없는 일이다. 아버지는 두 번의 산일을 마무리하고 지난겨울 뇌졸중으로 쓰러져 몸져누웠다. 쓰러지기 전 아버지는 어머니 묘를 열어 그녀의 뼈를 화장해 강에 뿌린 것이다.

요샌 니 에미가 꿈에 자주 찾아온다. 온몸을 밧줄로 칭칭 감고 말이야. 니 에미를 땅에 묻은 건 순전히 내 욕심이었어. 그 사람은 강에서 낳아 강에서 산 사람이야. 이제라도 영혼이나마 강에서 살게 해야 해.

바다와 강이 맞닿은 하류에서 어머니가 발견되자 아버지는 앞으로는 강이 흐르고 뒤로는 산자락이 흐르는 전망 좋은 곳에 그녀의 자리를 마련하고 그 옆에 자신의 가묘도 만들었었다.

한 세상 살다 가면 되는 거지 썩을 몸뚱어리의 집을 지을 필요는 없다는 생각이다. 나도 니 에미처럼 해라. 제사 같은 건 지내지 말고 시간 나면 가끔 이곳에 찾아와 강이나 실컷 보고 가면 돼.

어머니 기일이다. 나보다 십오 년 연상인 큰오빠 부부가 올 것이다. 나는 여느 날과 마찬가지로 아침 준비를 한다. 아버지는 여전히 허공에 시선을 매달고 실어증에라도 걸린 사람처럼 말이 없다. 내가 무슨 말을 해도 아무런 대꾸도 표정도 변하지 않는 그에게 지쳐 가는 나를 본다. 습관적으로 그를 씻기고 약을 바르고 강제로 음식을 먹이는 나. 혼자 말하기도 지겨워 침묵으로 일관하는 나. 이러면 안 되는데, 그는 내게 모든 걸 의지하고 있는데, 쓸데없는 말이라도 붙이지 않으면 그는 얼마나 외롭겠는가. 외로움? 그런 감정이 그에게 남아 있을까. 나는 그를 보며 고개를 젓는다. 목울대가 뜨거워진다. 그라고 왜 외롭지 않겠는가. 어느 한 곳에 정지하지 못하고 그렇다고 그 무엇을 보는 것도 아닌 허공에 매달린 듯한 저 시선이 말하고 있지 않은가.

아버지, 오늘 무슨 날인지 알죠? 엄마 기일이에요. 새 옷으로 갈아입고 몸단장도 해야죠? 말씀도 좀 하시구요. 아버지 웃는 모습 본 지도 꽤 오래됐는데…….

자신을 씻기고 옷을 갈아입히는 동안 아무런 반응도 없던 그의 눈에 얼핏 안개가 서리는 것이 보인다. 나는 그의 반응이 반가워 계속 말을 건넨다.

아버지가 이렇게 말도 않고 웃지도 않으시는 걸 엄마가 아시면 아마 몹시 화를 낼 걸요. 오늘 안 오실 지도 몰라.

그에게 겁까지 줘보지만 동공에 안개가 서리는 것 말고는 다른 반응이 없다. 나는 그래도 포기하지 않는다.

대답하기 싫으면 웃어 봐요, 네? 엄만 아버지가 웃으면 얼마나 좋아했어요? 당신이 웃으면 강물도 따라 웃는 것 같애, 하시면서 울다가도 까르르 웃었잖아요. 기억하죠?

나는 그의 가슴을 흔든다. 반응이 없다. 허공에 매단 눈동자에 안개만 깊어질 뿐. 그는 울고 있는가.

당신이 웃으면 강물도 따라 웃는 것 같애, 세상 시름이 한갓 물거품이 되는 것 같다니깐, 마술이야, 하며 까르륵 웃곤 하던 어머니는 정리벽 같은 게 있었다. 내가 기억하는 그녀는 끊임없이 정리정돈을 했다. 장롱을 정리하고 가재도구를 정리하고 창고를 정리하고 가게의 오밀조밀한 물건들이 먼지 한 점 낄 새 없이 털고 닦았다. 그녀는 날마다 목욕을 즐겼고 그 습관은 내게도 남아 있다. 생각해보면 그녀는 자신의 죽음을 계획한 것도 같다. 우리 곁을 떠나기 전, 그녀는 살던 집을 허물고 그 위에 새 집을 지었다. 아버지와 심하게 다투면서까지. 아버지는 젊은 날의 방황을 끝내고 어머니와 보금자리를 튼 집을 고칠 수는 있어도 허물 수는 없다는 주장이었고 어머니는 불편해서 안 된다는 것이었다. 언제나 그렇듯 아버지는 어머니의 주장을 꺾지 못했다. 내가 기억하는 한 아버지는 그것이 마음에 들지 않아도 어머니를 이기지 못했다. 물론 어머니는 막무가내로 무엇을 주장하지는 않았지만, 집을 새로 짓는 일처럼 자신이 하겠다고 마음먹으면 꼭 하고야 마는 성격이었다. 이제 드는 생각이지만, 그녀가 전면이 유리창으로 된 가게와 주방과 욕실이 딸린 양옥집을 무리를 하면서까지 지은 것은 남은 우리에 대한 배려였으리라.

젊은애가 계속 이렇게 살거니? 유령같이 꼴이 이게 뭐냐?

제법 세련된 맵시와 말씨를 가진 큰오빠가 따지듯 내게 묻는다.

내가 어때서? 이렇게 사는 것도 나쁘지 않아.

어쨌든 이번에 아버지를 서울로 모셔가야겠다. 너도 취직을 하든지 결혼을 하든지 아니면 우리와 서울로 가자. 이곳은 정리하고 말이야.

싫어.

왜?

정말 아버지와 날 생각해서 하는 소리야? 오빠 입장만 생각하는 게 아니구?

오해하지 마라. 내 마음이 불편해서 그래. 그동안 너무 많은 걸 잃은 것 같기도 하고. 어쨌든 내일 아버지 서울로 모셔갈 테니 그렇게 알아.

새삼스레 인도주의라도 발동한 거야. 오빠 오빠대로 살아. 아버지와 나까지 챙기려하지 말고. 오빠마음 편하자고 아버질 서울로 데려간다고? 아버지에 대해 한번이라도 진심으로 생각해 봤어? 아버진 여길 떠나면 안 돼. 오빠도 잘 알잖아. 아버지 봐서 느끼 겠지만 그리 오래 버티지 못하실 거야. 그냥 우릴 내버려 둬. 죄책 감 같은 거 느낄 필요 없어.

넌 어쩌면 애가 …

그의 얼굴이 붉어지더니 무슨 말인가를 하려다가 멈춘다.

오빠도 이제 늙는가보네. 앞으로만 나아가더니. 하여튼 우리 걱 정은 하지 마. 일 생기면 연락할 테니까.

미…·미안하구나.

어렸을 적 수재 소리를 듣던 그는 본적을 서울로 옮겨 그곳에 정착했고, 시세말로 집안 좋은 가문의 처자와 결혼하였다. 정략결 혼이라는 추궁까지 들으면서. 전라도 출신. 그것이 본적까지 옮겨 야 할 만큼 대단한 장애였을까. 그런다고 뭐가 달라지나. 그가 출 세를 위해 본적까지 바꾸면서 신분상승을 했다고 그게 무슨 대 단한 잘못이겠는가. 난 다만 그가 가족과 고향에 등 돌린 사실이 싫었을 뿐이다. 하지만 이제 와서 그를 탓하고 싶지는 않다. 무엇 이 잘못되고 무엇이 옳으며 어떻게 사는 게 좋은 거라고 나는 한 마디로 말할 수 없기 때문이다.

나 또한 한때 삼십분오빠와 어머니를 잃은 슬픔을 빙자하여 이곳을 떠나지 않았는가. 진부하고 늙었다는 이유로 가능하면 아버지와 이곳으로부터 멀리 떠나려 하지 않았는가. 좋은 세상 만들리라는 허망한 희망에 매달려. 화염병과 최루가스, 그리고 함성. 난 그렇게 젊은 한때를 보냈고, 그 당시 글을 쓴다는 것조차 얼마나 사치스러운 일이었는지. 그 거리에서 우린 낯선 사람들과도 하나가 되곤 했다. 열기가 사라지고, 포스트모던, 세계화, 지구화…, 이런 징후들이 남하하고 있었다. 나는 그 거리에서 오래 버티지 못했다. 그리하여 안개에 덮여 가늠이 잘 되지 않는 길을 따라 한때 진부하고 늙고 희망이 없다고 떠난 이곳에 와 있다. 망명해온 것이다.

나는 어둠이 내린 강을 보고 있다. 그믐밤이라 하늘은 어둡고 강 건너 마을의 몇 되지 않는 집의 불빛이 강물에 내려앉아 별빛처럼 반짝이다. 불빛을 바라보는 것은 아름답다. 그 불빛이 눈물과 한숨으로 밝힌 빛이라 해도. 나는 강 속의 별이 모두 사라질 때까지 앉아 있다.

7. 청산에서 노래하리라

대동강물이 녹는다는 우수가 지나고 개구리가 동면에서 기지개를 켠다는 경칩이다. 봄이 행진해오고 있고 나는 곧 서른 살이 된다. 서른 살, 생각만 해도 무겁다. 그러나 어쩌랴. 생각만 해도 무거운 서른 살은 될 터이고 고장난 시계에도 세월의 흔적은 남는 법이다.

겨울이고 예산이 부족하다는 이유로 기초공사만 해놓고 중단된 다리를 완공하기 위해 관계자들 몇 사람이 사진을 찍고 측량을 하는 등 한 차례 부산을 떨고 간다. 어차피 놓을 다리라면 하루 빨리 완성돼야 할 터이다. 다리가 완성되면 몇 안 되는 나룻배 손님도 사라지겠지만, 그렇다고 적의를 느낄 것까지는 없을 것이다. 새로운 하나가 생기면 다른 하나가 사라지는 것은 당연한 순서이고, 그건 이를테면 생명운동 같은 것 아닌가.

오늘, 세 번 운항한 나룻배손님은 세 사람이었고 내가 초대한 여행자인 당신은 오지 않는다. 어쩌면 당신이 오지 않으리라 예감하면서도 나는 당신을 기다릴 것이다. 그리고 봄이 내 방 창문에 다다르기 전에 내 추억의 장소인 청산초등학교에 다녀올 것이다. 그곳이 사격장으로 변해 햇살이 아롱대던 그 운동장에 탄피가 수북이 쌓인다 해도 나는 그곳에 다녀오리라.

청산나룻배를 이용하는 손님이 한 사람이 없어도 나는 돛을 올릴 것이다. 그렇다. 강인지 집인지 분간이 잘 가지 않는 청산나루터집에서 애초부터 강과 한 몸인 것 같던 병든 아버지와 봄이 되면 서른이 되는 나룻배사공이며 담배장수인 나는 함께 살 것이다. 청산나루터의 기능이 사라져 어떤 다른 명칭으로 불리게 된다 해도 나는 이름을 알 수 없는 여행자인 당신을 기다릴 것이다. 여느 날과 같이 아침 준비를 하고서.

그리고 강인지 집인지 분간이 잘 가지 않는 청산나루터집에서 밤이면 외팔이 상이용사이고 젊은 시절 무당이었다는 바다빛 눈동자를 가진 여자를 사랑한, 강물을 웃게 하는 웃음을 짓던 아버지의 해소기침소리를 들으며 나는 밤마다 자판을 두드릴 것이다.

허공의 여자

나의 꿈속은 바람 부는 무법천지

그 누가 부르겠는가

막막 무심중에 떠있는 나를.

1.

일요일 오후, 비가 내렸다. 나는 사선으로 떨어지는 빗줄기를 한동안 바라보다 게으르게 책장으로 눈을 옮겼다. 가지런히 줄 맞춰 꽂힌 책들 속에서 김현문학전집 십삼 번을 별 생각 없이 뽑아들었다. 느리게 책장을 넘겼다. 그러다 나도 모르게 글속으로 빠져들었다. 연애연습사. 삼 페이지 분량의 짧은 글이었다. 땅이 꺼지면 어쩌나, 매일 전전긍긍하던 한 허풍쟁이 토끼의 설화를 빌어 연애하는 자들의 심리를, 그 간단한 연애사를 철학이나 문학작품을 빌어 해석한 글이었다. 아주 짧은 순간, 그러나 아주 분명하게 나의 마음 깊은 곳을 흔드는 뭔가가 있었다. 무얼까? 다시 한 번 찬찬히 읽어나갔다.

그러자 십오 년이거나 그 이전, 이미 오래 전에 지워진 기억의 회랑에서 한 여자가 희미하게 떠올랐다. 새삼스럽다 싶어 난 피식 웃으며 그냥 넘겨버렸다. 글 내용 때문일 거야, 그것에 그 여자의 이미지가 겹친 것일 뿐이야.

그렇게 며칠이 지나갔다. 난 문득문득 무엇에 홀린 듯 뒤돌아 봤다. 희미한 노랫가락 때문이었다. 그것은 어딘지 슬프면서도 유쾌한, 한 번에 그 정조를 파악하기 어려운 가락이었다. 무슨 노래지? 나는 나도 모르게 그 노래를 흥얼거리다 알게 되었다. 그 여자의 노랫소리였다. 십오 년도 더 지난 일이고, 그 후로 한 번도 만난 적이 없는데, 왜 갑자기 그녀의 노래가 들리는 것일까. 알 수 없는 노릇이었다. 그녀는 어두운 기억의 강을 건너 나의 일상에 수시로 나타났다. 애절한 노래를 부르기도 했고, 미소 띤 얼굴로 날 바라보기도 했고, 곱게 화장을 하고 북을 두드리기도 했다. 그리고 거웃이 없어 시리도록 희던 그녀의 은밀한 곳을 드러내고 춤을 추기도 했다.

그녀아들이라는 청년으로부터 전화가 온 건 그 후로 며칠이 지나서였다.

"저…, 저는 이수인이라고 하는데요. 너무 오래 전 일이라 잊으셨을지 모르지만… 백수희씨 아들이에요. 그러니까 십팔 년 전인가요. 제 어머니가 고모 집에 살던 때가. 고모할머니께서 돌아가셔서 어머니가 퍽 쓸쓸해하시는데……. 어머니가 고모를 꼭 한번 뵙고 싶어 해요. 돌아가시기 전에……. 당신 노래를 꼭 한번 들려주고 싶어 해요."

그녀아들 이름이 수인이었던가, 난 갑작스런 그의 전화에 당황하지 않을 수 없었다. 그러면서 수화기를 든 채 그녀나이를 어림으로 짐작해보았다. 쉰하나 혹은 쉰둘? 돌아가시기 전이라니, 어디가 아픈가. 수화기를 잡은 손바닥에 땀이 뱄다. 전화이긴 했지만 나를 편안하게 '고모'라고 부르는 호칭 또한 낯설었다. 고모니 이모니 누나니 하는 호칭을 나는 더 이상 들을 수 없겠거니 생각하고 있었던 것이다. 혈육의 끈이 끊겼으므로. 물론 마음먹고 찾아본다면야 육촌이거나 팔촌쯤은 있겠고 이복형제들도 어딘가에 살아있을 테지만. 그러나 나는 현재의 생활에 만족하는 편이고 굳이 혈육을 찾을 생각이 없다. 혈육이라는 어쩔 수 없는 끈같은 것 때문에 얽히는 게 나는 싫다. 얼결에 부정도 긍정도 아닌 대답을 하고 전화를 끊은 나는 잠시 갈등했다. 이제 와서 왜 나를 찾는단 말인가. 노래를 들려주고 싶다는 건 또 무슨 소리인가. 그녀전남편이 나의 팔촌오빠이긴 하지만, 엄밀히 따진다면 그녀와 나는 타인이나 마찬가지다. 나는 전화선을 통해 전해지던 수인의 다급한 목소리에서 그녀소식이 궁금해지기보다 이기적인 생각이 먼저 들었다. 어쩌면 귀찮고 번거로운 일이 생길지도 모른다는.

그는 어떻게 내 연락처를 알아냈을까. 한번 간다고는 했지만 주저되었다. 그도 급해서였는지 내가 찾아가야 할 곳을 가르쳐주지 않고 전화를 끊었다.

삼일이 지나도 그에게선 아무런 연락이 없었다. 차라리 잘된 일이라 생각되었다. 이제 와서 그녀를 만나 뭘 어쩌겠는가. 그러나 한번 찾아온 기억은 쉽게 멈춰지지 않는 모양이다. 그녀가, 그녀노랫소리가, 그리고 거웃이 없어 시리게 하얗던 그녀의 은밀한 곳이 시시때때로 날 찾아왔다. 그때마다 나는 그녀를 잊으려 노력했고 차츰 잊어갔다.

가을이 성큼 다가와 있었다. 잊었다고 생각한 그녀노랫소리가 다시 들려왔다. 황막한 광야를 달리는 인생아, 너는 무엇을 찾으러 왔느냐…. 모처럼 일요일이라 쉬고 싶었는데, 와락 짜증이 밀려왔다. 나는 록음악을 크게 틀고 느리게 샤워를 했다. 물기를 채 닦지 않고 욕실을 나오자 전화가 시끄럽게 울어대고 있었다. 수인이었다. 그의 어머니가 서울에 있는 종합병원으로 옮겨왔다는 거였다. 바쁘시더라도 시간을 내 한번 들리라며 병실번호를 알려주는 대목에서 전화가 끊겼다. 병원 공중전화인지 주변이 소란스러웠다. 다시 전화하겠지. 나는 물기를 닦으면서 혼잣말을 했다. 로션을 바르고 옷을 갈아입고 빨래를 끝마쳐도 전화는 오지 않았다. 오후 다섯 시가 좀 지났으니 서두른다면 병원에 다녀올 수도 있겠다 싶었지만 난 미루었다. 급할 것 까진 없지 않는가.

2.

그녀가 별채에 이사 온 것은 내가 막 초경을 시작한, 열세 살이 되던 해의 겨울이었다. 별채는 마당을 가로질러 안채의 왼쪽에 있었고 집으로 들어가는 대문은 하나였다. 우리는 그 별채를 '새집'이라고 불렀다. 왜 그렇게 불렀는지의 유래에 대해서는 알 수 없었지만. 어쨌거나 어머니와 초등학교를 졸업하고 중학교에 들어가기 위해 방학을 맞은 나와 단 둘이 살고 있던 그때 새로운 사람이 이사 온다는 사실은 변화였다, 하지만 난 그런 변화에 그다지 관심이 없었다.

그녀의 이삿짐은 그녀가 메고 있던, 닳아서 본래의 색감을 짐작키 어려운 자주색 가죽 핸드백과 중간 크기의 낡은 배낭, 그리고 칠이 군데군데 벗겨진 은색 트렁크가 전부였다. 새집은 방 두 개에 작은 마루가 있었고 뒤쪽으로는 대나무 숲이 있었다. 한사코 새집의 큰방을 마다하고 작은방에 짐을 푼 그녀는 지쳐 보였다. 지쳐보였어도 그녀가 미인이란 걸 단박에 알 수 있었다. 갸름한 얼굴에 흰 피부, 물기를 담은 크고 깊은 눈, 뚜렷한 입술선, 육감적인 몸매. 당시 나는 이유를 알 수 없이 불안한데다 사람들, 특히 어른들에 대해 호감을 갖지 않은 터라 그녀를 시큰둥하게 바라보기만 했다. 그런 나를 그녀는 가끔 곁눈질해 보았고 나와 눈이 마주치기라도 하면 어색하고 짧게 미소 지었다.

어머니는 이불과 살림도구들을 챙겨주며 평소답지 않게 그녀에게 친절했다. 어머니는 깔끔하고 냉정한 성격의 소유자였다. 아버지가 젊은 여자와 동거를 시작하자 어머니는 아버지가 사는 곳과 사십여 킬로미터 떨어진 그곳으로 이사한 뒤 친구들이나 친척들과의 만남을 꺼려하며 조용히 생활해온 것이었다. 그런 그녀가 자신의 혈육도 아닌, 헤어진 남편 육촌조카의 버림받은 아내를 자신의 집에 묵게 한다는 건 지금 생각해도 이해가 잘 가지 않는 부분이다.

어쨌든 백씨라는 성씨에 백거시기를 가졌다하여 '백녀'라고 불린 나의 팔촌올케언니인 백수희는 별채로 이사 왔고, 그녀는 겨울 내내 방안에만 틀어박혀 이사 온 그날을 제외하고는 그녀와 얼굴이 마주치는 일은 없었다. 아주 가끔 새집을 가로질러 화장실에 가야할 때 동백이 핀 꽃밭 곁에 우두커니 앉아있던 그녀를 보는 것을 빼고는. 사실 놀라는 건 나였고 나를 본 건지 못 본 건지 그녀는 미동도 하지 않는 것이 대부분이었다. 그해 겨울은 그렇게 갔다. 어머니는 양식장일로 바빴고 나는 소설책을 읽거나 라디오를 듣거나 멍하니 생각에 잠기곤 했다.

봄이 되었고 나는 중학생이 되었다. 해빙을 맞은 어부들은 출항 준비로 분주했고 방안에만 있던 그녀와도 마당에서 얼굴을 마주칠 수 있었다. 침울해 보이던 그녀얼굴에 드물게 웃음이 피어났다.

"아가씨, 이것 좀 봐요. 채송화가 너무 예쁘죠?"

그녀는 화단에 오밀조밀 핀 채송화 한 무더기를 감싸 쥔 듯한 자세를 취하고서 내게 말을 걸어왔다. 나는 당황했고 어떻게 대답해야할지 몰라 얼굴을 붉히며 네, 들릴 듯 말 듯 말하고는 빨리 그 자리를 피하고 싶어 뛰어가려는 자세를 취했다. 아가씨, 오늘 점심 같이 해요, 괜찮죠? ……. 이십 년이나 연상이었고 언니라는 호칭이 낯선 나는 그녀 말을 못들은 척 지나가려는 내 등 뒤에 대고 그녀가 상냥하게 물었다. 그녀는 거절을 못하고 엉거주춤 서 있는 내 손을 붙잡고 자신이 기거하는 방으로 인도했다. 나는 잡힌 손을 뿌리치지 못하고 그녀를 따라가면서 코를 큼큼거렸다. 무슨 냄새지? 그녀에게서 나는 냄새였다. 풀냄새.

그녀가 이사 온 날, 나는 그녀가 짐을 푼 새집의 작은방을 잠깐 건너다본 것을 제외하고 한 번도 그녀 방에 들어와 본 적이 없었다. 방문을 열자 방금 전에 맡았던 풀냄새가 마치 초원에 닿은 것처럼 후각을 자극했다. 나는 목과 코와 눈을 간질이는 달큼한 기운을 참지 못하고 재채기를 했다. 한참동안 재채기를 한 뒤 방을 둘러보았다. 방은 아기자기하게 정돈되어 있었다. 책상으로 쓰는 듯한 낡은 트렁크 위에는 남자아이가 여자아이에게 꽃다발을 주는 그림이 수놓아져 있는 옥스퍼드 천이 덮여 있었고 그 위에 책 몇 권과 노트가 쌓아져 있었다. 여자의 일생, 체홉 단편집, 어린왕

자, 카라마조프의 형제들 ……. 책제목을 읽어나가던 나는 의아한 기분이 들었다. 이런 책도 읽나? 책 옆에 노트 몇 권이 겹쳐져 놓여있었고 그 옆에 반쯤 탄 양초가 청동 촛대에 꽂혀 있었다. 촛대 옆에 사내아이의 방긋 웃는 사진이 든 액자가 먼지 한 점 없이 닦여 있었다. 아들인가. 그녀에게 초등학교에 다니는 아들이 있다는 말을 어머니에게 들은 기억이 났다. 나쁜 자식, 아들도 데려가 버렸대. 다소 격앙된 어머니음성을 떠올리면서 나는 고개를 들었다. 책상으로 쓰는 트렁크 위, 처음 그녀 방에 들어왔을 때는 보이지 않던 가로세로 육십 곱하기 칠십 센티미터 정도의 틀에 유기칠이 된 거울에 내 얼굴이 비춰졌다. 하얀 피부에 볼 살이 통통한 어린이와 소녀 중간쯤 되는 아이가 어찌할 바를 몰라 하며 나를 보고 있는 것이 아닌가. 순간, 나는 주춤하였고 얼른 시선을 창문으로 옮겼다. 무엇보다 그 방에서 내 눈길을 끈 건 책상 위의 책들과 방바닥에 놓인 손때가 묻어 닳아 오래된 느낌의 북과 북채였다. 그녀였구나. 나는 한밤중에 아련히 들리던 북소리의 진원지를 확인한 것 같은 느낌이 들었다. 북소리뿐만이 아니었다. 북소리 뒤에 분명하진 않았지만 애끊는 노랫소리와 끊어질 듯 이어지던 흐느낌소리를 기억한다. 처음엔 꿈을 꾸었나보다 싶었다. 하지만 날이 지날수록 아련한 북소리와 슬픈 곡조의 노랫소리를 몇 번인가 더 들은 나는 그 주인공이 누군지 궁금해졌다. 그러나 생각과는 달리 나는 이불 속에서 꼼짝없이 몸이 굳은 채, 그 소리에 취해 잠을 못 이루다 새벽녘에야 잠에 빠지곤 했었다. 어른들에 대해 호감을 갖지 않았지만, 슬며시 그녀에 대한 호기심이 일기 시작했다. 대체 그녀는 어떤 여자일까. 꾸미지 않아도 아름답고 그토록 애절하고 고운 목소리를 가진, 그녀 몸 어디에서나 풀향기가 맡아지는 그녀는 왜 남편에게 버림받았을까. 그녀남편은 나의 팔촌오빠였지만, 나는 그를 어렸을 때, 그러니까 어머니가 아버지의 집을 나오기 전에 몇 번인가 흘낏 본 적이 있을 뿐이었다. 어릴 때 보아 기억이 확실하지는 않지만 그의 인상은 또렷이 남아 있었다. 백팔십 센티미터 가량의 훤칠한 키에 어디 한군데 결핍되지 않는 잘 생긴 윤곽, 뭇사람에게 호감을 주는 세련되고 다정한 말씨. 그러나 어딘지 모르게 닳은 듯한 느낌을 지울 수 없었던 그녀의 헤어진 남편.

경계심이 풀리면 편안해지는 것인지도 모른다. 그녀가 준비한 나물된장국에 계란부침, 멸치볶음과 나박김치와 잡곡밥을 함께 먹었던 그 봄날 이후, 그녀와 나는 차츰 가까워졌다. 서로 책을 돌려가며 읽었고, 그 소감을 이야기했으며, 얘기가 길어지던 날엔 그녀 방에서 잠들기도 했다. 그녀는 내게 노래를 불러주었다. 나는 그녀 앞에 책상다리를 하고 양 손으로 턱을 괸 자세로 앉아 그녀노래를 듣곤 했다. 아니 그녀노래를 들었다기보다는 그녀노래에 빠져들었다. 그녀노래엔 가슴을 후벼 파는 듯한, 그러면서도 가슴 저 밑을 쓰다듬는 무언가가 있었다. 이를테면 노래의 영혼이 있어, 그녀가 노래를 부르면 그녀가 부르는 것이 아니라 노래의 영혼이 노래를 하는 듯했다. 그녀가 북을 치면서 노래할 때면 나는 아예 숨소리마저 죽이고 그 소리에 귀 기울이곤 했다. 내용을 다 알아들을 수는 없었지만, 웅얼거리는 듯한 그녀소리는 마치 그녀 목을 통해 입으로 나오는 것이 아니라 심장을 지나 동맥을 거쳐 영혼의 심연에서 흘러나오는 것만 같았다. 북을 치면서 부르는 노래는 그녀가 자작곡한 남녀의 슬픈 사랑이야기가 대부분이었는데, 그때까지 내가 들어보았던 그 어떤 음악보다 마음을 흔드는 무언가가 있었다. 판소리도 아니고, 육자배기도 아니고, 우리 음악과 서양음악의 일부분을 혼합한 듯한 그녀노래는 그 정체성을 한마디로 말하기 어려운 것이었다. 가령 바람의 손길이 가슴을 쓰윽 훑고 지나간 뒤의 애절함이 있었고, 어느 땐 손톱에 가슴 한컨을 배인 듯한, 그리하여 가슴에서 피가 나오는데도 고통이 없는 상태 같은 느낌도 들었다. 나는 나도 모르게 인상을 찡그리며 손으로 가슴을 만지곤 했다. 그리고 보니 그녀는 젊은 시절, 그녀아버지를 따라 시골장터를 찾아다니며 순회공연을 하였다고 했다.

물론 그녀와 내가 많은 시간을 함께 보낼 수는 없었다. 피로하던 그녀얼굴에 희미한 미소가 번지던 그 무렵, 그녀는 아버지가 살던 그 항구도시에 직장을 구해 출퇴근하였고, 나 또한 중학교에 다녀야 하였으니까.

여름이 되었다. 나이에 비해 조숙하다는 소리를 자주 듣던 나는 침울해지고 말이 없어졌다. 책읽기에 빠져들어 책과 대화하였고 시나 소설 따위를 써내려갔다. 말이 시나 소설이지 지금 생각하면 동시도 시도 아닌 글이거나 유치한 순정소설이 대부분이었지만. 그녀는 내 글을 정성스레 읽었고 때로 노래를 만들어 불러주기도 했다. 그 나이엔 누구나 그런 것인지도 모른다. 그 대상이 동성이어도, 나이가 훨씬 많아도, 한 사람에게 마음을 열면 대책 없이 빠져버리는 것인지도. 나는 이십년이나 연상인, 육촌오빠의 헤어진 아내를 좋아하게 되었고 그녀노래는 내 영혼을 사로잡았다.

지루한 장마가 계속되던 여름밤이었을 것이다. 새집 뒤쪽에 있는 대밭이 무성히 푸르렀고 감꽃이 푸른 잎 사이에서 하얀 꽃망울을 내밀 때였으니까 이른 여름이던가. 나는 그녀와 목욕을 하였다. 아니 그녀가 내 몸을 일방적으로 씻겨주었다. 엉겁결에 그녀에게 옷이 벗겨지고 두 손을 어디에 둘지 몰라 당황하고 있는 나를 그녀가 보았다. 그녀는 갓 도드라지기 시작한 둥글고 작은 내 젖가슴에 눈길을 주더니 얼굴 가득 환하게 미소 지었다. 나는 그녀시선이 부담스러워 헛기침을 하면서 수돗물을 틀었다. 물소리를 듣지 못한 것일까. 그녀는 거웃이 나기 시작하여 거뭇거뭇한 나의 그곳을 감전이라도 된 사람처럼 굳은 채 열적은 눈으로 바라보는 것이 아닌가. 나는 쑥스러움이나 부끄러움보다는 이상한 기분이 들었다. 살갗에서 가볍게 열이 났다. 어떤 부분이라고 말하기는 어려웠지만 몸이 가려웠다. 그러나 나는 아무 말도 하지 못하고 엉거주춤 서 있었다. 그녀가 너무나 황홀하게 나를 보고 있었고, 나 또한 보면 안 될 것만 같은 그녀의 그곳을 보고 말았으므로. 허벅지보다 더 하얀 그녀의 비밀스런 그곳을. 순간 나는 얼른 시선을 피했고 어느 순간 나도 모르게 다시 그곳을 보았다. 소문으로만 듣던, 이름보다는, 누구엄마라는 호칭보다는, 그녀를 백녀라고 부르게 했던 그것을. 그때까지만 해도 내 알몸을 열적게 바라보던 그녀가 내 시선을 알아차렸는지 어색하게 웃으며 말했다. "예쁘다. 참 예뻐. 내가 씻겨줄게." 아무리 그녀에게 끌리고 있었다고 해도 누군가 내 몸을 씻겨준다는 생각을 하자 나는 꺼림칙한 느낌이 들었다. "아니, 내가 씻을게요." "이상하게 생각하지 말아요. 그냥 씻겨주고 싶어서 그래!" 거부의 몸짓에도 그녀는 아랑곳하지 않고 내 몸을 정성스레 씻겨나갔다. 나는 이러지도 저러지도 못하고 그녀에게 몸을 맡기고 있었다. 나는 어떤 자세를 취할지 몰라 당황하였고 그녀의 부드러운 손길이 내 몸의 구석구석을 스칠 때마다 속으로 쩔쩔맸다. 그녀가 내 몸에 물을 끼얹고 그녀손길이 옮겨질 때마다 나는 이상한 기분에 휩싸였다. 달콤하면서도 싫고 나를 다 맡기고 싶으면서도 박차고 나가고 싶은 배반의 느낌. 만일 지금 그러한 상황이 똑 같이 반복된다고 해도 나는 그때처럼 나의 감정을 쉽사리 처리하지 못할 것 같다. 비누거품을 듬뿍 내 마사지하듯 나의 가슴을 쓰다듬던 그녀손길에서 나는 나도 모르게 후후, 하고 숨을 뱉고는 슬며시 눈을 감아버렸다. 그녀손길이 배를 지나 거웃이 나기 시작한 나의 은밀한 그곳에 도달할 즈음 그녀동작이 멈췄다. 나는 눈을 떴다. 내가 그녀를 보고 있다는 것도 모르는지 그녀는 마치 감전이라도 된 사람처럼 나의 그곳을 바라보고 있었다. 내가 헛기침을 하면서 나가려고 생각하는데, 그녀는 보물이라도 만지듯 나의 그곳에 살짝 손을 대더니 부드럽게 쓰다듬는 것이 아닌가. 그녀표정이 진지하고 그녀손길이 정성스러워도, 또 그녀에게 내가 사로잡혔다 해도 불쾌해지는 감정을 억누르기 어려웠다. 나는 불쾌함을 애써 누르며 그녀손이 나의 다리이거나 엉덩이로 옮겨지기를 간절히 바랐다. 그녀는 몇 분인가 나의 거웃을 쓰다듬더니 비누거품을 내 그곳을 문지르려고 했다. 순간 나는 몸을 뒤로 뺐고 원망의 눈길로 그녀를 보았다. 자신의 행위에 열중해 있던 그녀는 나의 원망을 읽지 못한 모양이었다. "부끄러워하지 말아요. 너무 예뻐서 그래." 그

녀는 비누거품 묻은 손을 내밀며 다시 내 몸을 씻기려 했다. "싫어
요!" 나의 단호한 소리에 놀랐는지 그녀는 동작을 멈췄고 의아한
표정으로 나를 바라봤다. 참을 수 없이 착한 얼굴을 하고서. "싫
다니까!" 나는 거품을 묻힌 채로 욕실을 도망쳐 나왔다.

그 일이 있은 후 나는 그녀와의 마주침을 일부러 피했다. 그녀
보다 빨리 일어나 세수하고 학교에 갔으며 그녀방문이 열려있으
면 화장실 가는 것마저 참았다.

3.

수인으로부터 전화를 받은 지 일주일이 지났다. 나는 잡지원고
마감날짜를 맞추기 위해 한주일 내내 분주했고 그녀를 잠시 잊었
다. 수인에게서 전화가 왔는지조차 알 수 없었다. 휴대전화는 꺼
놓은 상태였고, 집 전화에 녹음된 메시지는 없었지만, 누군가 전
화를 걸어 아무 말도 하지 않고 끊은 게 몇 번인가 반복되었다.
아무 말 없이 전화를 끊은 그가 수인이라고 확인된 것은 아니지
만 그때마다 그였으리란 예감이 들었다.

토요일. 나는 다른 토요일보다 이른 점심을 먹고 그녀가 입원
해 있다는 병원으로 향했다. 혈육이라든가 고향이라든가 하는
것으로부터 떠나왔다고는 해도 그녀를 못 만날 이유는 없는 것이
었다. 그들로부터, 그곳으로부터 나의 떠남이 의도된 것은 아니지

않는가.

긴 장마가 끝난 뒤끝이라서인지 바람 끝이 차가웠다. 어깨를 움츠리고 바지주머니에 손을 넣은 나는 무심히 하늘을 올려다보며 중얼거렸다. 가을이 오고 있군. 나는 습관처럼 손목시계를 봤다. 오후 다섯 시 삼십분. 병원 주변은 그 특유의 역할 때문인지 을씨년스러웠다. 어렵사리 찾아낸 꽃가게에서 나는 씨앗이 없는 해바라기 한 다발을 샀다. 해바라기가 피기엔 이른 계절이지만, 어디 꽃이 제철에 맞춰 나오던가. 게다가 고유의 성향을 잃은 씨앗이 없는 유사 해바라기쯤이야 요즘 세상엔 별일도 아닌 것이다. 그녀는 해바라기를 유난히 좋아했다. 시골집 화단 옆에 줄맞춰 나란히 핀 노란 해바라기를, 그 씨앗을. 꽃이 지면 그녀는 씨앗을 솎아 그늘에 말렸고, 그녀와 난 그 겨울 내내 그것을 먹으면서 이야기꽃을 피우곤 했다.

"해바라기는 그 색깔이 화사해서 좋아요. 그늘이 없잖아. 코스모스처럼 가녀리지도 않고 그저 태양을 향해 자신을 꽃피운다는 게 얼마나 찬란한지. 그쵸? 그쵸!"

그녀는 자신의 의견에 동의를 바라는 듯 몇 번이고 그렇죠? 하며 내게 묻곤 했다. 그때까지도 꽃밭 곁에 줄 맞춰 핀, 겨울이면 그 씨앗들을 군것질 삼아 먹던 당연함 때문에 그 꽃의 아름다움을 모르던 나는 그녀와 여름을 보낸 이후로 그 꽃을 좋아하게 되었다. 가끔은 태양을 향해 시리게 웃던 그녀를 떠올리면서.

산부인과 병동은 대학병원 별관에 있었다. 병동 앞에서 그냥 집으로 갈까 잠시 망설인 나는 이대로 돌아간다면 아무래도 마음에 걸릴 것 같아 엘리베이터를 타지 않고 느리게 계단을 올라 그녀병실 문을 두드렸다. 아무런 대답이 없었다. 잘못 찾았나 싶어 살며시 문을 밀었다. 비어 있었다. 분명히 삼백십삼 호라고 했는데. 나는 밖으로 나와 문에 써진 숫자를 확인했다. 313. 나는 병동 입구의 간호사실을 찾았다.

"백수희 씨요? 잠시만요."

간호사는 사무적인 어조로 챠트를 넘기며 말했다.

"퇴원하셨는데요."

"언제……?"

"어제요."

"저어, 다 나으셨나요?"

"아니요. 병을 오래 키워 손쓰기엔 너무 늦어서 약물치료만 받다 퇴원했어요. 환자분이 그러길 바랬어요. 고향에 가서 죽겠다고. 까다로운 분이었죠. 도무지 환부를 보여주지 않았고 진통제 정도를 제외하곤 치료를 거부했으니까요. 아들인가 하는 분이 설득했지만 막무가내였어요. 나중엔 먹지도 않고 치료도 거부하는 통에 저희 병원에서 퇴원을 권유할 정도였으니까요."

"무슨 병이길래……."

"자궁암."

"그건 치료가 가능하지 않나요?"

"그러긴 한데, 아무리 경미한 암이라도 환자자신이 치료할 의사가 없으면 소용없죠."

간호사는 나를 일별하더니 더 이상 말하고 싶지 않다는 듯 고개를 돌렸다.

"어디로 가셨는지는 모르시죠?"

"그걸 어떻게 알아요?"

내게 등을 보인 자세로 귀찮아하는 간호사를 뒤로 하고 나는 해바라기를 안고서 그곳을 나왔다.

그녀 귀가시간이 늦어진 시기는 아마 여름이 끝나고 가을이 시작되는 이맘때쯤이었을 것이다. 그녀 곁을 지날 때면 그녀에게서 맡아지던 풀 향기가 사라지고 장미향인지 백합향인지 알 수 없는, 다소 인공적인 향기가 나기 시작한 것도 같은 무렵이었다. 그녀는 그 다음 날 귀가하기도 했는데, 그런 날 아침엔 여지없이 그녀에게서 술 냄새가 났다. 어머니의 곱던 시선이 치켜지기 시작한 것도 같은 무렵이었을 것이다. 아버지와 헤어진 뒤부터 어머니는 남자 못지않게 당차게 일했지만, 당신 사생활은 수도자처럼 청빈했다. 사실 당신세대에 남편이 바람피운다고 모두 헤어지는 건 아니지 않는가. 물론 그녀가 남편과 쉽게 헤어진 건 아니라는 것을 나는 조금은 안다. 어머니는 유독 결벽증이 심했고 아버지는 그녀의 그런 점을 견딜 수 없어 했다.

어머니의 치켜진 시선을 아는지 모르는지 그녀의 생활은 날이 갈수록 불규칙해졌다. 이틀씩 귀가하지 않는 날이 예사였고 그녀 얼굴에 화려한 화장이 덧칠해졌으며 옷차림은 더 야해졌다. 그러던 어느 겨울 날, 그녀에게서 백합향인지 장미향인지 잘 분간이 가지 않는 향내가 짙어질 무렵, 그녀는 한 남자를 집으로 끌어들였다. 어머니와 나는 남자가 며칠 있다 가겠거니 했다. 그러나 남자는 석 달이 지나도 별채를 떠나지 않았다. 그때까지만 해도 어머니는 싫은 기색을 참으며 둘을 외면하는 걸로 자신의 의사를 표현했다. 남자가 별채에 들면서 그녀의 귀가도 빨라졌다. 장미향인지 백합향인지 잘 분간이 안가는 향이 짙게 나는 것은 여전했지만. 그녀에게선 좀처럼 풀 향기가 맡아지지 않았다. 집에 오면 그녀는 음식을 정성스레 만들어 남자와 오순도순 이야기를 하면서 먹었다. 그녀는 음식을 만든다든가 목욕을 한다든가 빨래를 하는 등의 집안일을 마치면 남자와 방 안에서 나오지 않았다. 밤이 되면 비명을 지르기도 했고 자지러지게 웃는 소리가 들리기도 했다. 가끔 그녀는 노래를 부르기도 했다. 그런데, 그 전에 듣던 소리가 아니었다. 분명 그녀가 노래하는데, 지난여름 그녀 앞에서 책상다리를 하고 앉아 듣던 그 소리가 아니었다. 목소리는 변함이 없었지만 울림을 주지 못하고 청승맞게 들릴 뿐이었다. 노래의 영혼이 빠진 거였다. 한밤중에 그녀소리가 들리면 나는 나도 모르게 꽃밭에 나가 그녀소리를 훔쳐들었고 그녀노래에 영혼이 실리기를 간절히 바랐다. 함께 있는 남자가 빨리 떠나기를 바라면서.

어머니의 엄격한 규제 때문인지 내가 남자와 얼굴을 마주치는 일은 드물었다. 언젠가 한 번 마당에서 그와 마주치게 되었는데, 모른 체하며 피해가는 나를 붙들고 그가 말을 걸어왔다. 다소 마른 체격에 해풍에 탄 대부분의 마을 사람들과는 달리 흰 피부를 가진 그는 전체적으로 선한 인상이었다. 착해 보이는 인상에 나는 조금 놀랐다. 뭐 꼭 나쁜 사람처럼 보일 이유는 없겠지. 머뭇거리며 서 있는 나를 세워놓고 그는 선량한 미소를 띤 채 자신에 대해 말했다. 자신은 이름만 대면 알만한 작곡가이고 다루지 못하는 악기가 없는 기타리스트이며 백녀가 취직하게 된 것도 자신 때문이라며 은근히 으스대는 그를 보며 그에게 받은 인상이 순식간에 달아났다. 기둥서방주제에. 나는 나도 모르게 입을 쭈뼛거리며 그의 발에 시선을 주었다. 그녀슬리퍼를 반쯤 꿰고 길이가 짧은 그녀트레이닝팬츠를 입고 있는 그의 모습은 우스꽝스럽다 못해 슬픔을 자아냈다. 그녀를 유명가수로 키울 거라며, 자신밖에 그럴 인물이 없다며 우쭐대는 남자를 쏘아보고는 나는 한달음에 내 방으로 들어가 방문을 잠가버렸다. 그래서였구나. 그녀노래에 영혼이 사라진 것은, 그녀의 소리가 청승맞게 느껴지던 것은.

남자가 별채를 떠난 것은 그 이듬해 봄이었다. 나중에 알게 된 사실이었지만 그는 밤업소를 전전하며 그녀가 모은 돈을 모두 가져갔다고 했다. 음반을 내준다는 명목으로. 초등학교에 다니는 아들을 데려와 함께 살려고 모은 돈이었다는데. 그렇게 떠난 작곡가이며 기타리스트라던 남자에게선 소식이 없었고 그녀는 한동안 실의에 빠졌다. 그녀가 이사 오던 그 겨울처럼 그녀는 자신의 방 안에 틀어박혀 지냈다. 밥도 잘 먹지 않았고 북채를 잡거나 노래를 부르지도 않았다. 나는 어쩌면 저러다 그녀가 죽을지도 모르겠다는 생각에 그녀를 정성껏 간호했다. 어머니 반응은 뜻밖이었다. 그녀를 못마땅해 하며 쫓아낼 기회만 엿보던 어머니 아니던가.

어쨌든 그렇게 두 달이 흘러가고 그녀는 생기를 되찾아갔다. 다시 북채를 잡았고 노래를 불렀으며 어머니와도 의좋은 자매처럼 잘 지냈다. 나 또한 그녀 앞에서 책상다리를 하고 앉아 그녀노래를 들었다. 그녀소리는 전보다는 애절했으나 지난여름, 책상다리를 하고 앉아 듣던 소리하곤 어딘지 다르게 느껴졌다. 무얼까. 노래가 끝나면 나는 묘한 느낌에 그녀 눈을 말없이 들여다보았다. 그녀의 동공은 전과 다르게 흐려져 공허해보였다. 한참동안 그녀 눈을 보고 있던 나는 그녀의 공허함에 감염이라도 된 듯 나도 모르게 몸을 부르르 떨었다. 나의 심경을 읽었는지 그녀가 시큰하게 웃었다.

그녀는 다시 일을 시작했고 그녀와 어머니와 나는 한동안 평화롭게 지냈다. 그렇게 몇 달이 지나고, 그녀는 새로운 남자를 끌어들였다. 평화롭던 집안의 분위기는 서늘하게 바뀌었다. 그런 상황을 아는지 모르는지 그녀는 일주일이 멀다싶게 남자를 바꾸어갔다. 물론 그녀가 남자를 바꾸는 것 같지는 않았다. 한동안 그녀에게 빠져있던 남자들이 어느 날 바람처럼 그녀를 떠나가는 것이었다. 남자가 떠나면 그녀는 예전처럼 실의에 빠지는 기색도 없이 또 다른 남자를 데려왔다. 그 대상이 몇 명이나 되었을까. 스물? 서른?

그녀는 섹스중독자였을까. 사랑중독자였을까. 아니 그녀는 섹스를 통해 자기존재를 확인하고 싶었는지도 모른다. 어쩌면 그녀가 좋아하던, 낡은 트렁크책상 위에 꽂힌 체홉 소설 「귀여운 여자」의 역할을 충실히 해낸 것인지도 모른다. 나는 기억한다. 그녀가 울음 섞인 목소리로 어머니와 주고받던 말을. "모든 게 내가 백녀라는 사실 때문이에요. 수인아비가 날 버린 것도, 그 많은 남자들이 내게 열중하다 떠나는 것도……, 모두 내가 백녀기 때문이에요.” “이 사람아, 그렇다고 언제까지 남자들 품을 전전할 거야. 아들도 데려와 키워야하지 않나.” “사내들 품을 전전하는 게 아니에요. 그들을 쉬게 하는 거지……, 아니 나 자신을 확인하고 싶은 건지도 몰라요. 근데 이젠…… 으흐흑…….” 그녀는 말을 더 잇지 못하고 울음을 토했고 어머니가 그녀 등을 토닥거려주는 소리가 났다.

그녀사생활이 복잡해질수록 어머니결벽증은 더 심해졌다. 자신은 물론이고 나의 생활습관, 옷차림, 심지어 생각까지 정숙하기를 바랐으며 행동하나 말씨하나까지 간섭하려 들었다. 두 계절이 지났고 집안의 기류는 살얼음이 언 듯 냉기로 가득했다. 마침내 어머니는 그녀에게 집을 비워달라고 요구했다. 그녀는 나가지 않겠다고 버텼다. 두 여자의 반목과 갈등은 날이 갈수록 깊어갔다. 그런데도 그녀는 별채를 떠나지 않았고 어머니도 정작 그녀가 떠나는 것을 바라지 않는 눈치였다. 왜 그녀들은 서로를 경멸하면서 보살펴주었을까. 당시만 해도 나는 어머니결벽증과 간섭을 견디기 어려웠고 그녀사생활에도 염증이 났다. 어쨌거나 그녀들은 남편에게 버림받았다는 것을 제외하면 서로 너무 달랐다. 그럼에도 왜 두 여자는 서로를 필요로 했을까. 상대에게서 또 다른 자신을 발견하기라도 한 것일까. 지금도 난 두 여자를 잘 이해하지 못한다.

두 여자 사이에서 나는 지쳐갔다. 나는 두 여자로부터 벗어날 방법을 찾고 있었다. 고등학교진학이 그것이었다. □시로의 진학. 어머니는 완강하게 반대했다. 딸 하나 의지하고 사는데 헤어져 살 수 없을 뿐더러 혼자 학교에 다니기엔 내가 너무 어리다는 이유였다. 어차피 진학해야 하고, 집에서 통학하려면 ○시고교로 가야하는데, 그곳은 아버지가 사는 곳이라 싫다며, 잘 할 수 있다며, 나는 인내심을 가지고 어머니를 설득했다. 마침내 얻어낸 승낙.

두 여자로부터 벗어난 나는 방학을 제외하고 집에 가지 않았다. 애가 탄 어머니가 한 주 걸러 내 자취방에 찾아왔고 나는 비교적 조용히 고등학고 시절을 보낼 수 있었다.

4.

병원에서 허탈하게 돌아온 나는 해바라기를 책상 위에 던지듯이 놓고 침대에 몸을 눕혔다. 그래도 꽃인데. 나는 책상 위에 아무렇게나 놓인 꽃이 신경에 거슬려 느리게 몸을 일으켜 꽃대를 대강 정리하여 옹기항아리에 꽂았다.

"난 해바라기가 좋아요. 이 꽃을 내가 사는 집 마당에서 이렇게 볼 수 있다는 게 얼마나 좋은지 몰라. 어디 한군데 어두운 곳이 없잖아, 봐요, 해를 향해 웃고 있는 모습을! 씨앗을 제 몸 가득 품고 있는 모습은 또 얼마나 예쁜지, 정말이지 우주의 신비를 한 몸에 담은 꽃이라니까. 그죠? 그죠!"

해바라기 앞에만 서면 촉촉한 눈빛이 되던, 그때만은 햇살을 품은 것 같던 그녀의 목소리가 어디선가 들려오는 듯했다. 그녀는 아픈 몸으로 지금 어디에 있는 걸까. 도무지 자신의 환부를 보여주지 않으려 했다는 간호사 말이 떠오르자 목이 메어왔고. 거웃이 없어 허벅지보다 더 하얗던, 다소 희극적인 느낌마저 들면서 슬퍼보이던 그녀의 그곳. 그 때문에 무성한 소문에 휘말렸고, 수많은 남자들이 탐했던, 그녀의 그곳에 빠져들면 좀처럼 헤어 나오지 못하다 그녀를 헌신짝처럼 버리게 했던, 그녀의 시리게 희던 그곳이 클로즈업되어 내 시야에 펼쳐졌다. 고향이라면 어디를 말한 걸까. 고향에 혈육이 남아 있는 것도 아닐 테고 의탁할 누군가가 있는 것도 아닐 텐데. 귀찮은 생각이 들 때는 언제고 걱정이 되는 지금의 심정은 무엇인가. 수인과의 통화에서 거처라도 알아둘 걸, 후회가 되었다. 전화선 하나로 십팔 년 전의 기억이 생생히 되살아나듯 만남 또한 쉬우리라 생각했건만. 나는 복잡해지려는 머릿속을 정리하기 위해 방문을 열어젖히고 청소를 했다. 밀린 빨래를 끝내도 개운한 느낌이 들지 않아 나는 침대를 정리하고 침대커버와 이불커버를 벗겨 세탁기에 넣었다. 이불솜을 건조대에

놓는 순간이었을 것이다. 마당의 빨랫줄에 이불호청을 빨아 널고 솜을 털어대던 그녀모습이 떠올랐다. 남자가 떠나면 그녀는 어김 없이 이불빨래를 했고 이불호청을 새로 갈았으며 이불솜을 햇볕에 말렸다. 솜이 햇볕에 마르는 동안 떠나간 남자의 흔적을 지워 버리려는 듯, 자신을 새롭게 하겠다는 듯, 그녀는 의식을 행하는 사람처럼 그 행위에 집중하곤 했다. 문득 그녀가 말한 고향집이 별채가 아닐까 하는 생각이 들었다. 그러자 빈집으로 방치된 고향집과 해바라기가 앞마당에 줄맞춰 핀 별채의 모습이, 꽃을 보면서 꽃보다 더 환하게 웃던 그녀웃음소리가 들려오는 것이었다.

그녀는 소리꾼인 아버지를 따라 전국을 떠돌아다녔고, 그러다 나의 팔촌오빠인 수인아버지를 만났다고 했다. 자신의 친어머니 얼굴도 기억하지 못한다고 했고 자신이 태어난 곳도 모른다고 했다. 그녀아버지 또한 소리를 찾아다니다 어느 산골마을에서 죽음을 맞이하지 않았던가. 나는 그녀가 그녀아버지의 죽음을 맞으며 자신을 잇는 세상의 끈이 끊어졌다고, 자신의 고향도 사라졌다고 쓸쓸히 말하던 것을 기억한다.

그녀아버지가 세상을 떠난 지 얼마 안 돼 그녀는 남자와의 모든 관계를 청산했고 돈 버는 일에만 열중했다. 그녀는 아들을 데려와 함께 살기 위해 자신이 할 수 있는 모든 방법을 동원하는 듯했다. 나중에는 법정소송까지 벌였다. 법은 사생활이 복잡한 밤

무대가수인 그녀에게 불리하게 작용했고 그녀의 아들인 수인은 종손인데다 혈통을 이어야한다는 이유로 그녀의 노력은 무산되었다. 고등학교를 마치는 동안만 키우겠다는 희망마저도.

검은 옹기항아리에 담긴, 별채 앞 꽃밭 곁에 줄 맞춰 핀 그 꽃보다 작고 바랜 듯한 해바라기를 보면서 나는 그녀가 별채에 있을 거라는 확신이 들었다. 그러자 그녀소리가, 그 여름 그녀 앞에서 책상다리를 하고 앉아 듣던 그 노랫소리가 아주 가까이서 들려왔다. 순간 나는 그녀가 내 앞에 있는 것 같아 그녀에게 두 손을 뻗쳤고 그녀 눈을 들여다봤다. 그녀는 촉촉해진 눈으로 웃음 지었고 노래를 이어갔다. 한참 동안 그녀소리에 빠져있던 나는 전자음을 들으며 의식이 깼다. 세탁이 끝난 것이다. 나는 당황하여 허망하게 웃고는 수화기를 들었다. 수화기에선 없는 번호라는 말만 되풀이하여 들려왔다.

아버지가 사는 도시로의 진학이 싫다는 핑계로 두 여자로부터 도망친 고등학교시절부터 지금까지 나는 고향을 떠나 살았다. 내가 대학을 졸업할 무렵, 아버지는 나보다 열 살 연상인 여자와의 삶을 청산하고 병든 몸으로 어머니에게 돌아왔다. 어머니는 며칠을 고민하던 눈치더니 그를 받아들였다. 내가 대학을 마치면 고향집을 정리하고 나와 함께 살려던 계획을 포기하면서까지. 당시만 해도 나는 다 망가져 우리 앞에 나타난 아버지를 인정할 수 없었고, 아버지를 받아들이는 어머니 또한 그랬다. 설령 어머니와 내가 그를 찾지 않았다 해도 그 긴 세월 동안 그는 마음만 먹었다면 우리의 소식을 알 수 있었을 것이고 한 번쯤 찾았을 수도 있었을 것이다. 어머니와 어린 내가 살던 집을 나와 생면부지의 그 어촌에서 자리를 잡기까지 얼마나 힘이 들었던가.

어찌됐건 어린 나는 어머니의 고통에는 둔감했고 아버지란 이름의 실체가 그리웠다. 아버지 무등을 타고 행복해보이기만 하던 그 또래아이들이 당시 나는 얼마나 부러웠던가. '아버지 따윈 필요 없어!' 그렇게 마음속에서 아버지란 단어를 죽이기까지, 남자 혹은 XY염색체를 연상케 하거나 비슷한 단어에 대해서조차 나는 냉소했다.

"남편이었다든가 네 아버지란 사실 때문에 이러는 건 아니란다. 그 사람에 대한 애증 같은 것이 남아서는 더욱 아니야. 단지 그 인생이 불쌍한 생각이 들어서야!"

아버지가 돌아온 후 나는 어머니와 전화연락만 하고 그곳에 가지 않았다. 그가 죽음을 맞을 때까지. 그의 부음을 듣고도 발인 날이 되어서야 나는 무거운 발걸음을 그곳으로 옮겼다. 아버지에 대해 추억이나 나쁜 감정이 있는 것도 아니었는데, 나는 왜 그래야만 했을까. 생각하면 지금도 벽에 부딪친다. 어쩌면 돌이킬 수 없이 흩트려 놓은 삶을 인정이나 연민이란 이름으로 이해하는 어머니의 그 태도가 싫었는지도 모른다.

'엄마처럼 살지 않을 테야.' 어린 시절부터 나는 그 말을 스스로에게 수없이 각인시키며 살았다. '백녀처럼 살지도 않을 테야.' 철이 들면서 나는 이 말을 덧붙였다. 여자들은 왜 남자로 인해 자기 삶을 바꿔버리는지, 자의식 강한 여자조차도 남자를 통해서 생의 의미를 찾으려하는지, 그것 때문에 인생을 망치기도 하고 때로 치유할 수 없는 병에 걸리기도 하면서. 사랑 때문이라고, 사랑이 전부가 될 수 있는 거라고, 나는 그것을 받아들일 수 없었던 것인지도 몰랐다. 아니 거부하고 싶었을 것이다. 그것은 사랑이란 말로 뭉뚱그려 말할 수 있는 게 아니라고, 사랑이란 이름으로 짐 지워진 멍에일 뿐이라고, 다른 방법이 있을 거라고. 그러나 난 아직도 이 문제에 대해서 명쾌한 답을 내리지 못하고 있다.

나는 어쩌면 아버지 또는 남자 혹은 XY염색체를 연상케 하거나 비슷한 단어에 대해 냉소한 그때부터 줄곧 겁을 먹고 있는지도 모른다. 현재의 생활에 만족해, 인생이 이 정도면 괜찮은 거잖아, 라며 자기합리화를 하면서. 두 여자로부터 도망친 그때부터 나는 인생의 어찌할 수 없는 근원적인 부분을 교묘하게 피하며 살아온 건 아닐까. '그녀들처럼 살지 않을 테야, 난 내 의지대로 살 거야.' 라며 스스로 그렇게 살고 있다고 굳게 믿고 인생의 진실을 방기한 것은 아닐까.

아버지가 돌아온 지 반 년쯤 지나 그녀는 별채를 떠났다. 아들과 함께 살려던 꿈이 무산된 그녀는 자신보다 이십년이나 연상인 아버지 같은 남자를 따라나섰던 것이다. 그녀는 일 년이 못되어 그 남자와도 헤어졌다고 했다. 그 남자 또한 그녀를 거쳐 간 많은 남자들처럼 그녀 안에서 쉬고 싶어 했고, 자신과 같은 또래인 그 남자의 자식들과 불화하여서.

그 후로 그녀가 어디로 갔는지, 어떻게 사는지, 그녀의 소식은 어머니를 통해서도 들을 수 없었다.

일주일이 지나도 수인에게선 연락이 없었다. 항아리에 담긴 해바라기가 시들어가고 있다. 버려야 할 것 같은데 선뜻 그러지 못하고 나는 몇 번이고 항아리 물을 갈아주었다. 해바라기만 보면 어쩔 줄 몰라 하던, 그때만은 해바라기보다 더 환해지던, 거웃이 없어 슬퍼보이던 그곳을 가진 그녀. 꽃을 버리면 다시는 그녀를 만날 수 없을 것 같아, 화병의 꽃처럼 그녀도 시들어가고 있을 것만 같아.

아무래도 내 쪽에서 그녀를 찾아야 할 모양이다. 고향으로 가보자. 그곳에 그녀가 없다 해도 일단 거기서부터 수소문해보는 거다. 나는 마음이 바빠진다. 당신에게 노래의 영혼 따윈 기대할 수 없다며 외면해버린, 그리하여 그녀 삶의 진실마저도 외면해버린, 그녀를 당장 만나야 할 것 같다. 그 여름 그녀 앞에서 책상다리를 하고 앉아 듣던 그때처럼 그녀소리를 들어야 할 것 같다. '그녀들처럼 살지 않을 테야, 난 열심히 살고 있어, 사는 게 이 정도면 괜찮은 거잖아.' 라며 교묘히 인생의 진실에서 피해온, 그리하여 어느 한 부분 성장을 멈춰버린 나를 되찾기 위해서라도.

이름 붙일 수 없는

이름 붙일 수 없는

나는 그것이 모두 한꺼번에 내 속에서 쏟아져 나온 것처럼,

떨어져나간 내 살점처럼 애끓으며, 아프게, 보고 또 본다.

맥박 같은, 숨결 같은, 그러나 영원히 닿지 않을

이름 붙일 수 없는 그것을, 본다는 느낌도 없이 본다.

내 살갗 같은 목이 좁고 긴 병에서

- 채호기 〈이름 붙일 수 없는 것〉 중에서

나는 지금 네게 편지를 쓰려고 해.

이 더위의 끝을 짐작하기 어렵듯 편지가 끝이 날지는 알 수 없지만, 난 너에 대해 쓸 거야. 단지 너에 관해서만 일까. 어쩌면 나 자신에 관해서일지도 모르지.

사실 내가 그날, 그리고 그 며칠 후, 또 그 몇 주 후 너와 그렇게 만나지 않았다면 나는 어쩌면 모든 걸 까맣게 잊고 살았을지도 몰라. 왜냐하면 너나 나나 될 수 있는 한 유년의 마당 너른 집으로부터 멀리 달아나려 하였고 애써, 사랑까지도, 까맣게, 태워버리려 했기 때문이지. 우린 어떤 식으로든 뿌리를 내려야 했고 그러기 위해선 까맣게 되는 것 따윈 대수가 아니었으니까. 그리고 굳이 까맣게 만들려 하지 않아도 우리들의 유년은 마치 유성

영화의 필름이 끊겼을 때처럼 검은 휘장만 펄럭이는 그런 것이었으니까.

그러니까 십 년만이었나, 북적대던 주택은행에서 널 만난 것은. 사실 우린 많은 사람들 사이에서 어떤 끌림 같은 것에 이끌려 순간적으로 서로를 보았고 무연하게 고개를 돌렸지. 서로의 낯익음에 어디서 만났더라, 누구더라, 그리곤 그냥 흘러버렸어. 그저 옛날에 학교를 함께 다녔거나 안면이 한두 번 있는 사람일 테지. 그런데도 이상한 기운에 서로를 한 번 더 보았고 누군가 먼저 고개를 돌렸지. 아마 너였을 거야. 넌 다소 침통한 표정으로 얼굴을 돌렸지. 그때까지도 난 널 알아보지 못했어. 왜 날 보고 어두운 표정을 짓지? 옛 여자를 닮았나? 그리곤 무심히 내 차례를 기다렸지. 사실 그날 난 널 알아볼 정도로 마음의 여유가 없었어. 월말인 데다 마감시간이 다 되어갈 무렵이라 은행창구는 몹시 붐볐고 그때 나는 내 정신없음에 대해 자괴감 같은 것에 빠져 있었으니까.

기억력 좋던 예전에 비한다면 자괴감에 빠지지 않을 수 없지. 아마 소설이란 걸 쓰면서 생긴 징후일 거야. 이를테면 커피를 끓이려고 가스레인지에 물을 올려놓고 찬물을 마시지. 물을 마시면서 허전한 느낌이 들어 뭐가 빠졌지, 무슨 냄새지, 앞집 누가 또

음식을 태우나 보군, 그러다 집안에 연기가 자욱해서야 다름 아닌 내가 주전자를 태운 장본인이란 걸 깨닫고 허겁지겁 가스레인지 불을 끄고 맨손으로 주전자를 들다 손을 데곤 하지. 전화세 내는 날짜를 몇 번씩 잊어버려 통화 정지되고 전화국으로 가 그곳 여직원의 노골적인 무시와 퉁명스러움을 감내한다거나, 외출해서는 열쇠를 잊어버려 집밖에서 맴돌다 열쇠수리공을 부르기 일쑤지. 이젠 아예 문을 잠그지 않고 다녀. 뭐 가져갈 것도 없는데. 그런 사례들은 하루에도 수없이 많고 하나하나 열거한다는 것도 그래. 주전자 태우는 정도라면 몰라도 아주 중요한 약속조차 까마득히 잊어버리고 나중에야 알아채곤 하니까. 이런 나 자신이 어처구니가 없고 너무 한심해 어떤 순간엔 다 그만두고 싶은 충동마저 느끼지. 그런데도 난 잠들지 못하고 모니터 앞에 앉아 있곤 해.

요즘에는 글을 쓰든 안 쓰든 컴퓨터는 켜져 있지. 분명 시스템을 종료했다고 생각했는데 웅크려 잠들어 있다 깨보면 컴퓨터가 켜져 있는 거야. 몇 번인가 나 자신과 실랑이를 벌이다 전원 끄는 것에 집착하지 말자고 타협을 봤지. 이제 난 어떤 면에서 나 자신을 믿지 못해. 일상에서의 잦은 실수와 잊어버림 때문에 누군가와 약속하는 것조차 두렵지. 아, 난 또 실수하고 있군. 너에 관해 쓰겠다고 했는데 말이야.

이건 소설이 아니야. 난 소설을 쓰기 시작한 게 아니니까. 소설이란 걸 쓰면서 난 마치 내 자신이 광화문 네거리에서 발가벗고 서 있는 듯한 착각에, 아니 옥상에 걸린 초라한 빨래 같은 느낌에 얼굴이 달아올라 주위를 흘끔거리며 옷깃을 여미곤 하지. 나를 팔아넘기는 건 아닌가 하는 생각에 가끔은 흔적 없이 사라져버렸으면, 하고 간절히 바라기도 해. 그러다 나 스스로 당황해 허탈하게 웃곤 하지.

그래, 이름 붙일 수 없는 너와 나의 사랑을 혹은 우리들의 뿌리를, 무너지던 그 하늘을, 그리고 모든 이름 붙일 수 없는 것들, 이를테면 사랑이거나 삶이거나 흔적을 나는 소설이란 형식으로 쓸 수가 없어. 먼저는 거리 유지가 안 될 테고 나 자신 견딜 수 없이 괴로울 테니까. 게다가 자전적이라는 명제 아래 주제와 연관하여 상처를 깔고 인물의 성격을 만드는 등의 작업을 나는 할 수가 없어.

너의 어머니와 나의 어머니와 우리들의 아버지, 그리고 너와 나, 그 지독한 사랑과 혐오와 이름 붙일 수 없는 그것에 대해 난 정말이지 해독할 기운이 없어.

그날, 몹시 붐비던 그 주택은행에서 무연하게, 그러나 어떤 끌림에 의한 마주침. 우린 첫눈에 서로를 알아보지 못했고, 설령 네가 먼저 나를 알아봤다 해도 은행 창구는 번잡했으며, 얼핏 네가 고통스런 표정으로 고개를 돌렸을 때도, 그 며칠 후에도 난 널 알아보지 못했지. 그다지 많은 세월이 흐른 것도 아닌데, 하얀 와이셔츠에 단정하게 빗어 넘긴 머리, 가는 은테 안경을 낀, 너와 내가 마지막 만난 그 십 년 전에 비해 약간 살집이 올라 중후해진 것뿐인데, 난 널 알아보지 못했지. 물론 그런 장소에서 그렇게 마주칠 거라곤 미처 생각하지 못했지. 네가 이 도시에서 산다고 듣지 못했으니까. 잘못된 시간, 잘못된 장소, 예기치 못한 상황, 그런 것에도 대비해야 했는데.

우린 어떤 관계로 만나야 하지? 타인일 수도 형제일 수도 그렇다고 옛 사람이랄 수도 없는, 먹먹하고 서먹한 너와 나.

내가 그날 주택은행 창구가 붐비던 날 뭐 하러 그곳에 갔더라. 아마 연체된 공과금과 임대주택부금 몇 회분, 그런 걸 내려고 갔을 거야. 오늘만큼은 놓쳐서는 안 된다고 빨간 펜으로 몇 겹을 동그라미 쳐 놓은 그날, 은행 마감 시간에야 부랴부랴 택시를 탔었지. 나는 문을 닫으려는 경비원에게 사정하여 사람들 틈을 비집고 들어가 순서 대기표 인출기에서 번호표를 뺐지. 951, 대기인 수 154. 나는 백오십사라는 대기인 수를 보며 한숨을 쉬고는 사람들에게 떠밀리다시피 구석으로 가 벽에 등을 대고 눈을 감고 서 있었지. 그러다가 야릇한 끌림에 의해 눈을 뜬 거지. 그리고 무심히, 정말이지 무심히 너와 마주친 거야.

내가 북적대던 주택은행에서 너와의 그 짧은 만남에 대해 이렇게 연연하는 것은 사실 지금도 이해할 수 없는 그 서먹한 낯섦 때문이야. 너와 나 그토록 지독한 인연이었음에도, 세월이 흘러 어느 날 문득 첫눈에 서로를 알아볼 수 없을 만큼 멀어진 이유는 무엇일까. 우리들 삶의 행로가 그 낯섦의 거리만큼 힘겨웠던 걸까. 아니면 서로를 몰라볼 정도로 지워 버리고 거부하고 싶은 갈망이 너와 나의 내부에 도사리고 있었던 걸까.

너와 난 십 년 전 혹은 그보다 훨씬 이전의 추억으로부터 너무 멀리 온 건 아닐까.

너의 어머니와 나의 어머니와 우리들의 아버지, 우린 끝내 한 번도 그들을 거부하지 못했지. 그들의 엇갈린 삶 때문에 파생된 너와 나지만, 그리하여 너무 어린 나이에 생의 낯설음을 경험해버린 우리지만, 그러나 우린 그들을 거역하지 못했어. 세 사람 모두 얼마나 그지없었니?

기억하지?

소 눈을 쏙 빼 닮은, 악의라는 말조차 떠올릴 수 없던 한없이 선한 우리들 아버지눈동자. 소처럼 되새김질하듯 언제나 말이 없던, 가끔은 그 큰 눈에 그렁그렁 물기를 머금어 자신의 감정을 표현하던 우리들 아버지.

괄괄한 성격에 수천 평의 논농사를 거뜬히 짓던, 그럼에도 시간이 나면 언제나 뜨개질을 하던 너의 어머니. 뜨개질을 할 때면, 그 모습이 마치 신성한 종교의식을 치르는 사제 같아 아들인 너도 감히 곁에 다가가지 못하던 가무잡잡한 피부의 네 어머니.

정성이 온 몸에 밴, 조용한 말씨와 다소곳한 몸짓으로 유독 자운영 논에 열중하던 나의 어머니. 육백여 평의 논에 자운영이 온통 자줏빛으로 피어나던 봄날이면 차마 흘리지 못한 눈물이라도 흘리는 듯 논 모서리에 넋 놓고 앉아 있던 창백한 피부의 내 어머니.

모두 다 거부하고 버리고 싶었음에도 그러지 못한 우리들 뿌리 아니었니?

그런데, 무엇 때문에, 우린 서로를 알아보지 못했을까. 그 낯섦을 어떻게 해독해야 하지? 사실 낯설음에 대해서라면 우린 어린 나이에 이미 체득하지 않았니?

할아버지, 할머니 기일이면 너른 뒷마당에 노란 단감이 주렁주

렁 열리던, 그 색깔만 보아도 입안에서 단물이 우러나던, 아름드리 단감나무 네 그루가 있던 큰어머니와 네가 사는 집으로 가던 길. 들판을 지나 야산을 굽이돌아 사 킬로미터를 황토 흙먼지 날리며 걸어가던 그 길, 아버지의 한 손에는 내 어머니가 손수 마련한 갖가지 제수용품이 들려지고 다른 손에는 내 작은 손을 부여잡고 걷던, 노을이 굽은 황토 길로 스미어 애타게 붉던 그 길.

너는 마을 입구의 정자나무 등걸에 작은 몸을 숨기고 쭈뼛쭈뼛 고개를 빼고 아버지와 날 기다렸지. 아버지와 내가 미처 널 발견하지 못해도, 왜냐하면 넌 정자나무 등걸에 작은 네 몸을 숨기고 목만 빼고 있었으니까, 너는 우리를 먼저 발견하고 발걸음 뒤로 회오리바람을 일며 쏜살같이 달려오곤 했지. 어찌나 빨리 달려오던지, 네가 넘어질 거라는 생각조차 못한 채 아버지와 난 걸음을 멈추고 널 기다렸어. 그 속도라면 작은 네 몸이 쉽게 넘어질 수 있을 터인데도, 그런 생각은 할 수 없었거든. 넌 단숨에 우리 앞에 와 멈추리란 걸 은연중에 아버지와 나는 믿어버렸지.

그래, 갖가지 제수용품이 들린 아버지의 다른 손을 잡고 마당이 운동장처럼 너른 큰집에 황토 흙먼지 날리며 걸어가던, 낮부터 동네 어귀 정자나무 등걸에 네 작은 몸을 숨기고 이제나저제나 목을 빼고 기다리던, 그러다 아버지와 나를 발견하고 쏜살같이 달려오던 그때까지 우린 벅찼었지. 참으로 벅찼었어. 세상이 온통 신기한 것뿐이었으니까.

　마당이 너른 너의 집에서 땅따먹기 하던 기억나니?
　하루 종일 땅따먹기를 해도 우리 중 누구도 마당을 다 차지하지는 못했지. 생각하면 살아오는 동안 그 마당보다 넓고 큰 마당은 없었던 것 같아. 너의 집엔 나무가 참 많았지. 감나무, 대추나무, 밤나무, 무화과나무, 앵두나무……, 모두가 유실수였어. 자운영이나 앵초, 동백이나 백일홍……, 붉은 꽃이라면 무작정 정성을 쏟던 내 어머니처럼 네 어머니는 열매가 열리는 나무에 집착했었지.
　뒷마당에 흐드러지게 피어나던 하얀 감꽃 기억하지?
　그 하얀 꽃으로 내게 반지며 목걸이를 만들어 걸어주던. 넌 그것으로는 충분치 않은 듯 내 몸을 온통 하얀 감꽃으로 휘감아주곤 했지. 마치 눈꽃 아이처럼. 노란 단감을 좋아하던 나를 위해 맨 꼭대기에 열린 감을, 그것도 이른 새벽에 따려다 감나무에서 떨어져 발목을 삐던 너. 넌 네 큰형에게 혼이 났지. 하지만 넌 끝내 나를 위해 감을 따려 했다는 사실을 말하지 않았어. 서리 맞은 맨 꼭대기의 감이 제일 맛있고, 그것을 먹으면 숲의 요정을 만날 수 있다는 말을 넌 굳게 믿은 거지. 그 말이 우리 중 누구의 입에서 나왔는지는 지금 기억할 순 없지만. 아마 어디선가 들은 것 같아. 네가 날 위해 감을 따려다 발목을 삐었다는 말을 하지 않아도 어른들은 모두 알고 있는 눈치였어. '너희들은 너무 우애가 깊어.' 너를 혼내면서도 다시는 감나무에 올라가지 못하게 하면서도 어른들은 한편으로 대견해 했어.

그래, 아버지가 쉰 살의 겨울에 나는 세상에 태어났고, 너는 쉰한 살의 같은 겨울에 태어났지. 그러니까 큰오빠와 작은오빠와는 이십 년, 십오 년이 터울지는 막내인 나와 두 달 간격으로 또한 막내인 네가 태어난 거지. 너도 네 큰형과 누나와는 이십오 년, 십칠 년이 터울져 우리가 어렸을 때 그들은 모두 어른이거나 청년이었지. 때문에 내 큰오빠와 네 큰형이 때론 우리들 부모 역할을 한 거였지.

내가 일곱 살이 되던 해, 초등학교 입학할 무렵, 넌 여섯 살이었고 학교에 가기엔 이른 나이였지. 나도 일곱 살이긴 했지만 십이월 생이어서 나이가 찬 것은 아니었어. 그럼에도 나랑 함께 학교 가겠다고 고집 피우던 일, 기억하지?

넌 내리 삼 일을 굶었지. 하긴 넌 이미 나를 따라 한글을 깨쳤고, 아버지 앞에서 우린 단정히 무릎 꿇고 앉아 천자문을 술술

외웠으며, 그 뜻을 모두 이해할 수는 없었지만 사자소학에 사서삼경을 공부하던 중이었으니 학교에 입학한다고 해도 부족할 것은 없었지. 나이가 차지 않았다는 이유만 뺀다면 말이야. 네가 단식을 한 지 삼일 째 되던 날, 어른들은 네 고집을 인정했어. 일학년을 다시 보내리라 생각하면서.

네가 사는 집과 사 킬로미터의 거리에 있는 내가 사는 집은 강과 담이 맞닿아 돌담 하나를 끼고 곧바로 강물이 흘렀지.

그 마당의 돌담에 위태로이 앉아 낚시하던 그때, 기억하지?

기억이란 한번 실마리가 풀리면 까맣게 지워졌던 일이라도 언제 그랬냐는 듯 떠오르나봐. 마치 털스웨터의 실밥이 한 올 풀리면 술술 풀리듯 말이야. 그래, 어쩌면 그날, 그 며칠 후, 그리고 그 몇 주 후 널 그렇게 만나지 않았다면 아마 이런 기억들은 깊은 잠에 빠져 있었을지도 모르지.

우린 시간가는 줄 모르고 낚시를 했지. 하지만 물고기는 한 마리도 잡지 못했어. 물론 물고기를 낚지 않았던 건 아니었지. 넌 헤엄은 잘 칠 줄 몰랐지만 낚시만큼은 수준급이었잖아. 잡은 물고기를 그물바구니에 넣으려던 널 보며 내가 그랬지, 아마. '물고기가 불쌍해, 살려 주자.' '낚시란 물고기를 잡기 위한 건데 뭐가 불쌍하냐? 이것 말고도 물고기는 강물 속에 수없이 많아.' '그래도……' 난 눈을 글썽이며 널 보았지. '그래 까짓 살려주자, 참 불쌍하구나.' 그러면서 넌 물고기를 놓아주었어. '바늘에 아가미 다 치지 않게 조심해!' 넌 어이없는 표정으로 나를 보다 그 표정을 이내 거두고는 자못 심각하고 진지한 얼굴이 되어 물고기를 놓아주곤 했어. 어떤 날은 오십 마리도 넘게 낚았지. 우린 그들 모두를 강으로 되돌려 주었어.

아주 작은 물고기라도 바늘에 아가미가 다치지 않고 낚싯밥은 물고기에게 주고 강물로 되돌려주는 방법을 우린 일찌감치 터득했지. 밤이 깊은 줄도 모르고 낚시에 열중하다 넌 네 큰형에게 난 내 큰오빠에게 혼나곤 했지. 혼이 나면서도, 손들고 벌을 서면서도 우린 벌 받는 게 하나도 힘들지 않았어.

그때까지는, 네가 동네 어귀 정자나무 등걸에 몸을 숨기고 이제나저제나 목을 빼고 기다리던, 내가 제수용품을 든 아버지의 다른 손을 잡고 마당이 너른 너의 집에 갈 때까지 우린 참으로 벅찼어. 강물이 돌담을 끼고 흐르던 내가 사는 집에서 밤늦도록 낚시를 하던 그때까지는.

헤엄을 잘 칠 줄 모르던 네가, 물이라면 지레 겁부터 내던 네가 내 손에 이끌려 강물이란 게 파도를 잘 타기만 한다면, 깊은 수심에 발을 디밀지만 않는다면, 하나도 무섭지 않다는 사실을 깨달아갈 즈음, 아마 그 무렵이었을 거야. 물이라면 지레 겁부터 먹던 네가 강물이란 게 오히려 그 중력을 타면 무섭기는커녕 편안할 수 있다는 사실을 조금씩 알아갈 무렵, 할머니 기일이었지, 아마. 너의 집 뒷마당에 감꽃이 흐드러지게 피어날 때니까 할머니 기일이 틀림없어. 그날도 넌 정자나무 등걸에 몸을 숨기고 이제나 저제나 목을 빼고 있다가 바람처럼 쏜살같이 달려와 아버지와 날 맞았지.

그날 오후, 너는 네 집 뒷마당에 핀 감꽃으로 내 몸을 온통 감고도 남을 긴 목걸이를 만들어 줬어. 그 감나무는 우리 몸피보다 훨씬 커서 둘이서 손을 맞잡아도 다 안을 수 없었지. 아마 그때 그 나무 수령이 서른쯤이라고 했으니까 이젠 쉰이 훨씬 넘었겠군.

아버지가 쉰 살에 내가 태어났고 쉰 한 살에 네가 태어나 우리는 두 달 터울이며, 한 살 차로 엄연히 난 네 누나이고, 넌 내 동생이었지. 그때까지도, 너와 같은 학년이던 초등학교 이학년 때까지도 난 알지 못했어. 너와 나의 아버지가 같다는 사실을. 넌 큰어머니의 아들이니까 네 아버지는 큰아버지여야 하거든. 물론 누군가 그렇다고 말해준 건 아니었지만 난 당연히 그렇게 생각했지. 그때까지 한 번도 본 적은 없었지만 네 아버지인, 내 큰아버지는 돌아가셨을 거라 미루어 짐작한 거였지.

아마 그때, 네가 긴 감꽃 목걸이를 만들어 내 몸에 휘감아주고 있을 때 부엌에서 저녁 준비를 하던 내 큰어머니인, 네 어머니가 큰소리로 말한 것 같아.

"막내야, 아버지 오시라고 해라, 식사하게. 니들도 그만 놀고 손 씻고 와."

처음엔 내가 잘못 들은 줄 알았어. 아버지 앞의 '작은'을 못 들은 걸로 생각한 거지. 그런데, 나랑 더 놀고 싶던 넌 귀찮은 듯 아버지에게 달려가 큰소리로 그랬어.

"아버지, 엄마가 식사하시래요!"

지금도 생생해. 아버지, 엄마가 식사하시래요. 난 어안이 벙벙했지. 네가 왜 내 아버지를 거침없이 아버지라고 부르는지, 큰어머니는 왜 아버지 식사하시라고 해라 그러는지. 분명 작은아버지라고 해야 맞거든. 혼란스러웠어.

난 감나무에 등을 기대고 팔짱을 끼고 서서 널 기다렸어. 감꽃 목걸이를 내 몸에 마저 감아주고 싶던 넌 곧바로 내게 뛰어올 테니까. 예상대로 넌 한달음에 내게로 달려왔지. 난 널 노려보며 말했어.

"너, 왜 내 아버지한테 작은아버지라고 안 해? 그분은 내 아버지지 니 아버지가 아니야!"

순간, 넌 멍한 표정으로 나를 맞바라보다 금세 울먹이며 더듬더듬 말하더군.

"그, 그분은 내, 내, 아, 아버지이기도 해. 우, 우, 우리들의 아, 아버지야."

"아냐. 그분은 내 아버지이지 니 아버지가 아냐. 넌 큰어머니의 아들이니까 큰아버지가 니 아버지야."

"그, 그게……."

넌 단호한 내 말에 겁먹은 듯 머뭇머뭇 말했어. 머뭇거려도 네 목소리엔 확신이 담겨 있었지. 순간 난 몹시 화가 났고 불안해졌어. 너와 아무리 사이가 좋다고 해도 아버지를 공유할 수는 없었거든. 그러면서 그때까지 은밀히 집안에 떠돌던, 알고 싶지 않은 비밀을 알아버린 느낌이었지.

"이 자식이……!"

난 주먹을 불끈 쥐어 네 얼굴을 쳤어. 넌 휘청거리다 뒤로 넘어졌지. 십여 분 후, 볼을 쓰다듬으면서 일어난 넌 눈물을 글썽이며 다시 말했어.

"우, 우리, 아, 아버지…"

"아니야. 그렇지 않아. 그럴 수 없어!"

내가 결의에 차서 외치자 넌 주르르 눈물을 흘리며 다시 말했지.

"우리들 아버지야!"

평소에 말을 더듬던 너였지만 그때만은 한마디도 더듬지 않고 또박또박 대답했어.

"아냐, 한 번만 더 내 아버지를 아버지라고 불러 봐, 그땐 죽여 버리겠어!"

"우, 우리들……"

"이 자식이……?"

난 널 힘껏 밀치면서 소리를 질렀고, 곧바로 널 두들겨 팼지. 네 코에서 코피가 줄줄 날 때까지. 난 그때 제정신이 아니었어. 내 안의 어디서 그런 힘이 나오는지 나 자신도 두려웠어. 넌 아무런 저항도 하지 않고 맞고만 있었지. 그때, 네 얼굴 뒤로 얼핏 내 어머니가 슬픈 표정으로 날 보았어. 때리기를 멈추라는 듯. 난 어머니의 그 표정에 평소에도 주눅이 들곤 했던 터라 그 순간 저항감이 생겼지. '싫어, 싫어, 아버지를 공유할 수는 없어!' 난 속으로 소리를 질렀고 파르르 몸을 떨었지. 그때 내가 거의 무의식의 힘으로 널 때린 것은, 어쩌면 그때보다 훨씬 이전부터 내 어머니의 다가갈 수 없던 그 고요를 뒤흔들고 싶었던 것이었는지도 몰라.

내가 정신을 차렸을 때 넌 감나무 등걸에 비스듬히 쓰러져 소리 없이 울고 있었지. 왼쪽 가슴께가 아려왔지만 난 널 달랠 겨를이 없었어. 아니 오히려 쐐기를 박듯 네게 말했지.

"한 번만 더 내 아버지를 아버지라고 불러 봐, 그땐 정말 가만두지 않겠어!"

난 감나무 등걸에 비스듬히 쓰러져 울고 있던, 울면서도 내 표정을 찬찬히 살피던 널 두고 차갑게 돌아서 내 어머니가 사는 집으로 향했지.

길은 어두웠어. 바람이 몹시 불었지. 밤벌레와 짐승들의 소리가 뒤섞인 음산한 괴성이 나를 덮칠 듯이 가까이서 들려왔어. 가슴이 쿵쾅거리고 다리가 후들거렸지. 걸어도 걸어도 집에 닿지 않았어. 제수용품이 들린 아버지의 다른 손을 잡고 가던 것에 비한다면 그 길은 내가 태어나 최초로 경험한 어둡고 춥고 먼 길이었어. 두 눈에선 눈물이 뚝뚝 흘러내렸지. 난 주먹으로 눈물을 훔치면서 자꾸 허공을 딛는 것만 같은 발에 힘을 주어 걸으면서 자신에게 끊임없이 되뇌었지. '울지 마, 울지 마!'

그래, 내 어머니의 고요한 자태와 아버지의 물기 어린 큰 눈, 네 어머니의 무뚝뚝함과 뜨개질 할 때의 정결함, 내 어머니와 네 어머니와 우리들 아버지 모습에서 가끔은 내가 혹은 네가 느꼈던 다가갈 수 없음, 또는 불안을 그날에야 비로소 난 알게 된 거였어. 아마 너도 그랬을 거야. 어린 나이라고는 해도, 그 모든 것이 한순간에 이성적으로 이해할 순 없다 해도, 오히려 더 많은 것을 한순간에 감지할 수 있는 게 그 또래아이들이기도 하니까. 그것이 비록 이해할 수 없고 설명할 수 없는 어른들의 세계라 할지라도 말이야.

그날 이후 지금까지, 난 한 번도 큰어머니와 네가 사는 마당이 너른 그 집에 가지 않았어. 그 마당에서 너랑 땅따먹기 하는 일도 감꽃으로 치장하는 일도 없게 됐지. 할아버지 할머니 기일이면 내 어머니가 손수 마련한 제수용품을 들고 아버지 홀로 들판을 지나 산을 굽이돌아 너와 네 어머니가 사는 집으로 갔지. 넌 몇 번인가 정자나무 등걸에 몸을 숨기고 아버지와 나를 기다리다, 아버지 옆에 내가 있지 않다는 사실을 발견하곤 끝내 아버지 앞으로 달려 나오지 않았지. 내가 오지 않을 거라는 걸 눈치채버린 넌 더 이상 정자나무 등걸에 몸을 숨기고 아버지와 나를 기다리는 일이 없었지.

아버지 홀로 제수용품을 들고 너와 네 어머니가 사는 집으로 가면, 내 어머니가 이불 속에서 눈물을 여미는 것을 나는 알게 됐지. 내 어머니가 이불 속에서 아무도 모르게 눈물 여미던 그때 이후로, 아니 너를 코피 나게 두들겨 패주고 두 주먹으로 눈물을 훔치며 먼 길을 걸어 온 그 밤 이후로, 나는 눈물을 흘리지 않고 우는 법을 터득했어.

그건 어쩌면 파괴일 거야. 벅차기만 했던, 신기한 것뿐인 우리들만의 세계가 여지없이 무너지는, 그리하여 내 하늘이 무너지고 덩달아 네 하늘이 무너지는. 넌 아버지와 함께 살지 않는다는 이유로 너와 나의 아버지가 같다는 사실을 나보다는 훨씬 이전부터 받아들였지만, 내가 그 사실을 받아들이지 못하고 혼란스러워 하니까 너 또한 혼란에 빠져버렸지. 우린 다른 아이들의 가정과 비교도 하게 되었어.

우린 한때 우리들의 아버지를 얼마나 미워했었니?

내 어머니와 네 어머니도.

난 말이 없어졌고 너 또한 그랬지.

그날 이후에도 너는 마치 아무 일도 없었던 듯 매일이다시피 내가 사는 집으로 날 찾아왔어. 난 매번 네게 쌀쌀맞게 굴었지. 넌 내 비위를 맞추려고 무던히도 노력했어. 어떤 날은 하루 종일 함께 있어도 너와 난 한 마디 말도 나누지 않았어. 그러면 너는 혼자서 낚시를 했고 물고기들을 모두 강으로 돌려주었지. 그리고 내가 아무런 대꾸도 하지 않으리라는 걸 알면서도 너는 그랬어. '나, 나 가. 자, 잘 이, 있어. 또, 오, 올게.'

내가 아무리 차갑게 대해도 넌 줄곧 내 주위를 맴돌았고 학교가 끝나면 어김없이 나를 기다리다 나보다 서너 걸음 뒤쳐져서 내 눈치를 살피며 따라 오곤 했지.

그러고 보면 넌 참으로 한결같았구나.

두 달 터울인, 분명 내가 누나임에도 넌 나보다 훨씬 속이 깊었구나.

우리가 화해한 게 언제였지?

삼학년 때인가. 그때 너와 난 같은 반이었지. 난 반장이었고 넌 부반장이었지. 당시 여학생이 반장이 될 수 없다는 관례를 깨고 난 반장이 되었지. 그 당시엔 공부를 더 잘 하고 득표수가 많아도 여학생은 반장이 될 수 없었지. 그때 담임선생님이 여선생이었고 지금 생각하면 그녀는 여권지지자쯤 된 것 같아. 어른들은 네가 반장이 되고 내가 부반장이 되었으면 더 좋았을 걸, 하는 반응이었지. 난 어른들의 그런 태도가 못 마땅했지만 그다지 반응을 보이지는 않았어. 애초부터 난 반장 따위에 관심이 없었으니까. 넌 사람들이 심심찮게 '사내자식이 여자애한테 밀리냐, 고추 값을 해야지,' 하는 조롱에도 아랑곳하지 않았지. 오히려 흐뭇해하는 눈치였어. 물론 지금 그런 사실을 시시콜콜 얘기를 하려는 건 아니야. 담임선생이 장래희망에 대해 쓰라고 한 것에 대해서이지.

나는 서슴없이 '새'라고 써냈지. 너는 '나무'라고 했지, 아마. 난 반장이었고 넌 부반장이었으며 우린 당시만 해도 상당히 똑똑한 아이들에 속했으므로 새가 되고 나무가 된다는 장래 희망은 일종의 충격이었을 테지. 다른 아이들처럼 대통령이 된다거나 의사가 된다거나 선생님이 된다거나 했어야 하거든.

장래희망을 써낸 다음 날이었지. 교실 창문 밖으로 목련이 긴 목을 빼고 하얗게 피어 있던 봄날, 장래 희망에 대한 그림 그리기와 발표 시간이었지. 나는 그때까지 내가 보았던 새들 중에서 가장 멋지고 아름다운 새를 그렸지. 하얀 날개에 날렵한 몸매, 우아한 자태로 바다 위를 길 위를 구름 위를 높이 날아가는 지상에 단 한 마리뿐인 새.

발표는 반장인 내가 맨 먼저 하게 됐어. 나는 천천히 교단 앞으로 가 그림을 펼쳤지. 반 아이들이 일제히 내 그림을 보았고 이삼 분 정도 침묵이 흘렀어. 폭풍전야처럼 조용했지. 이어 폭우라도 쏟아지듯 아이들이 까르륵대며 웃기 시작했어. 교실 뒤쪽 게시판 가운데의 〈우리들의 솜씨〉란 앞에 팔짱을 끼고 서 있던 선생님이 내 그림을 보았지. 그녀는 다소 의아하고 난감한 표정이 되어 어색하게 미소 짓더군. 나는 눈을 느리게 깜박이고 심호흡을 하면서 스스로를 진정시켰지. 그리곤 반 아이들이나 선생님의 표정에 개의치 않으려 짐짓 입술에 웃음까지 피워 내며 말했어. 나 자신에게 확인시키듯.

"난 새가 될 거야. 하얀 깃털의 커다란 날개를 지닌 새가 되어 온 세계를 날아다닐 거야. 산 위든 들판이든 사막이든 바다든 세상 어느, 곳이라도 내 마음대로 날아다닐 거야. 그리고……."

내 말이 채 끝나기도 전에 아이들은 발을 구르고 손바닥으로 책상을 두드리면서 폭소를 터뜨렸지. '반장이 새가 된대. 어떻게 사람이 새가 되냐? 웃긴다, 정말.'

나는 고개를 꼿꼿이 들고 내 자리를 향해 걸었어. 걸으면서 가운데 분단의 중간쯤에 앉아 있던 네 얼굴을 흘낏 보았지. 다소 창백한 낯빛의 넌 굳은 표정으로 앉아 있더군. 사실 그때 아이들 반응이 전혀 신경 쓰이지 않은 것은 아니었어. 그렇지만 난 다른 아이들처럼 대통령이나 의사나 선생님 따위는 되고 싶지 않았어. 물론 그 누구에게 이해 받으리라고 생각하지는 않았지만, 이해나 공감 따위 내게 그리 중요하지 않았지만, 얼마간의 상실감 같은 건 있었지. 같은 또래의 아이들이니까 어쩌면 몇 사람은 이해할 수도 있지 않을까 싶어서였지. 하지만 상관없다고 생각했어.

어찌됐건 당시만 해도 난 사람이 되는 건 싫었어. 아마 그때부터였을 거야, 할머니 기일. 너를 코피 나도록 때려주고 어둡고 먼 길을 두 주먹으로 눈물을 훔치며 내 어머니가 있던 집으로 돌아온 그 밤부터 나는 사람이거나 사랑이거나 하는 것들을 부정했고 될 수 있는 한 그 누구와도 말하지 않았어. 이를테면 난 침묵의 세계로 빠져든 거지. 너와 함께 나눈 감꽃 아이, 땅따먹기, 숨바꼭질, 낚시, 수영……, 하루 종일 땅따먹기를 해도 우리 중 누구도 마당을 다 차지하지 못하던 그 마당처럼 넓게만 느껴지던 세상, 그 세계에 머물 때 침묵의 세계는 어둠이었지. 낯설음이었지. 그러나 내가 침묵의 세계에 빠져들면서 이 세계 또한 온갖 소리가 공존하는, 마치 물을 겁내던 네가 물의 중력을 타면서부터 비로소 물이 편안할 수 있었던 것처럼 넓고 평화로운 세계라는 걸 알아갔지. 오히려 벅차던 세상보다 더.

어둡고 먼 길을 두 주먹으로 눈물을 훔치며 걸어온 그날 이후 난 그 나이엔 알지 않아도 될 것들을 알아 버린 것인지도 모르지. 일곱 살에 이미 늙어버린 것인지도 모르지. 세상의 아이들은 흔히 사랑의 결실이라든가 신비로운 생명의 탄생이라고 미화되지만, 그건 마치 소나 개 같은 동물들의 세계와 그리 다를 바 없다는 거, 아버지는 두 달 간격으로 두 여자에게 정자를 쏘았고, 두 여자의 난자와 충돌했다는 거, 나나 너나 그저 비슷한 시기에 우연히 세상에 던져진 존재라는 것. 나의 큰오빠나 작은오빠, 너의 큰형이나 누나 모두.

나는 여자나 남자나 사람은 되지 않으리라, 결코 어른은 되지 않으리라 생각했지. 바람이거나 구름이거나 새가 될 거라고, 그러다 어느 날부터 새가 되리라 마음먹은 거지.

그래. 나는 환상이라는 말 대신 환멸을 알아 버린 거였어. 긍정보다는 부정을, 사랑보다는 애증을 알아 버린 거였어.

　네 차례가 되었지. 너는 머뭇머뭇 교단 앞으로 가 그림을 펼쳤겠지? 사실 그때까지도 난 네 장래 희망이 뭔지 몰랐어. 그때 난 창 밖의 하늘을 보고 있었거든. 내 마음은 이미 지상의 단 한 마리 새가 되어 하늘을 날고 있었거든. 그런데 아이들의 와, 하는 탄성과 함께 터져 나오는 웃음소리에 고개를 돌린 거였어. 고개를 돌리면서 나는 보았어. 나뭇잎이 무성한 대추나무와 감나무나 밤나무 중간쯤 되는 푸른 나무를, 그 무성한 이파리 사이로 열린 사과며 배며 감이며 석류 등속의 빨강 노랑 초록의 열매를. 어쩌면 너의 집 마당에서 보았을, 모든 나무의 가장 좋은 점만을 모아 그린 도화지 가득한 푸른 나무, 네 장래 희망.
　"쟤들 정말 웃긴다, 킥킥 쿡쿡."
　아이들의 웃음소리에 넌 풀죽은 얼굴이 되어 날 보았어. 그리곤 슬며시 미소 짓는 나와 마주쳤지. 동시에 네 눈이 반짝였고 용기를 얻은 듯 너는 말을 그다지 더듬지도 않고 씩씩하게 말했어.
　"나, 나는 나, 나무가 될 거야. 사과, 감, 배…… 갖가지 향기로운 과일이 열리고 잎이 무성한 나무가 될 거야. 그리하여 새, 새들도 쉬게 하고……."
　하던 말을 멈추고 너는 다시 한 번 나를 깊게 응시했지. 내 동의를 구하듯 혹은 내가 새가 되면 나무인 네게 와 노래도 부르고 쉬기도 하라는 듯. 나는 한 번 더 입가에 웃음을 새겼고 너 또한 흰 이를 드러내고 씨익 웃었어. 허공에서 마주한 그 웃음으로 우린 서로의 장래희망에 대해 단번에 합의를 보아 버린 거지. 재차 아이들의 와, 하는 탄성과 웃음소리, 발 구르는 소리. 선생님이 아이들을 제지시켰고 교실은 이내 조용해졌지. 그리고 다른 아이들이 차례대로 자신의 장래희망을 발표했지. 대통령이거나 장관이거나 선생이거나 의사거나 하는 거창하고 원대한 희망을.

종례가 끝나고 선생님이 너와 나를 교무실로 오라고 했어. 교무실로 가는 복도에서 나는 두어 걸음 뒤쳐져 멈칫멈칫 걸어오는 네 곁으로 가 슬며시 네 손을 잡았지. 넌 흰 이를 드러내고 웃었고 나 또한 환하게 웃었어. 우린 나란히 손을 잡고 교무실까지 걸어갔지.

지금도 기억해.

그날, 복도에서 네 손을 잡았을 때 가느다랗게 떨리던 조그만 네 손, 땀이 맺히던, 그리하여 내 손바닥까지 젖던 물기.

그래, 할머니 기일 이후 너와 난 각자 꿈꾸는 방법을 터득했고 자신만의 꿈을 키워 온 거지. 고요한 내 어머니의 모습과 뜨개질을 하던 네 어머니, 그리고 커다란 눈에 물기를 담고 그저 잔잔히

웃던 우리들 아버지를 지켜보며 우린 눈물을 흘리지 않고 우는
법을 터득한 거지.

교무실에 들어서자 선생님이 우릴 보고 다정하게 웃으며 말했
지. 선생님 손에 학생기록부가 들려있는 것으로 미루어 그녀는
우리의 가족관계를 짐작하고 있었는지도 몰라.

"애들아, 사람은 새나 나무가 될 수는 없어. 너희들은 똑똑하니
까 내 말을 이해할 거야."

"아뇨. 전 새가 될 거예요."

나는 선생님의 얼굴을 보며 단호하게 말했지. 선생님은 난감한
표정이 되더니 한참 후에 너와 나를 번갈아 보면서 그랬어.

"물론 그런 꿈을 꿀 수는 있지. 하지만 너희들도 잘 알 거야. 선
생님이 숙제를 낸 건 너희들이 어른이 됐을 때 하고 싶은 일이 무
엇인지를 묻는다는 걸."

담임의 말에 우린 서로를 마주보았고 눈빛으로 말했지. 아무
말도 하지 말자. 어쩌면 그때 너나 나나 장차 커서 새나 나무가
된다는 말은 통하지 않는다는 것, 누구에게도 이해시킬 수 없다
는 것을 깨달은 거지. 그래서 침묵하기로 한 거지. 그건 어쩌면 너
와 내가 땅따먹기를 하면서 이건 내 땅 저건 네 땅 하듯 선을 긋
는 것과 같은 행위일지도 몰라. 내 땅, 네 땅 선을 긋듯 낯선 세상

과 공존하는 우리만의 대응방식이라고 할까. 자신만의 꿈꾸기를 누구에게도 간섭받지 않고 계속하는 장치라고 할까.

그때 너와 내가 어떻게 교무실을 나왔는지 지금 자세히 기억나지는 않아. 난 아무 말도 하지 않았고 네가 무슨 말인가를 한 것 같아. 선생님은 우릴 이해시키려고 노력했고 우린 다른 아이들처럼 장래희망을 바꾸기로 하고 그곳을 빠져나왔지, 아마. 하지만 너나 나나 장래 희망을 바꾼 적은 없었지. 그 희망을 다른 사람에게 말한 적도 없었어.

이런 말은 그렇지만 난 요즘에도 가끔 이런 꿈을 꿔. 새가 되는, 새가 되어 날아다니는, 푸른 하늘을 넓은 세상을 거침없이 나는 꿈. 꿈에서 깨면 아쉬움과 허망함으로 소리 없이 웃다가 다시 잠을 청하곤 하지. 그 꿈을 계속 꾸고 싶어서.

넌 어때?

모든 나무의 좋은 점만을 모은 푸르고 무성한 나무, 지상에 단 한 그루밖에 없는 나무 꿈, 꾸니?

아무튼 그날 오후 교무실을 나온 난 석양의 하늘을 맞대고 킥킥 웃었지. 너 또한 쿡쿡 웃었지. 우린 운동장 가의 시소가 놓인 모래밭에서 뒹굴며 웃어제꼈어. 마치 동물원의 철장에서 방금 탈출한 아기동물들처럼. 그동안 웃지 않고 지냈던 것을 보상이라도 받으려는 듯. 생각하면 그 웃음은 얼마나 악의적이었는지.

선생님 앞에서 내 땅 네 땅 선을 긋듯, 우린 장래 희망을 바꾸리라고는 생각지 않은 거지. 더 이상 세상이나 사람들의 낯섦에, 어쩌면 위선이라고 생각한 그 방식에 혼란스러워하거나 낯설어하지 않을 것이며 자신만의 꿈꾸기를 계속하리라는. 내가 웃음을 멈추자 거의 동시에 너 또한 웃음을 멈췄지. 고요했어. 노을빛이 운동장의 모래 위로 서늘하게 내려앉았지. 그 서늘함에 감염이라도 된 듯 넌 불안한 눈빛으로 내 눈을 들여다보며 조심스럽게 말했지.

"저어, 이, 있잖아. 네, 네가 새, 새가 되면 말야. 너, 너무 머, 멀리 나, 날아가지 마, 말고 내, 내 나무에다 두, 둥지를 만들면 아, 안 될까, 으응?"

"싫어, 둥지를 만드는 따윈. 난 말야 아까도 말했듯이 세상천지를 다 날아다닐 거야. 훠얼 훨."

나는 두 손을 날개처럼 펼쳐 날갯짓하며 뛰어갔지. 곧바로 뒤쫓아 온 넌 내 손을 그러잡으며 말했어. 그때까지 널 보아온 중에 가장 간절한 표정으로.

"그, 그래도 하, 항상 나, 날아다닐 수만은 없을 거잖아. 쉬, 쉬기도 하고 자, 잠도 자야하고 아, 아프기도 할 텐데……"

"네가 나무가 되는 건 좋은데 난 새가 돼도 가족 같은 건 만들지 않을 거야."

"가, 가족이 되자는 건 아니야. 나, 나도 가, 가족을 만들 새, 생각은 없어. 다만 네, 네가 거, 걱정이 되고……너, 너랑 오, 오랜 동안 헤, 헤어지기 시, 싫으니까……."

넌 거의 울먹해져서 더듬거리며 말했어. 난 피식 웃으며 선심이라도 쓰듯 그랬지.

"알았어. 가끔 놀러갈게."

그제야 넌 안심이 된 듯 숨을 들이마시면서 환하게 미소 지었어.

"이, 있잖아. 내, 내가 너, 너 배, 배고프지 않게 감이랑 사과랑 복숭아랑 모든 과, 과일들을 최고 마, 맛있고 예쁜 색깔로 마, 만들게. 나, 나뭇잎도 하, 항상 푸, 푸르고 무, 무성하게 하고 마, 말야."

그날 오후 너와 난 서로 손을 잡고 황토 흙먼지 날리는 길을 걸어 집으로 왔어. 아카시아나무 이파리 따기 놀이를 하면서. 아카시아나무 이파리를 하나하나 차례로 따서 길에 날리고 먼저 다 딴 사람이 진 거니까 이긴 쪽의 책가방을 들어주는 놀이는 지루한 길일 수 있는 거리를 지루하지 않게 오는 방법이기도 했지.

그러고 보니 그날 아카시아나무 이파리 따기 놀이는 거의 일 년 만에 한 거였구나. 넌 그 놀이에서 매번 졌지. 그땐 느끼지 못했는데 넌 일부러 져 준 것 같아. 내 책가방을 들어주기 위해서 말이야. 난 내가 운이 좋다고만 생각했는데 지금 생각해보니 아카시아나무 이파리 따기 놀이를 하자고 제안한 쪽도 너였고 이파리를 나무에서 딴 쪽도 너였어. 그리고 되지도 않은 이유를 들어 내가 보기엔 괜찮은 몇 장의 줄기를 버리곤 했어. 이를테면 이파리 수가 적다거나 색이 바랬다거나 벌레가 먹었다거나.

맞아. 그보다 훨씬 전에 넌 몇 번인가 내 가방을 들어준다고 제안했고 그때마다 난 거절했지. '괜찮아. 내 가방인데 내가 들 거야.' 언젠가 내가 독감에 걸렸을 때였지. 난 열이 났고 그럼에도 오한이 들어 몸을 부들부들 떨며 기침을 해댔지. 넌 어찌할 바를 몰라 하다 내 가방을 들어주겠다고 했어. 아프고 기운이 없었지만 난 거절했지. 너는 뭔가 골똘히 생각에 잠기더니 그 놀이를 제안했어. 진 사람이 상대의 가방을 집까지 들어주자면서. 내가 싫다니까 놀이를 하면 아픈 것을 잊을지 모른다고 네가 말했지. 잠깐 동안 생각한 난 그러자고 했어. 몇 장의 잎을 나무에서 딴 너는 그 잎들을 찬찬히 살피더니 한 장을 내게 내밀고 나머지는 길에 날렸지. 진 쪽은 너였어. 지고도 넌 싱글벙글이었지.

가방을 두 개나 메고 얼굴 가득 웃음을 새긴 넌 나보다 서너 걸음 앞서 나를 마주보며 뒷걸음으로 걸었지. 아픈 나를 웃기려고 원숭이며 고양이며 개 흉내를 내거나 바보 흉내를 내면서도 넌 뒷걸음으로도 마치 곡예를 하듯 걸어갔어.

그때부터 너는 학교가 끝나고 집으로 올 때면 그 놀이를 하자고 제안하곤 했지. 하얀 꽃을 좋아하던 내 머리 위로 아카시아 꽃을 한 아름 따서 마치 눈송이처럼 날리며 말이야. 우수수 공중으로 치솟던 그 흰 꽃잎들은 곧바로 내 머리며 어깨 위로 내려앉곤 했어.

언젠가 넌 담에 핀 빨간 장미를 한 아름 안고 내게 온 적이 있었지. 장미 가시에 긁혀 손등과 팔에 불긋불긋 상처가 나서 말이야. '꽃은 고마운데 빨간 꽃은 청승맞아서 싫어, 난.' 환하던 네 얼굴이 한순간에 어두워졌지. 이내 넌 얼굴의 어둠을 지우고 환하게 웃으며 투덜거리듯 말했어. '그래, 빨간 장미는 촌스러워, 가시는 또 왜 이리 많은지……' 그 시절 내가 그토록 빨간 꽃을 싫어한 이유는 뭘까. 붉은 꽃이라면 정성을 쏟던 내 어머니 때문일까.

그래, 어쩌면.

백일홍, 동백, 장미, 맥문동, 앵초, 금낭화, 그리고 자운영……. 내 어머니는 자운영 논에 아예 다른 곡물은 재배하지도 않았어. 육백여 평의 자운영 논이 온통 자줏빛으로 피어날 때면 그녀는 마치 황홀경에라도 빠진 듯 혹은 내가 이해할 수 없는 어떤 슬픔에 젖어 밤이 깊도록 그 논에 앉아 있곤 했지. 그녀의 뒷모습을 허허롭게 바라보던 난 어머니를 부르려는 것도 잊은 채 그녀에게 다가가지 못했지. 아니 부르지도 못했어.

그 시절엔 몰랐지만 그런 모습은 그녀만이 지닌 한(恨) 같은 것은 아니었을까. 고요한 몸짓, 끝도 없는 양보, 이불 속에서 여미던 눈물. 어린 그때는 이해할 수 없었지만, 그리고 훨씬 자라서도 내 어머니의 그런 모습을 청승이나 궁상으로 생각했지만.

너도 그랬지. 낮 동안 땡볕에서 일하고도 밤늦도록 뜨개질하던, 눈이 시리고 어깨가 쑤시고 허리가 결릴 터인데도, 베갯잇도 이불보도 커튼도 모두 떠서 더 이상 뜰 게 없을 터인데도, 뜨개질은 이제 그만 했으면 좋겠는데…….

청승맞아 보여서 싫어, 우린 최소한 청승떨며 살지는 말자.

그러자고 서로 동의하면서도 우린 조그맣고 어색하게 웃었지.

그러고 보니 넌 그 작고 가는 몸으로 참 많이 걸었구나. 학교에서 네 집까지 이 킬로미터를, 네 집에서 내 집까지 사 킬로미터를. 아카시아나무 이파리 따기 놀이를 하며 학교에서 무려 육 킬로미터나 되는 내 집까지 두 개의 가방을 메고 와서 사 킬로미터를 되짚어 가곤 했구나, 너는.

넌 몇 번인가 마당이 너른 네 집에 가서 예전처럼 땅따먹기도 하고, 감꽃 목걸이도 만들고, 숨바꼭질도 하자며 조심스레 제의했지. 그때마다 나는 거절했어, 내가 네 집에 가지 않으리라는 걸 알아챈 넌 더 이상 그런 제안은 하지 않았어. 네가 매일이다시피 내 집으로 왔어.

나도 참 지독했구나. 이제 와 변명 같지만 네 집에 가지 않는 이유는 뭘까, 나를 부정하는, 그리하여 나라는 존재를 잃어버릴지도 모른다는 강박관념 같은 거였어. 네가 싫다거나 네 어머니가 싫어진 것은 아니었어. 그건 이를테면 너랑 나랑 땅따먹기를 하면서 네 땅 내 땅 금을 긋는, 장차 새가 될 거라는, 세상에 대한 나의 대응방식이거나 꿈꾸기에 대한 고집 같은 거였어. 어쩌면 미신 같은 것인지도 몰라. 미혹된 믿음, 그 의미처럼 미신은 다분히 감성적이고 부조리하지. 그럼에도 고수하려 하고 고집부리는 필연적인 이유가 있는 것도 아닌데도 꼭 지켜야 할 것 같은 그런.

그런데 지금은 왜 오지 않느냐고?

글쎄, 습관이 돼버린 걸까. 아니면 아직도 내 안에서 영향력을 행사하는 미신 때문일까.

그러고 보니 넌 그때이후로 내 앞에서 아버지를 한 번도 아버지라고 부르지 않았구나. 평소 아버지는 말이 없기도 했지만, 무슨 얘기를 할 때면 네가 아버지 앞에 가서 말했으니까 굳이 아버지라는 호칭을 부르지 않아도 되었구나. 너 또한 아버지를 내 앞에서 아버지라고 부르지 않는 게 미신 같은, 너만의 꿈꾸기에 대한 고집이었니?

북적대던 주택은행에서 우연히 너와 만나던 날, 우린 서로 알아보지 못했지. 그리고 그 며칠 후 내가 그곳에 뭐 하러 갔더라. 아마 공과금이거나 임대주택부금을 내러 갔을 거야. 임대주택부금은 밀린 날짜만큼 연체료를 계산하여 지불하면 되지만, 연체된 만큼 다음 달 부금을 빨리 납부해야 한다며 창구 직원이 신경질을 부렸었지. 연체료를 내는 데 그렇게까지 반응을 보일 필요가 있을까 싶었지만 난 이미 여러 번 연체를 했고 은행 측에서 보면 불량한 손님인 셈이라 그 여직원의 신경질을 겉으로는 무심하게 감내했지.

그날도 은행창구는 붐볐어. 나는 이십오 명이라는 대기인 수를 확인하고 뒤쪽의 구석진 의자에 가 앉았지. 기다리는 게 무료해 몇 달이 지난 낡은 여성지를 읽고 있던 참이었어. 여성지를 읽었다는 것도 그렇군. 백 페이지를 더 넘겼는데도 광고만 보고 있었거든. 처음엔 광고를 보는 재미도 있더군. 그런데 계속되는 광고들에 너무 심하다는 생각을 하면서 다소 거칠게 뒤쪽으로 페이지를 겹쳐 넘기고 있을 때였지. 누군가 가까운 곳에서 말을 걸어왔어. 순간, 서늘한 바람 한줄기가 가슴 밑바닥을 훑고 지나갔어.

"저, 저어 시, 실례합니다만……"

난 옆을 살폈지. 세 사람이 앉을 수 있는 의자인 내 옆에 나 말고는 아무도 없었어. 낯익은 목소린데 이상하다, 생각하면서 천천히 고개를 들었지.

네가, 거기, 내가 앉은 의자 앞에 허리를 구부정히 숙이고 겸연쩍은 얼굴로 나를 보고 있었어. 난 눈이 부신 듯 양미간을 찡그리고 널 보았지. 가슴이 아련해지더라.

"……너어……!"

그래, 너어. 그리곤 희미하게 웃었지. 너 또한 그랬어.

"너, 너어……!"

넌 말을 잇지 못하고 금세 눈이 촉촉해져서 날 바라봤지. 그리고 주저하며 내 두 손을 그러잡았어. 우린 한동안 아무 말도 못하고 서로를 바라보기만 했어. 할 말이 많기도 했지만 무슨 말을 해야 할지 아무런 생각이 나지 않았지. 마치 머릿속에 하얀 물감이라도 풀어버린 것처럼 시야가 하얗게 변하면서 심장 두근대는 소리만 둔중하게 들리더군. 너도 그런 것 같았어. 한참동안 정적이 흘렀지. 넌 정적을 걷어내 듯, 아니 대단한 할 말이라도 생각해낸 듯 과장해서 얼굴을 환하게 풀며 그랬어.

"어, 얼마만이야, 이, 이게."

"……."

"이, 이곳에 사, 산다는 얘긴 들었어. 하, 한 번쯤 마, 만날 수도 있을 거라 새, 생각했지만……."

그때였지. 창구의 대기번호표 전광판 숫자의 불이 깜빡인 게. 내 차례가 된 거지. 난 그 불빛이 마치 나를 구원이라도 하는 것처럼 반가웠어.

"잠깐, 나……."

"내, 내가 처리할게. 이, 이리 줘. 나 여, 여기서 일 해."

"아니 괜찮아. 내가 할게."

나는 옹색한 생활을 들키기라도 한 듯 얼굴을 붉히며 재빠르게 통장을 들고 창구 앞으로 갔지. 연체금이라든가 임대주택부금이라든가 뭐 그런 게 부끄러운 건 아니었지만 그래도 그렇더라.

창구에서 돈을 내며 못 마땅하다는 듯 나를 보는 여직원을 짐짓 못 본 체 했어. 은행에서 보는 얼굴이나 공공기관에서 일하는 공무원들의 얼굴은 대개 비슷하니까. 표정도 그래, 과장하여 친절하게 웃거나 무표정이거나 자신이 무어라도 되는 냥 도도하지. 그들의 사적인 생활이야 알 수 없지만 본래의 표정은 없고 모두 가공된 건 아닐까 하는 생각이 들어. 편견일 수도 지레짐작일 수도 있다는 생각을 하면서 그 여직원 어깨 너머로 시선을 주었지. 그리고 언뜻 보았어. 네 이름이 써진 팻말. 아마 직위가 대리였지. 순간 너도 어쩌면 내가 보았거나 짐작하는 은행원이거나 공무원처럼 자기 표정을 상실한 경우는 아닐까, 하는 생각이 스쳤지. 그렇더라도 어쩔 수 없는 일이며 그래도 넌 그렇지 않을 거라 생각하면서 고개를 저었지.

나는 일을 마치고 너와 만난 의자가 있는 곳으로 갔지. 넌 아직 어색한 표정을 풀지 못하고 의자 앞에 엉거주춤 서 있었어. 내가 네 앞에 서자, 넌 업무가 끝날 무렵이니 차라도 하자면서 잠시만 기다려 주라는 말을 남기고 서둘러 대리란 팻말이 놓인 책상으로 갔지.

우린 은행 뒤편에 있는 전통찻집으로 들어가 의자에 앉았지. 찻집 아가씨가 주문을 받으러 왔을 때 하루 종일 커피 한 잔 마신 게 전부라는 것에 생각이 미치자 갑자기 허기가 지더군. 나는 대추즙을 주문했고 너 또한 나와 같은 걸로 했지. 우리 둘 다 무슨 말을 할지 몰라 머뭇거렸고 나는 연신 담배만 피워댔어. 세 대째의 담배를 피우자 주문한 음료가 왔어. 대추즙을 다 먹고, 서비스로 나오는 삶은 계란까지 먹고도, 우린 아무 말도 못 하고 그저 서로를 바라보거나 눈길을 어디다 둘지 몰라 허공을 보거나 내리깔고는 했어. 내가 다시 담배에 불을 붙이고 너는 무슨 말을 할 듯하다 그만두는 눈치였지. 내가 또 다시 담배에 불을 붙이자 넌 멈칫대며 그랬어.

"거, 건강도 그리 조, 좋은 것 같지 아, 않은데 다, 담배 좀 주, 줄이지."

"쿨룩쿨룩. 건강 생각하면 담배 못 피지. 좀 줄여야겠는데 어째 늘어만 가. 쿨룩쿨룩."

"여, 여태 처, 천식은 낫지 아, 않았어?"

넌 내가 기침하는 것을 보고 염려스럽게 물었지. 난 오래 전, 그러니까 어린 시절부터 기관지가 부실했고 천식은 고질적이었지. 그것에 좋다는 약이라면 어디서 알아왔는지 내 어머니는 천식을 완치시키려고 무던히도 정성을 쏟았어. '내 생전에 네 기침을 멈추게 해야겠는데……' 그녀는 나의 천식이 당신 때문에 생긴 병이라도 되는 양 내가 기침을 할 때마다 안절부절이었지. 나이 들어 어렵게 얻은 자식이므로 내가 기침을 하고 허약한 것이 자신의 채무라도 되는 듯 생전에 내 기침을 멈추게 해야 한다면서 조급해했지. 내 어머니로서는 채무감 같은 게 마음속에 자리하고 있었을지도 몰라. 잔기침이 많은 편이기는 했지만 그렇게 심한 증상으로 바뀐 게 할머니 기일이던 그날, 나 홀로 집으로 돌아온 그 밤부터였으니까. 또 그 후로 한 번도 나는 네 집에 가지 않았으니까. 내 어머니는 내가 앓는 이유를 그녀 나름대로 진단했을지도 모르지.

그날 밤 난 집으로 와 몸져누워 버렸지. 단지 기관지가 좋지 않아 독감을 앓는 정도가 아니었어. 학교를 한 달이나 못 가고 앓았었지. 속을 뒤틀어대며 기침을 하였고 가래는 왜 그렇게 많이 나오는지 먹은 게 모두 가래로 나오는가 싶을 정도였어. 처음엔 독감 정도로 생각했던 가족들은 심상찮은 증세에 속앓이를 했지.

나중엔 목이 쉬어 말도 제대로 못할 지경이었으니 그럴 만도 했을 거야.

그때 이후로 나는 목이 쉬어 버렸어. 가끔은 실어증세까지 보였지. 대개는 어떤 충격이 가해질 때 오는 현상이지만 훨씬 성장해서도 난 그때처럼 심하지는 않지만 가끔 실어증세를 일으키지.

"으응, 선천적이잖아. 쿨룩쿨룩. 근데 넌 여전히 말을 더듬네……"

나는 네 염려 담긴 질문에 어린 그 시절을 떠올리고는 시리게 웃으며 말했지.

"다, 담배는 해, 해로울 텐데……"

"하는 수 없지 뭐."

내게서 시린 바람 한줄기가 네게로 불어 갔을까. 넌 눈에 물기를 감추려는 듯 눈을 끔벅이면서 낮은 음성으로 물었어.

"어, 어떻게 사, 살아?"

"그냥 뭐 잘……"

"겨, 결혼했다는 얘긴 드, 들었는데, 아, 아이는…?"

나는 희미하게 웃었고 가늘게 고개를 저었지. 넌 불안을 감추지 못하며 그랬어.

"그, 그럼…?"

난 네 불안을 불식시키듯 목소리 톤을 평소보다 한 톤 높여 가볍게 말했지.

"혼자야, 지금은. 너언……?"

내 말에 너는 쓰리게 웃었고 한참 있다 들릴 듯 말 듯 우울한 음색으로 그랬어.

"별거 중이야."

다섯 음절의 네 말이 끝나고 한줄기 시린 바람이 내 가슴을 무겁게 훑고 지나갔지. 난 한동안 가만있다 그랬어.

"아이는?"

"임, 신, 중, 이야."

넌 고통스런 표정이 되어 거의 입을 열지 않고 낮게 중얼거렸어. 다시 한줄기 서늘한 바람이 가슴을 빠르게 훑고 지나갔어. 난 바람을 잠재우듯 조용히 말했지.

"웬만하면 함께 살지."

"이, 이혼을 생각할 순 없어. 그런데 아, 아직은 그, 그녀를 보면 마, 마음이 펴, 편안하지가 않아. 겨, 견디기 어, 어려워."

"왜……?"

질문을 하면서도 그렇더군. 난 피식 웃었지. 넌 내 웃음의 의미를 알아차린 듯 대수롭잖게 한껏 밝은 목소리로 그랬어.

"아, 아내에게 애, 애인이 있어."

네 말을 들으면서 나는 왜 내 어머니를 떠올렸는지 몰라. 그와 동시에 네 어머니와 우리들의 아버지가 연달아 떠올랐지. 얼마간 침통하게 생각의 갈피를 추스르는데 잠수해 있던 헤어진 남편과 남편의 여자가 수면 위로 떠오르더군. 아직도 내 안의 상처들은 치유되지 않았나, 아니 한 발짝도 나아가지 못했다는 회한이 몰려왔지. 많은 얘기를 나누진 못했지만 너도 마찬가지로 나와 그리 다를 바 없다는 생각이 들었어. 섣부른 추정일 수도 있겠지만 말이야. 난 무겁게 고개를 젓고 탁자 위의 물을 단숨에 마셨지. 찻집 아가씨가 빈 잔에 물을 채워주고 갔고 나는 채워진 물을 연달아 마셨어.

그리고 무슨 말을 했더라. 얼마간 정적이 흘렀고 무슨 말인가를 짧게짧게 나눴지. 저녁을 먹자는 네 제의를 극구 만류하고 서로의 연락처를 나눈 뒤 우린 헤어졌어.

내가 소설이란 걸 쓰면서 한 가지 좋았던 점이 있다면 그건 자기상처의 치유 같은 거였어. 쉽사리 화해될 것 같지 않던 세상, 어린 시절 어둡고 먼 길을 두 주먹으로 눈물 훔치며 걷던 그 길처럼 낯설기만 하던, 그 낯섦에서부터 한 발짝도 나아가지 못한, 그 세상과의 화해. 사람들과도 마찬가지였지. 사람은 새나 나무가 될 수 없다는 선생님 말에 내 땅 네 땅 금을 긋듯 끝내 침묵해버린, 그리고 그 시소가 놓인 모래밭에서 위악적으로 웃어젖힌, 경계

밖의 사람들에겐 애초부터 위악적으로 대하던, 그 경계 밖의 사람들과도 얼마만큼 화해됐다고 할까.

그런데, 널 두 번째 만난 그 전통찻집에서 너의 단음절의 말과 그때마다 가슴을 훑고 지나가던 바람, 그저 가볍게, 평소보다 목소리를 한 톤 높여 조금은 과장된 몸짓을 섞어가며 말하던 너와 나, 그리고 그 찻집을 나와 집으로 오던 무겁던 발걸음.

넓기만 하던 유년의 마당, 너와 내가 땅따먹기 놀이를 하며 이건 내 땅 저건 네 땅 하듯 우리들만의 꿈꾸기, 읽었던 책들, 침묵의 세계에서 온갖 소리를 듣던, 그때로부터 실로 다소간도 치유되지 않았다는 뼈아픈 회한.

우린 모두 유년의 상처로부터 자유롭지 못하며 아직 불구라는 통한. 네 어머니와 내 어머니와 우리들 아버지가 모두 세상을 떠나고 남겨진 네 큰형과 네 누나와 내 큰오빠와 내 작은오빠, 그리고 너와 나. 우리 모두 불구의 삶을 산다는 거. 어느 한 사람도 온전히 서지 못한, 뭔가 한 쪽으로만 치닫고 있다는 느낌. 네 어머니나 내 어머니나 우리들 아버지 그 누구를 탓하거나 거부하지 않았지만, 모두 다 성장해 버린 뒤라 그 삶은 자신만의 몫이지만, 그럼에도 떠나간 우리의 뿌리를 들먹일 수밖에 없다는 거. 그 뿌리뽑힘에 대해 아무도 이유를 달지 않았지만, 단지 그 뿌리뽑힘 위에 저마다 자신의 뿌리를 내리려 했지만, 아직 부유하고 있다는.

우리들에게 부모처럼 엄했던, 성실하기로 소문난 네 큰형은 종말론에 빠져 모든 재산을 날리고 빈털터리가 되었다지. 쉰 살이 넘어 자식들이 장성하여 혼기인데도 지상의 안락은 허망한 거라며 다음 생에 대한 희망만을 껴안고 살아간다지. 동네 총각들 마음 깨나 태웠던 곱디곱던 네 누나는 이 땅이 싫다며 십 년도 훨씬 전에 캐나다로 이민을 가 버렸고, 네 어머니마저 떠난 지금은 아예 연락도 없다지.

참으로 잘 생긴, 모든 면에서 탁월했던 내 큰오빠는 경제적으로나 사회적으로 웬만큼 안정되니까 우리들의 아버지처럼 두 집 살림을 하지. 재능이 있었음에도 형에게 주눅이 들어 살던, 그리하여 젊은 날 주먹깨나 썼던 내 작은오빠는 고향에 홀로 남아 마치 자폐아처럼 세상과 화합하지 못하고 살고 있지.

그리고 너와 나. 애초부터 사랑이 불가능했던, 그럼에도 내게로만 치닫던 너. 너를 이해하기에, 자칫 한 발만 네게로 다가가면 미쳐버릴 것 같아서 도망가기 바빴던 나.

기억나니?

너와 내가 손잡고 학교에서 집으로 오던 길, 아이들 몇몇이 우리보다 앞서 갔고 우린 뒤쳐져 걸었지. 여름방학을 하던 날이었지, 아마. 지금은 어느 시골에서도 쉽게 만날 수 없지만 그때는 거지나 나환자, 땅꾼들을 종종 만날 수 있었지. 우리가 사는 면소재지 옆에 천사촌이란 마을이 있었는데, 그곳은 거지들이 촌락을 만들어 사는 곳이었지. 우리 또래의 아이들은 거지나 나환자, 땅꾼을 굉장히 무서워했지. 너나 나는 예외였지만. 시소가 놓인 모래밭에서 위악적으로 웃던 그날 이후 우린 금 밖의 세계나 금기의 세계에 대해 더 이상 놀라지 않았어. 그날, 아이들 중 한 명이 우리가 늘 다니던 길이 아닌, 거지나 나환자, 땅꾼이 주로 다니는 지름길로 가자고 제안했지. 그들을 만나면 도망가지 않고 뭔가 말을 붙여보고 가장 오랫동안 얘기를 나눈 친구가 그날의 승자가 되는 게임이었지.

대개의 지름길이 그렇듯 길은 좁고 험했어. 산을 하나 넘었지. 산을 넘어도 우리들은 아무도 만나지 못했어. 들판을 지날 때는 논둑길로 가야 했지. 길은 성인 한 사람이 겨우 갈 수 있는 좁은 폭이었어. 그곳에서도 우리들은 거지나 나환자나 땅꾼은 단 한 사람도 만나지 못했어. 모두들 심드렁해져서 논둑길을 걸었지. 그런데 앞서 가던 아이들이 거의 동시에 와, 하고 탄성을 질렀어. 몇몇 아이들 손에는 막대와 돌멩이가 들려 있었지. 뒤처져 걷던 너와 난 걸음을 빨리 했어.

거기, 논둑길 옆 잘 자란 풀섶에 형형색색의 뱀이 똬리를 틀고 있었지. 죽은 듯 꼼짝 않고. 그날, 뭔가 일이 날 것을 고대하던 아이들은 아무 일도 일어나지 않는 것에 무료해져 있었고 모험심은 극에 달해 있었지. 처음 우리들은 단지 한 마리 꽃뱀이 동그랗게 몸을 말고 누워 있는 걸로 착각했어. '야, 애들 뭐 한다. 잘 봐. 한 마리가 아니잖아!' 누군가의 입에서 나온 말. 모두 눈을 크게 뜨고 꽃뱀을 살폈지. 두 마리였어. 교미 중이었지.

'애들 죽여 버리자.' 누군가의 입에서 나온 말. 그 말이 떨어지기가 바쁘게 아이들이 원형의 꽃뱀 주위를 둥글게 에워쌌지. 나는 뒤로 주춤 물러섰어. 동시에 넌 내 손을 잡았어. 아이들은 처음에는 주저하면서 돌을 던졌지. 혹시 뱀이 공격해 온다면 도망가야 하니까. 어찌됐건 그것이 꽃뱀이라 할지라도 뱀은 나환자나 거지나 땅꾼처럼 위험하다고 알고 있었으니까. 돌에 맞은 뱀들은 근육만 꿈틀거릴 뿐 꼼짝하지 않았어. 뱀이 결코 덤빌 것 같지 않자 아이들은 주변의 돌을 잡히는 대로 주워 뱀에게 던졌지. 막대로 마구잡이 두들겨 댔지. 뱀들은 씰룩거릴 뿐 여전히 아무 미동도 하지 않았어.

그렇게 오 분, 십 분, 이십 분, 삼십 분. 아이들은 지쳐갔고 나는 이상한 기분에 휩싸였지. 이건 뭘까. 난 그 순간 파리를 떠올렸지. 파리 한 마리가 내 팔이나 다리에 날아와 앉아도 난 그 한 마리에는 신경 쓰지 않고 교미 중인 파리를 향해 가차 없이 파리채를 휘두르곤 했거든. 두 마리의 파리가 납작해져 죽으면 나는 서늘한 희열감마저 느꼈었지. 파리채에 엉거 붙은 핏자국과 뭉개진 파리의 내장을 화장지로 닦아 내며 나는 냉소하곤 했지. 그것은 내 안의 묘한 충동이었어. 교미 중인 파리를 파리채로 잔인하게 죽이는 것과 교미 중인 꽃뱀을 죽이는 것은 다를 바 없는 행위인데, 난 그때 파리를 죽일 때 느낄 수 없었던 공포 혹은 전율 같은 것을 느꼈어. 파리는 한순간에 죽일 수 있지만 꽃뱀은 시간이 오래 걸린다는 것, 피가 나도록 두들겨 맞아도 몸체만 실룩거릴 뿐 도망가려 하거나 그 어떤 특유의 저항도 않으며 자신들의 행위에만 몰두한다는 것, 그런 차이가 있었지만 그때 난 그 이전에는 느낄 수 없었던 공포감에 사로잡혔지.

난 푸른 벼들이 줄 맞춰 일렁이는 끝없이 펼쳐진 들녘을 의문에 싸여 바라봤어. 노을이 내려앉고 있더군. 어쩌면 사랑은 저런 것인지도 몰라. 나는 그때 어렴풋이 그런 생각을 한 것 같아. 그러면서 몸을 떨었지. 아이들의 일방적인 공격이 끝나고 똬리를 튼 두 마리 뱀은 온 몸이 피투성이가 되었지. 형형색색 무늬의 그것들이 흘린 피가 풀섶에 낭자했어. 한 마리처럼 보이던 두 마리 뱀은 아무 저항도 하지 않고, 자신들의 행위에 열중하다, 끝내, 동그란 몸체를 흩트리지 않고, 꽃 같은 피를 흘리면서, 그렇게, 노을이 내리는 풀섶 위에서 죽어 갔어.

나는 덜컥 겁이 났지. 어쩌면 사랑은 저렇게 죽음으로도 가를 수 없는 어떤 것인가. 그때까지도, 내가 생각에 골몰해 있던 그때까지도, 넌 내 손을 잡고 있었어. 아이들의 일방적인 공격이 계속될수록 너는 잡은 손에 힘을 더 주었지. 나는 손을 빼려 했지만 더 조여질 뿐 손은 빠지지 않았어. 잡힌 손이 아파왔어. 나중엔 아무 감각이 없이 얼얼해지더군. 내가 손을 빼려고 하는 것도 모르는지 넌 오히려 더욱 힘을 주었어.

그때 아이들이 죽은 뱀의 시체를 막대로 집어 올렸어. '이 놈들 봐라. 정말 지독하다. 끝내 엉겨 붙어 있잖아, 쿡쿡.' 누군가 비아냥거리며 말했고 '그 놈들 떼어 내자.' 누군가 이어 말했지. 막대에 걸린, 아직도 동그란 모양을 흩트리지 않은 피투성이 두 마리 꽃뱀이 고개를 축 늘어뜨렸어. 막대를 잡은 아이의 손이 흔들렸고 그 흔들림의 서너 배 속도로 우리들 머리 위에서 뱀들이 빙빙 돌았지. 꽃뱀이 돌 때마다 나는 현기증을 느꼈고 몸을 비틀거리며 기침을 해댔지. 너는 잡은 손에 힘을 더 세게 주며 다른 손으로 내 몸을 감싸듯 안았어. '쿨룩쿨룩, 그… 그만해. 이미 죽었는데 그럴 필요까진 없잖아!'

난 아이들을 향해 소리를 질렀고 온 힘을 다해 네게 잡힌 손을 빼려 했지. '이 손 놔!' 손은 빠지지 않았어. 넌 내 말에 당황해 하며 날 봤어. '왜, 왜……?' '이 손 놓으란 말이야.' 그제야 넌 잡은 손을 보았고 힘없이 손을 풀었지. 나는 벌겋게 된 내 손등을 문지르며 차갑게 말했어. '한 번만 더 내 손잡아 봐.' '미, 미안… 마, 많이 아, 아파? 아, 아프게 하려고 그, 그런 건 아닌데……'넌 얼굴이 달아올라 어쩔 줄 몰라 했고 붉어진 내 손등을 보고는 다시 내 손을 맞잡으려 했지. 나는 얼른 손을 뒤로하며 냉정하게 말했어. '아파서 그런 게 아니야.'

난 그때 아무 저항도 않고 그 자세를 흩트리지 않으며 노을이 지는 풀섶에서 죽어간 두 마리 뱀들에게서 느낀 공포를 네 손길에서 느낀 거였어. 나의 아버지와 너의 아버지가 같다는 데서 알게 된, 불륜이란 말을 처음 알았을 때 느꼈던 불길함보다 더 큰 공포, 그럼에도 아버지를 사랑하듯 너에게서 빠져 나올 수 없을 것 같은 예감.

난 네가 든 내 책가방을 빼앗다시피 하고 쐐기를 박듯 말했지. '따라오지 마!' '가, 같이… 가.' 넌 여전히 붉어진 얼굴로 더듬거렸어. '싫어.' 난 단호하게 말을 내뱉고 네 다음 말이 이어지기 전에 뛰기 시작했지. 얼마를 뛰었을까. 논둑을 벗어나 신작로에 접어들 무렵 난 걸음을 멈추고 뒤돌아 봤지. 너는, 아이들마저 모두 떠난, 벼들이 출렁이는 그곳에 위태롭게 서 있었어.

그날, 노을이 푸른 들녘으로 내리던 그날, 형형색색의 두 마리 꽃뱀이 서로의 몸을 풀지 않고 피투성이로 죽어가던 그날, 나는 또 다시 생의 낯섦에, 그 섬뜩함에 전율했어. 그건 장차 새가 되리라는 나만의 꿈꾸기로도 해결할 수 없는 무엇이었지. 너와 내가 땅따먹기를 하며 네 땅 내 땅 금을 긋듯 세계를 이편저편으로 나누어 가거나 가지 않을 그런 게 아닌, 은밀하고 강렬하게 나를 뒤흔드는 거부할 수 없을 것 같은 무엇이었어.

어른들의 세계일수록 위악적으로 대하던 나, 그런 내게 은근히 동조하던 너. 모두가 우연히, 하찮은, 형식적일 뿐이라는, 사는 것 모두가 대수롭잖은, 그저 그럴 뿐인, 그럴 듯하게 보이는 가짜거나 사기라는 단정. 그런데도 슬프고 가슴 아픈 무엇. 제수용품을 정성껏 마련하여 남편 손에 들려주고 남편의 뒷모습이 시야에서 완전히 사라질 때까지 바라보다 자운영 논가에서 밤이 새도록 앉아 있던 내 어머니, 되새김질이라도 하듯 늘 침묵하던, 가끔 그렁한 눈으로 자식들의 등을 다독이던 우리들 아버지, 평소에는 거친 욕도 쉽게 하다가 뜨개질을 할 때면 성스럽던, 네 말처럼 기일이면 은은한 꽃향기가 난다는 네 어머니. 그 모두가 허위라는, 부정의 저 밑바닥을 흔들며 은밀히 끌어당기는 기운, 사랑이라고 결코 인정하기 싫었던, 차라리 불륜이며 파괴라고 이해하고 싶던 내 고집을 뒤흔드는 그 무엇, 세상에 대한 해독법을 뒤집는 그 무엇.

그날, 두 마리의 꽃뱀이 끝내 서로의 몸을 풀지 않고 죽어 가던 그날 이후 난 네게 누나라고 부를 것을 강요했지. 그때마다 너는 어색하게 웃었고 한 번도 나를 누나라고 부르지 않았어.

단 한 번도.

그래. 어쩌면 사랑이 아무 것도 이룰 수 없는 것이라면, 그보다 무섭고 섬뜩한 것은 너와 난 애초부터 사랑이 불가능하다는 사실이었지. 내가 네 손을 선뜻 잡아줄 수 없듯이 네가 내 손을 아무 감정 없이 잡을 수 없다는 거였지. 애초에 불가능한 사랑을 하여 우리 사랑은 불구가 되었고 너와 나의 영혼 또한 불구가 되었지.

언젠가 넌 그랬지, 우리가 소년 소녀였을 때.
"우리 떠나자!"
너는 말을 더듬지도 않으며 또박또박 말했어.
"뭐… 뭐라구?"
"떠나자구, 우리를 아는 사람이 아무도 없는 곳으로."
"너 미쳤어?"
"아니… 널 슬프지 않게 할 자신 있어, 난. 그리고 너랑 함께 있고 싶어."
"너 지금 소설 써? 나 그런 거 질색이라는 거 몰라? 정신 차리고 공부나 열심히 해. 쪼그만 게 못하는 소리가 없어."
난 너의 머리를 주먹으로 슬쩍 치며 가볍게 말했지.

"내게 계획이 있어. 넌 나만 따르면 돼."

"나 그런 거에 관심 없다는 거 몰라?"

"…알아…"

기운 없던 너의 대답.

"그렇다면 다시는 그런 말, 아니 생각조차 하지 마. 난 나 혼자도 벅차."

힘없이 돌아서던 너의 뒷모습. 마음 한 켠이 아려왔지만 난 그때 널 돌아볼 겨를이 없었어. 그때 난 산다는 것이 그저 슬프고 불안하기만 했거든. 꼭 살아야 하는지에 대해서도 회의적이었어. 그 나이에 바라보는 삶이란 게 얼마나 피상적이고 어느 일면만이 강조되어 보이는지에 대해 난 그때 알지 못했어. 세상사 모두가 허망한 거라고, 마치 세상을 달관한 사람처럼 괜히, 혼자, 쓸쓸히 살다 죽을 거라며 치기를 부렸지. 사랑이라든가 네가 내게 늘 강조하던, 우리들만의 이름 붙일 수 없는 관계에 대해서조차 관심이 없었어.

넌 내 모든 견해와 감정과 정서에 공감했지만 사랑에 대해서만은 동의하지 않았지.

그리고 얼마의 세월이 흘렀을까. 너와 내가 대학 다닐 때, 넌 또 한 번 내게 심각하게 그랬지. 며칠은 굶은 것 같은 초췌한 몰골로 찾아와서.

"우리 함께 살자."

"너어, 왜 또 그래?"

"나 오랜 동안, 아주 많이 생각했어. 널 하루라도 보지 않으면 미칠 것 같아. 그냥 한집에서 함께 살기만 해."

"너어… 아직도 그 병 못 고쳤니?"

"뭐어… 벼… 병이라구…?"

넌 비통한 얼굴이 되어 날 바라봤어.

"병이지 뭐야. 십 년이 훨씬 더 지났는데 이제쯤 어떤 식으로든 결론이 날 때도 되지 않았어? 지겹다, 정말."

난 무 자르듯 냉정하게 말했지. 너의 고통이나 괴로움 따윈 안 중에도 없다는 듯. 사실 그때 난 너의 그 말이 정말이지 지겨웠거든. 이젠 지칠 때도 됐으련만 넌 온통, 끊임없이, 내게 집중되어 있었으니까. 차라리 네가 남이었다면!

네가 절망스럽게 돌아가고 한동안 네게서는 연락이 없었지.

그러던 어느 날이었어. 수화기 저편에서 네 어머니는 무너져 내리는 목소리로 병원으로 빨리 오라면서 다급하게 말했지. 응급실에서 위세척을 하던 너. 네 얼굴은 고통으로 일그러져 있었고 네 어머니는 초췌해진 모습으로 두 손을 모으고 병원 복도를 서성이고 있었지.

넌 막대 같은 길고 투명한 기구를 목구멍 깊숙이 넣고 위안의 내용물을 게워 내고 있었어. 네 입에선 하얀 거품이 포말처럼 일렁였고 포말은 링거병 같은 것에 부그르르 잠겨들었지. 그때마다 난 마치 바위가 내려앉는 듯 가슴이 무거웠고 온 몸에 힘이 다 빠져나갔으며 정신이 아뜩했어. 폐허였어. 그것은 대상이 없는 분노처럼 날 무겁게 짓눌렀지.

얼마 후 분노는 다른 쪽으로 촉발됐지. 담당 간호사와 의사에게로. 그들은 시종 무뚝뚝한 표정으로 널 마치 백해무익한 동물이라도 다루듯 함부로 대했거든. 죽으려면 소동부리지 말고 죽을 일이지 죽지도 못할 인간이 다른 위급한 환자들도 많은데 귀찮게 한다는 듯. '이봐요? 당신들 너무하지 않아요? 얘도 사람이에요. 아무리 자살을 시도했어도 그렇지. 얘는 미친 것도 쓸데없는 물건도 아니란 말예요!' 물론 입장 바꿔 생각한다면 어느 일면 이해 가지 않는 것도 아니었지만 심하다는 생각이 들었지. 소리를 지르면서 나는 그때 우습게도 그런 생각을 했어. 자살을 시도할 바엔 확실한 방법을 택해 성공하는 게 좋겠다는.

그리고 어느 순간 네가 버릇처럼 말하던 사막을 떠올렸지. 아니 떠올렸다기보다는 어떤 스스로는 통제할 수 없는 힘에 의해 자연스레 떠올라왔지. '사…막…' 나는 작은 소리로 중얼거렸지. 어느 순간 내 주위에서 비릿한 모래 냄새가 나더군. 눈앞으로 피

라미드 모양의 모래등성이가 나타나더니 그 옆으로 흰 모래밭이
바다처럼 펼쳐져 파도를 치더라. 난 사막을 향해 한 발을 내딛었
어. 왜 난 환상이든 몽상이든 한 번도 너와 함께 사막에 가는 꿈
을 꾸지 않았을까. 언제부터인가 넌 입버릇처럼 말했잖아.

"사, 사막에 가, 가고 싶어!"

그 뒤에 항상 덧붙였지.

"함, 함께 가자."

"안 돼."

그때마다 난 간결하게 답했지.

언젠가 너는 습관처럼 말하던 것과는 달리 아주 심각하게 그
랬어. 그러고 보니 그날 병원에서 널 보기 전 마지막 만남에서였
구나.

"정말 나랑 사막에 가기 싫은 거야?"

"뭐……?"

네가 하도 심각하게 물어 난 딴전을 피웠지.

"사막에 가기 싫은 거냐구?"

난 대답 대신 네 얼굴을 바라봤지. 넌 무척 쓸쓸해 보였고 비
통해 보이기까지 했어. 웬만해선 그런 표정 짓지 않은 너니까 장
난으로 넘겨서는 안 되겠다 싶더라. 아무리 어렵고 고통스런 일
이 있다 해도 넌 내 앞에서만은 언제나 상냥하고 부드러웠으니

까. 그때 넌 더듬거리지도 않았어. 언제부터인가 넌 거의 말이 없어졌고 말할 때 심하게 더듬거렸지. 할머니 기일 이후였지 아마. 그래, 맞아. 감나무 등걸에 비스듬히 쓰러져 울면서 나를 보던 너를 두고 차갑게 돌아서던 그날 이후 넌 더듬지 않고 말한 적이 거의 없었어. 그러고 보니 너도 참 많이 아팠구나. 난 짐짓 걱정스런 어조로 물었지.

"너어… 무슨 고민 있어?"

"아니, 미, 미안해."

결의에 찬 얼굴로 내 얼굴을 마주한 넌 이내 어두운 낯빛이 되어 고개를 푹 숙였어.

"왜… 왜 그래?"

"시, 실은 나 어, 얼마 전에 여자와 자, 잤어."

의외의 고백이었지만 난 짐짓 태연하게 그랬지.

"어땠니? 좋았어?"

넌 야속한 듯 날 보았고 곧바로 고개를 떨어뜨리고는 작고 떨리는 목소리로 말했어.

"저, 정말 미, 미안해."

"별 것도 아닌데 왜 그렇게 심각하지? 너 말고도 첫 밤을 창녀와 보내는 남자애들은 부지기수인 것 같던데. 이젠 친구들에게 놀림 받을 필요 없겠네 뭐. 그리고 나한테 미안할 일은 아니지."

정말이지 난 대수롭지 않은 일이라 생각했고 가볍게 말했지. 물론 네 성격에 얼마간 상처를 받았겠다 싶었지만, 그렇다고 그런 걸 상처라고 부추기고 싶지 않았어. 그래, 상처. 너와 나 어떤 의미로 상처둥이라 할 수 있겠지만 난 그런 일반적인 의미부여에 관심이 없었어. 시소가 놓인 모래밭에서 위악적으로 웃던 그때부터인가, 그 이전인가. 나는 애써, 굳이, 상처를 만들고 싶지 않았어. 인정하고 싶지 않았는지도 모르지. 내가 말했던가. 소설 쓰기를 하면서 자기 상처가 치유되는 느낌이라고. 어쩌면 그 말도 하나의 위안일지 몰라. 상처는 상처지. 다만 세월의 더께에 묻혀 망각되거나 잠잠해진 것 뿐, 어떤 자극이나 기억으로 인해 어느 순간 되살아난 상처는 우리 삶을 황폐시키기도 하지. 때론 가위눌림이 되기도 해. 자기 상처 치유란 아마 자기 극복일 거야. 지나온 자신의 삶을 격정 없이 다소 너그러운 마음으로 바라보는 거, 자기 상처를 보듬고 촉촉이 젖을 수 있는 거, 이를테면 그런.

넌 야속한 얼굴로 나를 봤고 이내 입을 다물었지. 나 또한 할 말이 없었어. 지금이라면 손이라도 잡아주면서 위안의 말을 했으련만. 이를테면 통과의례 같은 거라고, 아파하지 말라고, 난 괜찮다고……. 그때만 해도 나 또한 너처럼 어떤 면에서는 결벽증환자나 다름없었거든. 네 앞에서는 으레 모든 것을 알고 있는 것처럼 잘난 체 했지만. 그 후로 네가 아프다는 소식을 들었던 것 같아.

널 한 번 찾아봐야겠다고 생각했지만 난 게으름을 피웠지.

네가 응급실에서 중환자실로 옮겨지고 며칠 후인가 난 발신인 이름이 없는 편지 한 통을 받았지. 낯익은 글씨였지. 내용은 이랬어. 너와 나의 유년의 추억, 나에 대한 이름 붙일 수 없는 사랑, 자책, 그리고 화풀이하듯 찾아간 나이든 창녀와의 하룻밤, 하루에도 수번씩 하는 목욕, 발병한 성병. 글은 부끄러움과 수치심과 회한으로 가득했지. 내 용서를 구하고 있었지. 넌 성병을 방치했고, 네 몸은 불순한 병균으로 득실대며, 살이 썩고, 영혼에서 진물이 난다고, 이제 더 이상 견딜 수가 없어 떠난다고, 애초의 꿈대로 나무가 될 거라고, 세월이 흘러 언젠가 내가 새가 된다면 네게로 와 쉬기도 하고 노래도 부르라고, 뭐 그런 내용이었지.

편지를 다 읽은 난 괜스레 울먹해져 그것을 신경질적으로 구겨 쓰레기통에 던져버렸어.

네가 퇴원하던 날, 난 네 뺨을 사정없이 후려쳤지. 감꽃이 만발한 너의 집 뒷마당에서 널 때린 후 그토록 내 안에서 주체하기 어려운 어떤 힘에 의해 누군가를 때리기는 그것이 처음이자 마지막이었어. 아니 다를지도 모르지. 감꽃이 흐드러지게 피어 있던 뒷마당에서 너를 때린 힘이 벅차기만 하던 세상이 한순간에 무너지는 것에 대한 두려움이나 본능적인 방어였다면, 그때는 내 안의 어찌할 수 없는 비애, 대상 없는 분노 같은 거였어. 아니 아닐지도 모르지. 애초부터 불가능한 너와의 사랑, 그러기에 네게로 치달을 수 없는, 거부할 수밖에 없는, 누나이기를 고집하는 나. 그러는 널 이해하는, 너의 고통을 애초부터 이해해버리는, 그럼에도 네게는 아니라는 부정, 그 어긋남, 이렇게 돼버린 데에 대한 자책, 차라리 타락해버릴까 하는 유혹, 그렇지만 타락할 수 없음, 오히려 결벽증 환자가 되어 그 누구와도 사랑 따위는 애당초 불가능하다고 마음을 닫아 버리는, 너와의 추억까지도 때로 모두 잊고 싶은, 혈육마저 거부하고 싶은, 세상을 뒤집고 싶은 광기……. 그런 욕망이 뒤범벅되어 난 미친 짐승처럼 널 때렸어.

실은 나 자신을 때리는 거였어. 난 그때 울고 있었어. 너 또한 울었겠지. 넌 예전처럼 아무 저항 없이 맞고만 있었어. 그런 널 견디기 힘겨워 난 주먹에 더 힘을 줬지. 난 지쳐갔고 맥없이 바닥에 주저앉았어.

넌 쓰러지듯 내게 기대왔고 우린 누가 먼저랄 것 없이 서로를 부둥켜안았지.

그리고 울어버렸어.

넌 차츰 회복되었고 도피하듯 입대했지. 매일이다시피 네게서 오던 편지도 언제부터인가 끊어졌지. 난 그저, 네가 잘 지내기를, 어쩌면 날 잊었을지도, 그러리라 생각했지. 그편이 더 맘 아프지 않으니까.

그때쯤에 내가 헤어진 남편을 만난 것 같아. '헤어진'이란 말을 쓰려니 왠지 쓸쓸해지는군. 만남은 그 이면에 이별을 포함할지 모르지만, 그렇더라도 헤어짐은 쓸쓸한 일이지. 어쨌거나 난 실패했어. 설령 내가 이혼을 선택하였어도. 생각하면 나의 결혼은 애초부터 실패가 예정되어 있었는지도 모르지. 너도 알다시피 내 성격이 한쪽으로만 치닫잖아. 그를 처음 만났을 때, 그리고 한동안은 황홀했었지. 난 그가 너와 내가 땅따먹기를 하며 네 땅 내 땅 금을 긋듯 쳐놓은 경계 안의 사람이라고 믿어버렸어. 그도 나처럼 꿈꾸기를 하는, 그리하여 그의 영혼과 단숨에 공감해 버린 거였지. 어쩌면 이런 게 사랑이 아닐까, 굳게 닫아 버린 몸과 영혼을 은밀하고도 강렬히 여는 무엇, 결코 가족은 만들지 않겠다던, 결혼 따위는 애초부터 하지 않겠다던 내 의지를 단번에 뒤흔드는.

사실 나의 사랑이나 결혼, 그리고 이혼, 그런 걸 얘기하려는 건 아니야. 다만, 이제쯤, 너만은 세상 속에서 보통의 그런 저런 사연을 가진 사람들처럼 때론 웃고, 때론 울며, 살아가길, 조금은 행복해지길 바라기 때문이야.

그래, 이제쯤.

그 전통찻집에서 다소 어색하게 널 만났고 그 몇 주 후 우린 조금은 덜 어색하게 만났지. 자신의 상처를 감추고 약간 들뜬 어조로 제스처를 과장되게 섞어 가며 밝게 말하던 너와 나, 그때마다 서로의 아픔을 읽어 버린, 그리하여 가슴 한 켠을 훑고 지나가던 시린 바람. 우린 혈육에 대해 자신의 신상에 대해 이런저런 얘기를 나눴지.

혈육, 도무지 이성으로는 이해가 불가능한, 그저 처음부터 자신의 영혼을 고즈넉이 풀어 버리는, 모두 믿어야 하고, 믿어야만 할 것 같은 혈육. 그런데 지금 너와 난 어디쯤 놓인 거지? 어떤 관계지? 우리의 뿌리가 모두 떠나고 우리 형제들은 빠른 속도로 서로에 대해 어색해졌지. 그건 뿌리가 떠나기 훨씬 이전부터 예고되었는지도 모를 일이었어. 뿌리의 떠남은 하나의 현상이나 정리뿐만이 아니라 혈육 간 추억의 시들함 혹은 단절이 아닐까. 우리 형제들은 뿌리의 떠나감을 슬퍼하면서도 알게 모르게 추억의 단절을 꿈꿔왔고 보다 빠르게 서로에 대해 어색해졌는지도 모르지.

너도 그럴지 모르지만 아버지를 회상할 때면 이상하게도 항상 그의 커다란 눈이 먼저 생각나. 그 눈과 함께 황소가 떠오르지. 생각을 모아 신체의 다른 부분을 기억해내려 해도 도무지 기억해 낼 수가 없어. 아버지는 얼굴 크기에 비해 유독 눈이 컸고 가끔은 그 눈이 그렁하곤 했지. 마치 말하는 법을 잊어버린 사람처럼 그는 시종 말이 없었지.

난 그 시절, 그런 생각을 하곤 했어. 저렇게 말이 없다가는 아버지의 입은 점점 작아져 사라져 버리는 게 아닐까. 그러면 어느 새 아버지의 입은 사라지고, 입이 없으므로 턱도 사라지고, 아버지는 괴물이 돼버리지. 아, 안 돼! 나는 몸을 파르르 떨며 그런 생각을 죽이곤 했지. 그러다 깨달았어. 아버지의 입은 결코 사라지지 않는다는 사실을. 입은 말하는 기능 말고도 먹는 행위의 첫 관문이며 굳이 말을 하지 않고도 말을 나누기는 가능하다는 것을. 아버지는 그 그렁한 눈으로 말한 거였어. 때문에 어린 시절 보았던 황소의 이미지가 떠오르는지도 모르지. 말이 없는 것도 그렇고, 그렁한 눈을 끔벅일 때도 그렇고, 무엇보다 황소가 되새김질을 하듯 그는 말을 되새김한다는 사실을 뒤늦게야 알게 된 거지.

기억나니?

언젠가 아버지는 너와 나를 불러 자신의 얘기를 한 적이 있었지. 네가 퇴원한 후 입대하기 얼마 전이었지, 아마. 난 폐허가 되어 병원에서 돌아와 심하게 앓았지. 잠들지도 먹지도 못했어. 어쩌다 설핏 잠이 들면 악몽을 꾸거나 가위에 눌리곤 했지. 실어증세도 심해져서 아예 말을 못했지. 자폐아처럼 방안에만 틀어박혀 지냈어. 그 무렵이었을 거야. 내내 커다란 눈만 끔벅일 뿐 침묵하던 아버지는 그때 아주 많은 얘기를 했었지. 너와 내가 그때까지 살아오는 동안 아버지가 그렇게 말을 많이 한 건 그때가 처음이자 마지막이었을 거야. 우리의 뿌리와 진정으로 화해하게 된 계기였지.

아니 화해는 그 이전부터 우리들 내면에서 이루어졌을지도 모르지. 그러나 그건 그 안에 미증유의 불길한 징후를 내포하고 있었지. 이를테면 경계선 상의 불길함 같은. 할머니 기일 이후 우리가 뿌리와 애써 화해를 한 건 그분들의 그지없는 모습, 그 순전함 때문이었지 부조리한 가족관계의 해결은 아니었으니까.

아버지는 그때 자신의 삶의 노정에 대해 솔직하게 고백했어. 아버지가 자식을 불러 마치 신부 앞에서 고해성사라도 하듯 자신의 삶을, 부끄러움과 회한까지 고백한다는 건 쉽지 않은 일이지. 그것도 자식을 훈계한다거나 선도하겠다는 의도 없이, 한 가난한 영혼으로 자신의 인생을 술회한다는 건 지금 생각해도 쉬운 일이 아니라는 생각이 들어.

아버지의 고백은 은연중에 너와 날 감동시켰지.

오래 전, 너와 내가 세상에 조금씩 눈뜨기 훨씬 전부터 우리 집엔 신화처럼 전해지던 이야기가 있었지. 물론 아버지 주변에 그 신화를 입증할 만한 사람들이 있었고 어른들은 그 신화에 대해 아무도 의심치 않았으나 너와 내겐 옛이야기처럼 느껴졌지. 빛바랜 흑백 사진첩이나 골동품이라고 할 수밖에 없는 옛 물건들이 그 이야기의 소품 구실을 했지. 이를테면 너와 내가 들어가서 숨을 정도로 큰 낡은 소가죽 가방이나 오래되고 닳은 경대와 옷장 따위. 너나 나나 아버지와는 오십 년이나 차이가 났고, 그 사이에 역동의 세월이 숨 쉬고 있다고는 상상으로나 가능한 일이었지, 실제로 그는 농사를 짓는 조용한 사람이었기 때문이었지. 그리고 두 여자 사이에서 커다란 눈만 그렁이며 침묵하는, 두 여자의 자식들 사이에서 되새김이라도 하듯 늘 은근한 배려의 눈빛만 보이는 그는, 때로 우유부단해 보이기도 했으니까. 그래서 자식들에게 종종 대체 아버지가 우리에게 해준 게 무엇이냐, 가난과 부끄러운 가족관계, 그것 말고 무엇이냐며 원망을 사기도 했었으니까.

요즘 들어 난 종종 이런 생각을 해. 아버지는 이런 생각을 한 번도 하지 않았을까. 보통의 아버지처럼 자식들에게 호통을 치고 때로 권위적인 모습을 보이고 싶지는 않았을까. 이건 옳고 저건 틀리다든가, 내 자식들은 이렇게 살았으면 좋겠다든가. 어쩌면 아버지는 다른 아버지들보다 더 할 말이 많았을지도 모르지. 아버지는 하고 싶은 말을 되새김하며 자신 안에 삭혔을지도 모르지.

너도 공감하겠지만, 내가 이런 생각을 하는 건 그는 한 번도 자식들에게 강요하거나 자신의 입장을 변명하지 않았기 때문이야. 그는 다만 묵묵히 살았지. 어찌 생각하면 아버지의 그런 삶의 방식이 자식들에게는 더 큰 부담을 주었는지도 몰라. 여느 집하고는 다른 가족관계, 그에 따르는 저마다의 고통, 어찌됐건 아버지는 틀렸다며, 자신의 인생을 살 거라며, 황황히 뿌리치고 싶은 욕구를 자식들 누구도 드러내놓고 표현하거나 행동으로 옮기지 못했으니까. 자식들은 다만 그 부조리한 가족관계를, 그 부조화를 각자의 방법으로 인내했으니까.

아버지는 그때, 너와 나를 자신과 마주 앉게 하고 그랬지.

"살아보니까 삶이란 그리 간단치가 않더구나. 목숨은 더더욱 그래. 어쩌면 내가 헛산 지도 모르겠다. 그래도 한 가지 너희에게 말할 수 있는 건 자신의 삶을 함부로 해서는 안 된다는 거다. 마치 유리를 다루듯 소중히 다뤄야 한다는 거야. 부탁한다. 너희 둘은 다른 형제들에 비해 유난히 애틋하다는 걸 안다. 너희가 평생토록 우애 깊게 살았으면 해. 하지만 세상엔 뛰어넘을 수 없는 것들이 있단다. 그건 생명의 질서 같은 거야. 물론 너희가 누구보다 잘 알 것이고 잘 하리라 생각하지만……. 아비의 노파심이다. 그리고 이젠 얘기할 때가 된 것 같구나. 너희들이 어렸을 때 다툰 적이 있지. 어머니 기일이었지, 아마. 그때 이후 어린 너희들이 많이 아팠으리라 생각한다. 아비로서 진심으로 미안하다. 난 손이 귀한 집안, 그러니까 오 대 독자로 태어났단다. 한일강제병합이 된 지 얼마 안 된 때였지. 그러고 보니 참 오래 살았구나."

아버지는 때로 눈에 물기가 어리기도 하고 때로 고통이 서리기도 하며 자신의 얘기를 했었지.

오 대 독자인 그는 손을 이어야 한다는 이유와 징용에 징발되지 않기 위해 어린 나이에 네 어머니인, 역시 어린 처녀와 결혼한다. 그의 아버지인 할아버지는 풍류객이었는데 식민체제에서 더 이상 견디지 못해 보통학교를 마친 아들과 만주행을 감행한다. 할머니와 네 어머닌 고향에 남는다. 어쨌거나 대지주는 아니라 해도 지주라 할 수 있는 집안의 농사를 지어야 하고 누군가 남아 터전은 지켜야 하므로.

할아버지는 탁월한 수완과 학식을 바탕으로 재산을 축적하게 되고 중국인들의 신망을 얻어 만주 봉천에서 최초 한인 시장이 된다. 시장이 된 할아버지는 독립운동가들과 은밀하게 만나고 독립자금을 댄다. 일본 헌병에게 얼굴이 알려지지 않은 아버지는 자금운반책과 기밀 내용을 전달하는 역할을 맡게 된다.

그 시절 그곳에 조국에서 홀로 온, 당시로는 신여성이라 할 수 있는 처녀가 있었다. 그 처녀는 한인 학교에서 한국어를 가르치는 교사였고 아버지와 내 어머니인, 그 처녀는 사랑에 빠진다. 고향에 부인이 있는 그는 한동안 고민하지만, 거부할 수 없는 사랑에 자신도 어쩌지 못한다. 마침내 두 사람은 할아버지의 동의를 얻어 그곳에서 결혼한다.

그 시절이라면 충분히 가능했을, 다분히 상투적일 수 있는 이야기였지.

내 큰오빠를 출산한 내 어머니는 고향에 남편의 부인이 있음을 알게 되고 번민에 잠긴다. 이혼하겠다는 남편의 뜻을 만류한 그녀는 고통이 따르더라도 이중의 삶을 살기로 결심한다. 배신감이나 질투심보다 내 어머니는 여자는 일부종사해야 한다고 믿었고 고향에 있는 남편의 부인인 네 어머니도 당연히 그래야 한다고 믿었으므로. 또한 자식들에게는 어느 쪽이나 마찬가지로 아버지가 있어야 하므로. 당시만 해도 내 어머니는 신여성에 속했고 자유연애를 한 경우지만 애정관이나 결혼관은 어쩔 수 없었던 모양이었다.

세월이 흘러 해방이 되고 우리들 아버지는 내 어머니와 중국에 남기로 한다. 염원하던 조국독립이 됐고 조국으로 돌아가야 했지만, 그는 이중의 삶을 지속할 자신이 없었다. 어떻게든 그곳에서 살기로 한 거였다. 아버지는 그것을 비겁한 선택이었다고 술회했지만 그때로서는 어쩔 수 없는 선택이었다며 얼굴을 붉혔다.

일본이 패망하고 중국은 혁명이 일어 급속히 사회주의화된다. 독립운동을 하였다지만 할아버지는 시장이었고 유산계층에 속했으므로 우선순위 숙청대상. 그들은 쫓기듯 중국을 버리고 조국으로 가는 비행기에 몸을 싣는다. 서울로 온 그들은 독립운동가들의 임시숙소인 기자촌에 짐을 푼다. 정치에 뜻이 있는 할아버지와 고향 행을 주저하는 아들과 뜻이 맞아 서울에 남은 것이다.

온전히 자주적으로 독립되지 않은 국내는 이념으로 혼란스러웠고 모시던 선생은 암살된다. 할아버지와 아버지가 머문 그곳의 독립운동가들은 불순분자로 몰려 뿔뿔이 흩어진다. 후일을 기약하면서. 그리고 육이오 전쟁. 어찌하든 서울에 남아 뜻을 펴려던 그들은 낙심하고 전쟁은 그들에게 돌이킬 수 없는 상처를 남긴다. 위정자들이 혐오스럽고 이념이나 체제에 염증이 난 그들은 낙향하기로 한다.

낙향한 우리들 아버지와 내 어머니는 고향에서 핍박의 대상이 되고 부조리한 가족관계, 그 신산한 삶은 시작된다.

어쩔 수 없었다 해도, 우리 뿌리들 모두 자신의 입장에서 자신의 삶을 지극히 살았다 해도, 그들 모두 힘들었을 테지. 어쩌면 네 어머니가 가장 힘들었을지 몰라. 나 자신도 종종 네 어머니와 너, 네 형제들에게 미안했으니까. 아버지는 그때 너와 나를 포함한 자식들에게, 그리고 두 여자에게 참으로 미안해했다. 대략 그런 이야기였지.

우리와 무관하지 않은, 칠순을 바라보는 아버지의 인생을 몇 문단으로 추려 설명한다는 것은 어불성설일 거야. 그렇지만 누군가의 인생을 말할 때 그것이 이야기든 소설이든 신산스런 삶은 추려지고 정리되기 마련이지. 때문에 본래의 삶이나 사람과는 다르게 표현될 수 있지. 만일 글재주가 뛰어나고 글쓴이가 절실하게 그려낸다면 실제의 삶보다 더한 감동을 불러일으킬 수도 있겠지만, 그건 실제 그 사람 혹은 그의 삶이라기보다는 그 인생과 가까운 제 삼의 생인 작품이 탄생한다고 해야 할 것이야. 그런 이유 때문에라도 난 소설 형식을 처음부터 지양했는지도 몰라. 작품이 실제 인생보다 더 그럴 듯하고 감동적이라 하더라도 말이야.

낙향한 아버지는 두 여자 사이에서 자식을 둘 씩 더 얻었고 너도 알다시피 조용히, 다만 묵묵히 살았지.

우리 집에 신화처럼 회자되던, 너나 나나 근대화 이후에 태어난 세대이기에 그것이 아버지의 실제 인생이라 하더라도 쉽사리 납득이 가지 않던, 그 신화를 너와 난 그때서야 비로소 다소라도 수긍하기 시작했어.

네 큰형이나 내 큰오빠는 종종 그랬었지. 아버지의 권리를 찾으라고. 이를테면 정권이 교체됐으니 독립운동가의 명예를 회복하든가 어느 의원처럼 차라리 정치에 입문하든가. 그때마다 아버지는 잔잔히 웃으며 말했지. '농사짓는 일처럼 명예로운 일이 어디 있겠냐. 독립운동가의 자식이나 정치가의 자식으로 사는 것이 농사꾼의 자식보다 더 명예로워 보일지는 모르나 그건 허상일 뿐이다. 아버지나 할아버지가 독립을 위해 다소간 일했다는 것은 그 당시 누구라도 당연히 해야 할 일이었고, 그것을 빌미로 어떤 대가를 바란다면 먼저 떠난 동지들을 배반하는 일이다.'

아버지는 그 당시 야당 의원이 되거나 독립유공자로 포상을 받은 지기들의 권유를 조용히 거절하곤 했었지. 거절했지만, 어쩌면 그는 그때마다 조금은 흔들리지 않았을까. 그건 이를테면 유혹이었을 테니까.

어찌됐든 너와 난 그때 아버지의 그 눈을 마주보며 진심으로 화해했었지. 아버지나 네 어머니나 내 어머니가 단지 부모라는 이유에서만이 아니라 그들도 한사람의 삶을 사는 지극한 인간이라고 공감했었지.

난 이제, 아버지를 추억할 때면 네 어머니나 내 어머니를 추억할 때면 평화로워.

그래, 이제야.

추억은 미화되기도 한다지만, 그러나 우리 뿌리에 관한 한 부끄러움이나 상처를 추억할 때조차 난 평화롭지. 내가 어느 정도 나이를 먹었고 삶에 대해서나 세상에 대해 유년의 그때처럼 세상 읽기를 하지 않기 때문만은 아니야. 난 아직도 자기 분열적이고 의지가 약하며 파괴적이지. 다만, 이렇게라도, 삶을 긍정하고, 파괴적인 영혼을 완성하려는 의지가 어쩌면 우리의 뿌리, 그 그지없는 삶의 행로, 그 영향 때문이 아닐까 해서.

난 가끔 이런 상상을 해.

아버지는 저 세상에서도 두 여자 사이에서 시큰하게 미소 지으며 살까. 그럴지도 모르지. 그렇다면 그곳에서도 여전히 모두들 조금은 쓸쓸하겠군. 그러나, 어쩌면 저 세상은 이 세상과는 다른 세계일지도 모르지. 아마 그곳은 갈등이나 욕망, 분노나 질투, 애증……, 그런 감정은 아예 없을지도 몰라.

아버지는 그때 은근히 우려했었지. '세상엔 종종 뛰어 넘을 수 없는 것이 있다.' 그의 우려는 너와 내게 받아들여졌지. 평생토록 우애 깊게 살라는 부탁은 이뤄지지 않았지만. 너나 나나 그때 아버지의 그 깊고 그렁한 눈을 들여다보며 정말이지 뛰어넘어서는 안 될 것이 있다고 긍정했었지. 만일 그의 우려를 어긴다면 우린 자신의 영혼을 팽개치는, 그리하여 살아 있어도 죽은 거나 마찬가지의 삶을 살아갈 수밖에 없으리라는 예감이 들었으니까. 난 사실 그때서야 인간의 영혼에 대해 긍정하기 시작했어. 어느 순간 슬픔 같은 게 밀려오더라. 그러면서도 설레었어. 아버지를 바라보다 깊은 한숨을 쉬고는 고개를 떨구던 너 또한 그랬겠지?

그 후로 아버지는 우리 곁에 오래 머물지 못했어. 누구나 한 번은 맞게 될 일이지만 죽음은 남겨진 사람들에게 얼마나 갑작스러우며 가슴 저미는 일이니. 어쨌거나 아버지는 그렇게 자신의 생을 완성한 것이고 죽음은 불완전할 수밖에 없는 인간을, 그 불완전한 삶을 어떤 식으로든 완성하는 것은 아닐까.

네 어머니는 아버지가 떠나고 삼 일이 지나도 오지 않았지. 기다리다 지친 형제들은 시신을 입관하기로 했어. 관 뚜껑에 못질을 하려는 순간 네 어머니가 왔지. 네 어머니는 자제력을 잃은 듯 관 뚜껑을 뜯어내며 통곡했어. '내 평생의 원수! 이렇게는 못 가⋯⋯!' '형님, 그만 진정하세요. 어차피 떠난 사람 편히 보냅시다.' 내 어머니가 네 어머니를 위로했지만 네 어머니는 오히려 평생 참고 살아왔던 울분을 한꺼번에 쏟아내듯 악을 쓰며 오열했지. 그러다 두 여자는 정신을 잃었지.

빈소는 한순간에 술렁거렸고 형제들도 어쩌지를 못했지.

장례식은 부조리한 가족관계에서 초래할 수 있는 부조화를 여지없이 보여 주었어. 마치 내 어머니나 우리들 아버지가 믿는 불교와 네 어머니와 네 큰형이 믿는 기독교의 반목처럼 은근한 불균형이었지. 스님이 빈소에서 애절하게 독경하였고 목사님이 산에서 경건하게 기도 드렸지. 네 큰형이나 내 큰오빠가 자신의 방식을 조금씩 양보하면서 절차는 나름대로 순조롭게 끝이 났어.

아버지가 떠나고 우리 형제들은 각기 흩어졌고 서로에 대해 빠르게 어색해졌지.

네가 근무하는 은행 뒤편에 자리한 그 전통찻집에서 조금은 덜 어색해하며 만나던 날, 넌 그랬지. '아, 아버지 기, 기일에 왜

오, 오지 않아?' 난 아무런 대답을 못했어. 넌 짐작하고 있다는 듯, 괜한 질문을 했다는 듯 오히려 쑥스러워 하더군. 난 뭔가 대답할 필요를 느꼈지만 아무 말도 못하고 가슴만 먹먹해졌지.

아버지 기일에 참석하지 않는 이유를 어떻게 설명해야 할까. 아버지를 산에 묻고 네 어머니가 그의 혼령을 지금이 아니면 큰일이라도 날 것처럼 낚아채듯 가져가는 모습에서 난 아버지가 떠난 슬픔보다 더 막막하고 지독한 슬픔을 보아버렸어. 그래, 슬픔을 보았다고 해야 그나마 그때의 심정에 가까운 해독일 거야. 우린 슬픔을 느낀다, 슬픔에 잠긴다, 슬프다, 그런 표현을 쓰지. 그러나 그런 표현으로는 뭔가 부족해. 이를테면 삶의 과정이나 학습된 내용이 전혀 없는 상태의 거의 완전에 가까운 애탐 혹은 슬픔 같은 것이었어. 가령 인간이 철저히 고립된 채 극도로 배고픔에 처하면, 허벅지이거나 엉덩이 부분의 자기 살을 파먹게 된다는 추측에 대해 비극적이지만 수긍이 가듯 평소 네 어머니를 생각한다면 도무지 상상할 수조차 없던, 그 모습에서 나는 백지의 슬픔을 보아버렸어.

그날 네 어머니의 모습은 우스꽝스러웠지만, 그 자리에 있던 누구도 웃지 않았어. 그저 묵묵히 지켜봤지. 가족들 모두 은연중에 아버지기일은 네 어머니가 모셔야 한다고 생각하고 있었는데도 말이야. 내 어머니는 아버지의 혼령이 온전히 자기 것이 됐다고 느끼는 순간 안도하면서 천진하게 웃었어. 난 그때까지 네 어머니가 그토록 천진하고 편안하게 웃는 모습을 본 적이 없었어. 한순간에 기운이 다 빠져나가면서 허탈해지더군.

네가 전통찻집에서 왜 아버지기일에 오지 않느냐며 내게 묻고는 곧바로 쑥스러워할 때 난 문득 네 어머니의 표백된 슬픔과 그 뒤의 주체할 수 없던 허망함을 떠올렸고 네 어머니는 그 후로 평안했을까 생각했지. 목울대가 아리더군. 이어 언젠가 만난, 지금은 사회적으로 성공한 내 큰오빠의 친구를 떠올렸지. 큰오빠 친구는 그랬어. '아버지가 돌아가셨는데 독립유공자로서의 명예를 회복해야 하지 않느냐, 그건 자식들이 할 일이다.' 난 아무 말도 못했어. 아버지가 아무리 조용히 살기를 바랐다지만, 언젠가 여건이 되면 우리 뿌리의 행적을 따라 여행해 볼 계획이고, 가능하면 그들을 모델로 소설 한 편쯤 쓰고 싶은 욕구가 있었지만, 난 오빠 친구 앞에서 그냥 부끄러웠어. 그가 자신의 아버지를 독립유공자로 만들었고 최근에 그의 아버지의 유해를 국립묘지에 이장했다면서 자랑스럽게 얘기해서가 아니라 너도 느끼다시피 우리 가족은 해체된 거나 다름없기 때문에. 물론 우리 뿌리의 세대와는 다른 많은 변화가 있었고, 남겨진 형제들 모두 자기 상처 다스리기도 바빴으며, 이 세상 속에서 그 나름의 삶을 챙기는 것조차 힘들었다 해도 말이야.

모두가 변명일지 모르지. 상처 다스리기 운운하는 것도 변명일 거야. 내가 아버지 기일에 참석하지 않은 이유에 대해 뭐라 말한다는 건 정말이지 변명일 뿐이야. 살다 보면 자신이 하지 못한 일, 후회, 회한 같은 감정은 모두 변명이 되는 지도 모르지. 설령 후회하지 않는다 해도 살아온 삶에 대해 누군가에게 말하려 할 땐 왜 이리 누추하고 변명처럼 생각되는 걸까.

내 어머니는 아버지가 떠나고 오래 버티지 못했지. 일 년을 더 살지 못하고 그녀 또한 떠났어. 그녀는 평소에 남편이 좋아하던 음식을 한 술도 뜨지 못했고 남편을 떠올릴 수 있는 아주 자잘한 것에도 목이 메곤 했지. 생전에 두 사람이 싸우는 걸 한 번도 본 적이 없었고 평생을 의좋게 지냈던 터라 형제들 모두 홀로 남은 그녀를 걱정했지만, 그녀는 형제들이 우려한 것보다 훨씬 우울한 상태로 지내다 일찍이 떠나버렸어.

나는 지금도 가끔 회의에 빠지곤 해. 내 어머니의 남편에 대한 지극함, 사랑이라고 밖에 말할 수 없는 그것, 그 힘은 어디에서 비롯된 것일까. 나로서는 이해할 수 없는, 그 불가사의함에 흠칫 놀라곤 하지.

내 어머니를 땅에 묻으며 나는 남편과 헤어지리라 결심했지. 내 어머니가 떠나기 몇 달 전부터 그런 생각을 했지만 미루고 있었으니까. 내 어머니가 살아 있는 동안은 그녀의 믿음을 저버릴 수 없었으니까. 물론 남편과 헤어지는 걸 결정하는 게 쉬운 일은 아니었지. 단지 그에게 애인이 생겼다는 이유 때문도 아니었어. 남편에게 애인이 생겼다는 건 그것만으로 파괴였지만 그때까지도 난 남편을 사랑한다고 믿었으므로 기다려보기로 했지. 문제는 남편과 남편 애인의 서로에 대한 부정이었어.

이제와 생각해보면 두 사람 다 그렇게밖에 반응할 수 없었겠다는 생각도 들지만, 어쨌거나 난 그 점을 참을 수 없었어. 그들은 서로에 대해 아는 바 없다고 너무나 가볍게 거짓말을 했지. 그 가벼움, 그 거짓말을 난 견딜 수 없었어. 설령 남편이 내게 돌아온다 해도 난 아무 일도 없었던 듯 남편과 함께 살 수 없음을 깨달았지. 게다가 남편 애인은 임신 중이었어.

난 가끔 이런 생각을 해. 만일 내게 아이가 있었다면 어땠을까. 아마 난 남편과 헤어지지 못했을지도 모르지. 요즘 세상에 그 무슨 촌스러운 생각이냐며 누군가는 말할지 모르지만 난 설령 남편과 위선의 악수를 하더라도 아이의 하늘을 파괴하지 못했을 거야. 마찬가지로 남편 애인 아이의 하늘을 파괴할 수도 없는 일이었지.

내 어머니는 그랬어. 마지막 순간에, 자신을 남편 곁에 묻지 말라고 자식들에게 간곡하게 부탁했지. 그토록 남편을 사랑했음에도, 남편이 떠나고 일 년도 머물지 못하고 남편을 그리워하다 떠 남에도 왜 그녀는 남편 곁에 묻히기를 거부했을까.

아버지는 떠나기 전에 당신의 세대답게 자신이 묻힐 자리와 그 양 옆으로 묻힐 아내들의 자리도 마련했었지. 아버지를 땅에 묻고 그 양 옆으로 만들어진 두 개의 빈 무덤을 보며 난 또 얼마나 가슴 저몄는지. 너 또한 그랬겠지. 그건 이를테면 내가 처음으로 주민등본을 뗐을 때 어머니란에 내 어머니의 이름이 아닌 낯선 이름, 그것이 네 어머니의 이름이라는 걸 알게 됐을 때의 참담함 보다 더한 비애였지.

아버지 삶의 방식으로는 나란히 굽이진 세 개의 무덤이 당연한 일이었겠지만, 그것을 보는 것은 내 안의 지워지지 않을 상처를 보는 듯한, 그리하여 어쩌면 난 그 상처를 부둥켜안고 평생을 아 등바등 살아갈지도 모른다는 불길한 예감. 부조리한 관계 속에 서 결국은 죽음으로 미완의 생을 완성한 대도, 그 관계 속에 얽힌 상처 혹은 뿌리내림은 그 이후에도 여전히 대물림돼 앞서 간 세 대들처럼 불완전하고 불균형하게 마무리한다는, 그렇게 삶은 계 속 유전된다는. 불현듯 그 상처를, 그 대물림을 홀연히 뿌리치고 새롭게 살아보고 싶다는 희망이랄까, 욕구 같은 게 내 안에서 물 결쳤어. 그것이 어쩌면 내 어머니가 마지막 순간에 던진 화두는 아니었을까 하면서.

내 어머니는 자운영 군락지에 묻히기를 희망했어. 그녀의 희망
은 이루어졌고 봄이 되면 거의 평지처럼 완만한 그녀 무덤에는
자운영이 사무치게 피어나지.

넌 그랬지, 전통찻집에서 조금은 덜 어색해하며 만나던 날. '아,
아내하고 화, 화해하고 싶은데 잘 아, 안 돼, 아, 아내가 이, 임신한
아, 아이가 내, 내 아, 아이인지도 자, 잘 모, 모르겠어. 아, 아내 말
을 미, 믿고 싶지만 그, 그런 새, 생각이 들면 미, 미칠 것 같아.' 네
얘기를 들으면서 난 우울해졌지. 우울해져 자꾸 물만 들이키는
나를 보고 괜한 말을 했다면서 넌 쓰리게 웃었어. 그래, 네가 괴로
워하는 건 아직은 네 아내를 사랑하기 때문일 거야. 난 알아. 네
가 한 여자를 그리 쉽게 사랑하지 못했으리라는 것을. 난 네가 우
리 뿌리에 대한 약속 때문에 네 아내와 결별도 화해도 아닌 결정
을 내리지 않기를 바라. 너나 나나 평탄하게 결혼생활을 하기에
는 부적절한 요인들이 많잖아. 이를테면 자기만의 꿈꾸기는 상대
방을 쓸쓸하게 하지.

나는 네 아내가 임신한 아이가 네 아이라면 그건 진실로 받아
들여야 한다고 생각해. 설령 그 아이가 네 아이가 아니라 해도 그
아이 아버지가 되는 데 문제될 것은 아무 것도 없다고 봐. 그렇지
않니?

편지를 쓰는 지금 난 네가 네 아내와 앞으로 태어날 아이와 오래도록 평화롭게 사는 모습을 상상하는 것만으로도 기분이 좋아져.

그 전통찻집에서 괜히 자기 얘기만 했다면서 넌 쑥스러워하며 물었지. '어떻게 지내?' 난 그저 웃기만 했지. 네 질문의 의도를 알아. 혼자 지내기 힘들지 않니, 경제적인 어려움은 없니……?

우린 이제 이렇게 질문하지 않지. 요즘은 무슨 꿈 꿔? 만일 새가 된다면 자유로울까. 그 정자나무의 한쪽 가지가 부러졌던데 치유할 방법은 없을까?

누군가 내게 그랬지. '피터팬 신드롬'에 걸렸다고. 아니 피터팬 콤플렉스 환자라고 했던가. 그 누군가는 악의 없이, 오히려 애정을 가지고 말했지만 난 한동안 그 말의 의미를 생각해봤어. 아마 그 누군가는 불구의 내 영혼의 실체를 그렇게 느꼈을지도 모르지. 영원히 어른이 되고 싶지 않은 피터팬의 환상으로.

난 장래 희망을 스물이 넘어서도 바꾸지 않았던 것에 대해, 그 병적 집착에 대해 한동안 고민한 적이 있었지. 너 또한 그랬겠지. 그건 어쩌면 환상 대신 환멸을, 긍정보다는 부정을, 사랑보다는 애증을 먼저 알아버린 너와 나만의 비상구 같은 것은 아니었을까.

요즈음에도 종종 사막에 가는 꿈을 꾼다는 네가, 그 다음 날 우울증세로 일상을 잘 꾸리지 못한다는 네가, 천문학도였던 네가,

은행 대리라는 직함으로 밥을 번다는 사실에 대해 내가 그다지 놀라지 않듯 나의 이혼에 대해 놀라거나 마음 아파하지 않았으면 해. 그건 시행착오를 겪으면서도 가야하는 내 생의 통과제의 같은 것이니까.

남편과 헤어져 집을 나왔을 땐 막막했지. 남편은 이혼하지 않으려 했고 그와 어렵게 헤어진 나는 가난했어. 어디에도 길은 보이지 않았고 갈 곳도 없더군. 온전히 서지 않으면 결코 고향을 찾지 않으리라던 다짐과는 다르게 내 발걸음은 고향으로 향했지. 내 어머니마저 떠난 고향집은 폐가나 다름없는 빈집이었지만 그때의 내 영혼을 치유할 수 있는 곳은 그곳뿐이라는 생각이 들었으니까.

홀로 고향에 남아 있던 내 작은오빠는 말없이 눈물을 흘렸지. 날 철없는 막내로만 생각하던 그는 모든 게 자신의 책임이라도 된다는 듯 회한에 잠겼어. 난 그곳에서 한 달을 버티지 못했어. 작은오빠를 편안하게 마주볼 기운이 없었거든.

작은 오빠는 서둘러 지금 내가 사는 임대아파트를 얻어 줬지.

한동안 난 닥치는 대로 일했지. 이혼한 여자가, 그것도 뾰족한 경력이 없는 서른이 넘은 내가 할 수 있는 일이란 그리 많지 않더군. 학원 강사, 과외 선생, 서빙, 교열 등등. 돈이 약간 모이자 난 전부터 하고 싶던 소설 쓰기를 시작했어. 소설을 쓴다니까 책 몇 권쯤 낸 작가로 생각할지 모르지만 아직 난 습작을 하는 소설가지망생이야. 내가 제도권으로 들어갈지, 내가 쓰는 원고가 여전히 책상서랍에 쌓이게 될지는 알 수 없지만, 난 그런 것에 구애받지 않기로 했어.

난 가끔 이런 생각을 해. 글을 파는 행위는 어쩌면 창부와 같다는. 영혼을 파는 창부. 이런 생각이 들면 반쯤은 넋이 나가 글쓰기에 매달리는 나 자신이 부질없게도 느껴지지. 하지만 나는 이미 이 일에 중독돼버렸고 어쩌면 피터팬 콤플렉스를 극복하지 못하고 영원히 어른아이로 살아갈지도 모를 내가, 파괴적인 영혼을 그나마 완성하려는 의지를 포기하지 않는 일, 그것만으로도 희망은 있는 셈이지.

난 이제 네게 전화를 하려고 해.

사람의 관계란 그 역할에서 어느 한쪽이 일방적인 경우일 때가 많은 것 같아. 편지를 쓰다 보니 그런 생각이 들어. 어린 시절부터 넌 내게 뭔가를 해주는 쪽이었고 난 거절하거나 부정하는 역할이었다는. 주택은행에서 너와 낯설게 만나고, 전통찻집에서의 조금 덜 어색하게 만난 것도 네가 내게 전화해서 이뤄졌더군. 많은 것들이 그랬어. 넌 함께 무엇을 하자거나 내게 주려고 했고 난 아니라거나 싫다고 했지. 그렇게 관계는 지속될지 모르지만, 또한 그렇기 때문에 단절되기도 하지.

그래, 이제 내가 먼저 네게 만나자고 전화하려 해.

어쨌거나 난 너에 대해 쓰겠다고 했지. 우리의 뿌리에 대해, 무너지는 하늘에 대해, 혹은 이름 붙일 수 없는 삶이거나 사랑이거나 흔적에 대해 쓰겠다고 했지. 그런데 쓰다 보니 나에 대해 쓴 형국이 됐군. 사실 중간에 멈추려고 한 적도 있었지. 소설을 쓰는 것도 아니고 그렇다고 네게 어떤 고백을 하자는 것도 아니라면, 지금 이 편지 쓰기는 무슨 의미가 있는가. 이제와 부끄러운 상처 혹은 기억들을 드러내 어쩌자는 것인가. 내가 그런 회의에 빠져 있을 때 갑작스레 컴퓨터가 작동을 멈췄지. 네 자살소동 부분에 서였어.

작동설명서를 꼼꼼히 읽고 서비스센터에 전화했지만 원인을 찾을 수 없었지. 불길한 징후라며 난 오래된 습관처럼 무의식적으로 편지쓰기를 멈춰야하지 않을까 생각했어. 그러면서 작동되지는 않았지만 전원이 켜져 있는 컴퓨터를 끄고 플러그를 뽑았지. 나중에야 알게 됐어. 컴퓨터가 마른번개를 맞았다는 사실을. 여름 내내 마른장마에 연일 폭염이었지. 마른장마에 마른번개라니! 디스켓은 파괴됐어. 난 생각했지. 불길한 징후, 어린 시절부터 내게 들러붙던 그 지독한 예감, 끝내 걷히지 않을 것 같은, 지독히도 무거운 그 기운에서 빠져나가지 못하는 건 아닌가. 무력해졌지.

그렇게 며칠이 흘렀을까. 비가 내렸어. 넉 달 만에 내리는 비였지. 그 밤에 나와 함께 사는 석곡이 꽃을 피운 거야. 새삼스레 웬 꽃이냐고? 이 집에 생명체라고는 나와 토분에 심어진 세 촉의 석곡이 전부거든. 몇 분의 식물이 더 있었는데 모두 말라죽었어. 햇볕을 쏘여 주고 물과 거름도 주었지만 폭염을 견디지 못하더군. 그때마다 난 그 식물이 되는 꿈을 뚜곤 했지. 그들처럼 꽃 피지도 못하고 말라비틀어져 썩어버리는, 썩어 화석이 되는 꿈. 한 집에서 함께 사는 식물이 꽃도 피지 못하고 죽는다는 건 가위눌림이야. 난 유일하게 남은 석곡을 편지 쓰기가 끝나면 네게 줘야겠다고 생각했지. 넌 네 어머니처럼 생명이라면 지극히 보살피는 남다름이 있었으니까.

그런데 그 석곡이 꽃을 피운 거야. 개화기는 보통 오월에서 유월이고 꽃이 피리라는 기대는 전혀 하지 못했는데 말이야. 석 달 늦게 꽃 핀 사실이 뭐 그리 특별한 일은 아니지만, 내가 기운을 차린 건 정체를 알 수 없는 향기 때문이었어. 향기는 집안 가득 퍼져나갔지. 착각인가. 아니었어. 향기는 분명 실재했어. 무슨 향기? 난 온 집안을 돌면서 향기의 진원지를 추적했지. 그러다 찾아냈지. 석곡에 핀 하얀 꽃에서였어. 향기는 내 몸을 감싸고 단숨에 파괴적인 내 영혼을 휘감았지. 난과에 속한 석곡은 날씨가 흐리거나 비가 내리면 더 선명하게 피고 향기가 진해진다는 사실을 화원에서 알게 됐고, 심상치 않은 식물이라 생각해 키워보려고 샀었는데, 난 그 사실을 잊어버린 거였지.

물기라고는 없는 마른 장마기와 열대의 밤을 견디고 어둡고 음습한 곳에서 피어 향기를 발하는, 식물에게도 영혼이 있다면 그 향기는 이런 게 아닐까. 부질없고 고단한 삶이지만 꿈꾸기를 멈추지 않고 사는 건 어쩌면 파괴적이고 누추한 영혼을 감싸버리는 향기, 이것 때문은 아닐까.

난 다시 편지를 써내려갔지.

네게 전화해서 만나자고 하려는 지금, 내가 발견한 사실은 넌 또 하나의 나라는 사실이야. 너라는 이름의 나.

그래, 너라는 이름의 나, 나라는 이름의 너.

난 지금 네게 전화를 걸어 이렇게 말할 거야.

"혹시 나무 꿈, 꾸니? 난 가끔 새가 되는 꿈, 꾸는데……, 꿈에 이파리 무성한 나무가 있어 그 나무 위에 앉아 쉬기도 하고 잠도 자고 그러는데……."

그러면 넌 흰 이를 드러내고 웃겠지?

나 또한 얼굴 가득 웃을 거야.

이름 붙일 수 없는

초판 1쇄 발행 2026년 4월 15일

지은이 정작
펴낸이 곽유찬

이 책은 **편집 손영희 님, 표지디자인 디자인_윤충근 님,
본문디자인 디자인_see 님**과 함께 진심을 다해 만들었습니다.

펴낸곳 레인북
출판등록 2019년 5월 14일 제 2019-000046호
주소 서울시 서대문구 홍은중앙로3길 9 102-1101호
이메일 lanebook@naver.com
*북클로스 /시여비는 레인북의 브랜드입니다.

ISBN 979-11-93265-68-0 (03810)